PIERR

Pierre Bellemare est né en 1929. Dès l'âge de dix-huit ans, son beau-frère Pierre Hiegel lui ayant communiqué la passion de la radio, il travaille comme assistant à des programmes destinés à RTL. Il se consacre ensuite à l'enregistrement et à la prise de son, puis à la mise en ondes. C'est Jacques Antoine qui lui donne sa chance en 1955 avec l'émission *Vous êtes formidables*. Parallèlement, André Gillois lui confie l'animation de *Télé-Match*. À partir de ce moment, les émissions vont se succéder, tant à la radio qu'à la télévision.

LA PEUR
DERRIÈRE LA PORTE

RÉCITS D'ÉPOUVANTE 2

DU MÊME AUTEUR
CHEZ POCKET

Pierre Bellemare
Marie-Thérèse Cuny

LA PEUR
DERRIÈRE LA PORTE

RÉCITS D'ÉPOUVANTE 2

Le papier de cet ouvrage est composé de fibres naturelles, renouvelables, recyclables et fabriquées à partir de bois provenant de forêts plantées et cultivées durablement pour la fabrication du papier.

© TF1 Éditions, 1991.
ISBN : 978-2-266-12534-5

Le petit homme silencieux

Une cuisine impeccablement propre. Des casse-roles alignées, des meubles au vernis reluisant. Un buffet ciré, un coucou qui met le nez dehors toutes les heures, inlassablement, dans le silence. Un bouquet de fleurs sur la table donne une note de gaieté incongrue dans ce désert de netteté. Le bouquet de fleurs est rouge, aussi rouge que le sang sur le carrelage rutilant.

La mort est un désordre affreux.

Ici vivait, jusqu'à présent, Mrs veuve Brewster, femme aussi irréprochable que sa cuisine. Aujourd'hui, elle est étendue sur le carrelage. Deux balles de fusil en pleine face. Elle n'a plus de visage.

L'inspecteur Coogan des affaires criminelles de la police d'Édimbourg, contemple le spectacle, une légère grimace sous la moustache rousse. L'odeur du sang, particulière, fade, écœurante, le prend à la gorge, mêlée au parfum d'encaustique.

D'un pas lent, il fait le tour de la maison. Par la fenêtre, on aperçoit le jardin, net et sans mauvaises herbes. La chambre de la veuve Brewster est un modèle du goût anglais des années trente. Coussins de dentelle sur le lit en faux acajou, poupée de porcelaine trônant sur le couvre-lit de satin mauve, festonné sur les bords. Au mur, la photographie de l'époux défunt, en uniforme de la Grande Guerre. Le cadre est orné d'un ruban noir. Sur la commode, au-dessous, le portrait du fils, Samuel Brewster, vingt-deux ans, cheveux blonds, visage ovale et pâle, traits flous, inconsistants.

L'inspecteur Coogan retourne à la cuisine et s'adresse au policier qui garde la porte.

— Où est le fils?

— D'après les voisins, il fréquente un club sportif. On est allé le chercher. Il paraît qu'il s'entraîne là-bas trois fois par semaine. Il part tôt le matin.

— Un athlète professionnel?

— Non, inspecteur. Il fait des études de musique et fréquente le conservatoire. Paraît qu'il veut devenir compositeur.

Un musicien qui fait de l'athlétisme? Bizarre «peu courant»... se dit l'inspecteur qui retourne examiner les trouvailles de l'équipe de la criminelle. Une douille découverte sous le placard de la cuisine, une cartouche encore intacte, jetée par l'assassin dans les toilettes. L'arme n'a pas été retrouvée mais, pour un spécialiste, l'identification est facile; et l'inspecteur Coogan est un spécialiste.

— Fusil de guerre Emfield, calibre 303. Il devait appartenir au mari.

Le médecin légiste, penché sur le cadavre qu'il manipule avec délicatesse, se redresse en hochant la tête.

— Un véritable massacre à bout portant.

A quelle heure remonte la mort?

— Plusieurs heures. Très tôt ce matin. La rigidité est déjà installée. Je vous en dirai davantage après l'autopsie.

— Il n'y a pas trace de petit déjeuner dans cette cuisine. Tout est rangé. Je me demande à quelle heure elle le prenait, d'habitude. Il faudrait le savoir. Savoir aussi si le fils était là, ce matin. La chambre du fils est en ordre, comme tout le reste. Le lit est fait, il n'a peut-être pas couché là. Ou alors, elle a fait le ménage avant l'aube.

– Possible. Difficile à dire, avec une telle maniaque de la propreté. J'ai rarement vu une maison aussi nette. Vous avez vu les torchons ? Immaculés. A ce point-là, c'est de l'obsession.

Le médecin a terminé; pour lui, on peut transporter le cadavre à la morgue. Mais l'inspecteur Coogan arrête les brancardiers :

– Laissez. Je veux voir la tête du fils devant ce massacre. Un type qui disparaît pendant qu'on tue sa mère... Un type qui a une tête de fils-fils à sa maman. L'air d'une fille, pour tout dire, et qui passe son temps dans un club sportif... un type dont le père a fait la guerre, dont la mère est assassinée avec un fusil de guerre... Vous voyez ce que je veux dire ? Le genre mou élevé dans la rigueur militaire et la rigidité maternelle... En attendant, amenez-moi la voisine qui a prévenu la police. Je voudrais savoir le maximum de choses sur ce garçon.

L'inspecteur Coogan a une sorte d'intuition, après avoir examiné la photographie de Samuel Brewster-fils. Les policiers ont parfois ce genre de sentiment fait d'une accumulation de détails. Cette maison trop parfaitement rangée, trop parfaitement propre, révèle une femme non seulement maniaque, mais probablement possessive. Ce fils aux traits mous, au menton fuyant, devait subir l'autorité de sa mère. L'absence du père est souvent néfaste en pareil cas. Des balles de fusil militaire... probablement un crime en cercle fermé. Absence de traces d'effraction, pas de vol, juste une porte qui n'était pas fermée à clé, et une voisine qui s'inquiète à midi de n'avoir pas vu, comme d'habitude, la veuve Brewster balayer devant sa porte, et étendre son linge à 3 heures pétantes.

Voici la voisine, un peu échevelée par les circonstances, terrorisée par la présence du cadavre, même recouvert d'un drap.

— C'est que, vous comprenez, Monsieur l'Inspecteur, je n'ai pas l'habitude de me mêler de la vie des gens, mais cette pauvre dame était réglée comme une horloge.

— Parlez-moi du fils, Samuel.

— Un garçon très bien élevé, mais plutôt timide et pas causant.

— Il travaille ?

— Pas encore. Il fait des études de musique et de l'entraînement sportif. Sa mère me disait que c'était pour compenser les heures qu'il passait assis au piano, mais moi je crois que c'était pour avoir des muscles... Vous comprenez ce que je veux dire ?

L'inspecteur ne comprend pas, ou fait semblant, et le manifeste d'un sourcil interrogateur.

La voisine est gênée. Il y a des mots que l'on prononce difficilement.

— Enfant, il n'était pas très costaud et, avec les filles... enfin il est timide, une question de... tempérament, vous voyez ? Alors, il fait des haltères et de la musculation. Il est très fier de son allure à présent, je le vois bien quand il passe devant chez nous. Il carre les épaules, se redresse comme un jeune coq... surtout quand il rend visite à cette jeune Molly.

— Une fiancée ?

— Pas encore. Je crois que madame Brewster n'était pas d'accord. Elle n'aimait pas cette Molly. L'autre jour, je crois bien qu'elle l'a mise à la porte...

— Vous croyez ou vous êtes sûre ?

– Je l'ai vue sortir en pleurant et le jeune Samuel lui courait derrière... Enfin, tout cela n'a plus d'importance à présent

– Vous étiez liée avec la victime?

– Non. On ne peut pas dire que madame Brewster était une femme liante, inspecteur. Seulement, à force d'être voisins, on remarque de petites choses.

– Dans le genre petite chose, à quelle heure est parti le fils, ce matin?

– A 7 heures sûrement, comme d'habitude. Et le mercredi, il ne rentre pas déjeuner. Comme on est mercredi, je ne me suis pas inquiétée avant cet après-midi. J'ai pensé que madame Brewster était fatiguée. Mais, quand j'ai vu que son linge n'était pas étendu – elle lave tous les jours vous savez –, je me suis dit qu'elle devait être malade. Je suis venue, la porte n'était pas fermée à clé, et j'ai vu ça...

– Savez-vous s'il y avait une arme ici?

– Non.

– Avez-vous entendu du bruit dans la nuit, ou tôt ce matin, quelque chose qui ressemblerait à des coups de feu?

– Rien du tout, inspecteur, mais je dois vous dire que je dors avec des boules dans les oreilles, et ma chambre est de l'autre côté du jardin...

– Que pensez-vous très franchement de Samuel Brewster?

– Très franchement, pour moi, il a quelque chose de dérangé. Ce n'est pas normal un garçon de son âge qui n'a pas d'amis, qui ne va pas dans les bals, ni aux matches et jamais au pub. Ce n'est pas sain, vous voyez? Les garçons de cet âge font les fous d'habitude. Et puis il y a ses yeux... Je le disais encore à une amie l'autre jour, il a des yeux qui font froid dans le dos.

– Expliquez-moi cela.

– Parfois, il passe devant la maison en courant, ou presque, sans même saluer. D'autres fois, il vous observe en coin, mine de rien et, tout à coup, le voilà qui se précipite pour dire bonjour et se sauve en courant comme si vous étiez contagieux. Il est dérangé, moi je le dis. Et je ne le voyais pas marié, ça non! Sauf avec la petite Molly, la pauvre.

– Pourquoi « la pauvre »?

– Une pauvre fille, Monsieur l'Inspecteur, qui travaille dans la couture. Pas bien jolie avec ça. Pour elle, c'est un mariage inespéré, si ça se fait, parce que, vous savez, les Brewster ont plus d'argent qu'elle n'en gagnera jamais dans sa vie, et la maison est à eux. Enfin, était à la mère...

– Vous croyez que ce garçon a pu tuer sa mère?

– Si vous me le disiez, Monsieur l'Inspecteur, ça ne m'étonnerait pas... Je ne veux pas l'accuser, non, mais je ne serais pas surprise!

« Des yeux à faire froid dans le dos » dit la voisine qui s'en va, presque à regret... c'est tellement intéressant, un crime. Ça fait peur, mais c'est passionnant.

L'inspecteur Coogan en est là. Il a déjà appris beaucoup, il devine beaucoup, mais il attend de voir arriver ce jeune Samuel, le mou aux yeux qui font froid dans le dos à la voisine de sa mère. Le mou qui se fabrique des muscles, pour rouler des mécaniques dans le quartier.

Le voici qui arrive dans une voiture de police. Il est encore en tenue de sport, l'air contracté, méfiant, le visage fermé. L'inspecteur le regarde traverser le jardin. Et il se dit que ce garçon fait vraiment tout ce qu'il peut pour avoir une apparence contraire à la sienne. Ce visage qui se veut hermétique, est-ce le visage d'un fils qui vient d'apprendre la mort brutale de sa mère, dans des circonstances tragiques? Ou celui d'un assassin qui se prépare à nier?

Il approche dans l'allée de buis taillés au millimètre, sur le gravier que l'on dirait rangé grain par grain. Le regard est faux. La nervosité contenue.

En silence, l'inspecteur l'accueille sur le pas de la porte et le conduit dans la cuisine. Il fait un geste pour que les hommes découvrent le corps. Mise en scène un peu théâtrale, il le sait, mais souvent efficace.

Le spectacle n'est pas beau. Et Samuel détourne les yeux. Il les protège même de sa main. Aussitôt, sans prendre de gants, l'inspecteur dit d'une voix calme :

– C'est vous qui avez fait cela, n'est-ce pas ?

Il s'attendait à tout, sauf à une réaction aussi brutale, méchante, et totalement inconsciente :

– Prouvez-le que c'est moi !

Un gamin accusé d'avoir trempé son doigt dans un pot de confiture.

– Où est l'arme ?

Cette fois, mutisme. L'inspecteur répète, toujours froid et calme.

– Je vous demande où est l'arme ? C'est le fusil de votre père ?

– Il n'y a pas d'arme ici. De quoi parlez-vous ?

L'inspecteur a, cette fois, la conviction absolue qu'il a raison. Son intuition était la bonne : ce garçon a tué sa mère. Le seul problème est qu'il n'avouera pas, jamais peut-être, qu'il a dû se débarrasser du fusil. Et, sans cette pièce à conviction, il sera difficile de le confondre. Il a dû préparer un alibi, le test de la paraffine ne donnera sûrement rien. Les mains, les ongles, ont dû passer sous la douche. S'il a tiré – et il a tiré, c'est sûr – les spécialistes ne pourront pas le prouver. Il ne reste qu'à utiliser la garde à vue, en espérant qu'un autre indice permettra d'avancer.

– Emmenez-le!

Toujours théâtral, l'inspecteur Coogan. Volontairement. Et aussi par répulsion pour le personnage. Il le giflerait bien, ce sale gamin, car il a vu dans ses yeux la provocation imbécile. Mais il se contient. La police britannique a des règles. On ne tombe pas à bras raccourcis sur un criminel. Pas d'émotion personnelle. De la rigueur. Utiliser la loi, rien que la loi.

Il n'empêche qu'en le faisant monter dans sa voiture, l'inspecteur Coogan grogne à « son » assassin, les dents serrées :

– Je t'aurai, toi. Tu peux me croire, je t'aurai!

Le regard fuit à nouveau, le menton lâche s'étire un peu plus. Mais les épaules tentent de se redresser. Ce garçon est une contradiction physique permanente.

L'idée de l'inspecteur Coogan pour avoir « son » assassin n'a rien à voir avec les méthodes traditionnelles de la police. Il a découvert récemment, dans une revue spécialisée, un article sur un certain docteur Sheffield. Cet homme prétend lire dans la pensée des criminels. L'article mentionnait un cas récent où il avait aidé la police canadienne dans une affaire de meurtre.

Alors l'inspecteur Coogan décroche son téléphone et appelle le docteur Sheffield. Après lui avoir expliqué l'histoire, il lui demande de venir le plus rapidement possible. Et la voix tranquille du docteur Sheffield répond :

– Entendu. Je serai là dans deux heures. S'il vous plaît, inspecteur, trouvez-moi une pièce vide, calme, mettez-y deux chaises, face à face. Faites en sorte que votre homme ne puisse poser son regard ailleurs que sur moi. Le vide et moi, vous comprenez? Pas même un clou sur un mur. C'est possible?

– Je vous arrange ça. Ce sera long ?

– On trouve toujours le temps long dans ces cas-là. Mais si votre assassin est tel que vous le décrivez, j'y arriverai. Ce n'est qu'une question de patience, vous savez. De vide et de patience.

Deux heures plus tard, l'inspecteur Coogan voit arriver dans son bureau un petit homme au visage rond et aux yeux étranges, pâles, presque sans couleur, un peu jaune tout de même, mais si peu. Sans perdre de temps, le docteur Sheffield demande à voir l'installation qu'il a réclamée. On le conduit dans une petite pièce, vidée de son mobilier, aux murs nus et gris sale, une ampoule lugubre au plafond, deux chaises.

– C'est très bien, mais ôtez cette ampoule. Je ne veux pas que son regard accroche quelque chose. La lumière est suffisante. Vous lui laisserez les menottes et vous attacherez sa chaise ici, au radiateur. Ainsi, il ne le verra pas et nous aurons l'avantage qu'elle soit immobilisée. A ce sujet, fixez-la bien, qu'il ne puisse pas se balancer. L'immobilité du siège est importante, elle conditionne la sienne. Ensuite, vous l'installez, et vous me laissez seul avec lui. Je ne veux voir personne.

L'inspecteur Coogan sursaute à cette demande. La loi veut qu'il assiste à l'entretien.

– Je comprends, inspecteur. Je vois aussi que je suis votre seule chance et que vous ne croyez guère à mes talents. Une expérience comme une autre, c'est ce que vous vous êtes dit. C'est sans importance, débrouillez-vous pour rester derrière cette porte. Il y a une vitre, vous pourrez observer sans qu'il vous voie. Vous ne verrez que son dos, certes, mais légalement vous aurez assisté à l'entretien.

– Mais je n'entendrai rien...

– Il n'y aura rien à entendre, inspecteur. De ma

part en tout cas. Je ne pratique pas l'interrogatoire, mais le silence. Si quelqu'un parle, ce sera lui. Moi, je ne prononce jamais une parole, c'est le principe de ma méthode. De même, vous pouvez constater que je ne porte rien sur moi, ni arme, ni seringue... aucun artifice. Ne craignez rien. J'ai déjà aidé quelques-uns de vos collègues, surtout à l'étranger, et nous n'avons eu aucune contestation juridique. Car je dois vous prévenir d'une chose essentielle : je n'obtiens pas d'aveux. A l'issue de ce travail, je pourrai simplement vous dire ce qu'il a fait de l'arme du crime, où il l'a cachée, s'il l'a détruite ou enterrée, ou jetée à l'eau. Après quoi, ce sera à vous de jouer...

— Mais comment obtiendrez-vous ce résultat ? Il parlera ? Sans que vous le questionniez ?

— Cela n'a aucune importance, ni pour moi, ni pour votre enquête. Je vous le répète, il n'y aura rien à voir et rien à entendre. Vous vous ennuierez ferme derrière cette porte vitrée, mais ça ne me gêne pas, du moment que notre homme ne peut vous voir. Maintenant allons-y, installez-le.

L'inspecteur Coogan est à présent derrière sa porte, le nez collé à la vitre. Il ne voit Samuel Brewster que de dos : ses cheveux blonds fadasses, légèrement collés de transpiration sur la nuque mince, les épaules maigres et larges, le dos raide, et les deux mains retenues dans le dos par des menottes attachées au montant de la chaise.

Face à lui est assis le petit docteur. Il a gardé son imperméable, croisé les bras et il regarde l'assassin. Il le regarde sans un geste, sans un mot, sans expression sur le visage, à l'exception d'une concentration profonde et calme. Les minutes passent. L'inspecteur Coogan donnerait cher pour voir la réaction de l'autre. Il ne doit pas comprendre ce qui se passe et ce que lui veut ce petit homme silencieux qui est venu s'asseoir en face de lui. Il s'agite un peu, il doit poser des questions du genre : « Qu'est-ce que je fais là ? Qu'est-ce que vous voulez ? Qui êtes-vous ? »

Puis, il se tait. L'inspecteur le devine à l'immobilité de la nuque et des mâchoires dont il ne voit que les contours latéraux. Peut-être se rend-il compte qu'il a eu tort de refuser l'assistance d'un avocat. Il est trop tard pour l'instant. Officiellement la garde à vue a commencé et l'interrogatoire aussi. Rien dans la loi ne précise qu'un interrogatoire doit être parlant, en fait. Et ce docteur Sheffield est officiellement engagé comme auxiliaire de police. L'inspecteur Coogan est présent. Tout est en règle, quoiqu'un peu en marge de la règle. Et l'assassin doit se tenir de plus en plus mal à l'aise. Quoi de plus désagréable, en effet, que d'être fixé en silence durant des minutes qui deviennent des heures ? Car cela dure des heures, et le petit homme silencieux est toujours impassible. Comment fait-il pour ne pas avoir de crampes ? D'où lui vient cette faculté de concentration extraordinaire ?

Samuel Brewster s'agite comme il peut, car il ne peut agiter grand-chose. Le cou, le torse, à peine les jambes qu'il croise et décroise. Il s'énerve de plus en plus. Il insulte, cherche à menacer, à provoquer, sans y parvenir. Puis c'est à nouveau le silence, un silence effrayant avec, toujours inlassablement fixés sur lui les yeux pâles du petit homme immobile.

Voilà six heures que dure cette bizarre confrontation. Coogan se demande comment il réagirait à la place de l'assassin. Dormir ou faire semblant pour échapper au regard et au silence ? Ce doit être impossible. Bondir sur le petit homme ? Pas moyen, la chaise est fixée.

Soudain, il remarque que l'assassin s'agite à nouveau, il semble furieux et les insultes doivent pleuvoir à l'adresse du docteur Sheffield, qui se lève enfin, tranquillement, ôte son imperméable et son chapeau, les dispose soigneusement sur sa chaise et sort sans se préoccuper de Samuel Brewster qui hurle :

– Vous ne m'impressionnez pas! Je n'ai rien dit! Rien, vous entendez! Vous ne savez rien! Vous êtes un imbécile qui ne sait rien du tout!

L'imbécile qui ne saurait rien du tout, la porte refermée sur les hurlements, pousse un soupir de détente et de soulagement. Il sourit à l'inspecteur Coogan et dit :

– Bien. Je sais où il a mis le fusil. Voulez-vous me donner un crayon et du papier?

Sur le papier, le petit docteur dessine une rue, puis une maison avec une grille, un jardin et des allées bien nettes, rectilignes.

– Ça vout dit quelque chose, inspecteur?

– Ça ressemble à des tas de maisons, mais ce pourrait être la sienne.

– Ici il y a un mur recouvert de feuillage et, derrière ce mur, un autre jardin. Ici nous avons un arbre, et là un buisson de fleurs colorées, des roses peut-être, je ne sais pas, mais colorées... L'arbre est petit.

L'inspecteur Coogan réfléchit sur le croquis, le tourne, l'oriente :

– On dirait le jardin voisin.

– Je ne peux pas vous le dire, mais le fusil est là, sous le buisson de fleurs, très exactement. Je regrette de ne pas pouvoir vous préciser les fleurs. Je suppose que ce garçon ne s'y intéresse pas assez. Sinon, j'aurais pu lire une couleur, une association d'idées. Je suis désolé, un buisson de fleurs colorées, c'est tout.

– Mais comment avez-vous fait?

– Je l'ai lu dans sa tête. Certains se défendent

plus que d'autres, et il y a des cas où je ne peux rien lire. Mais, lorsqu'il s'agit d'objets, de dessins de lieux, ou même de corps, il m'arrive d'obtenir certains résultats. Avec lui, ce n'était pas très difficile, je pensais « fusil », je lui imposais cette image dans la tête et, au bout d'un moment, il ne pouvait plus s'empêcher de penser à l'endroit où il l'avait caché. C'est logique. Disons que j'articule la logique. Il pense maison, jardin, mur, arbre, buisson, couleurs, fusil... je remets le tout en ordre, j'essaie du moins. J'impose la chose à plusieurs reprises jusqu'à ce que je puisse deviner quelque chose de cohérent. Cela dit, il faut un sujet impressionnable, et c'est le cas bien plus souvent qu'on ne le croit. Les voleurs, les assassins sont des personnalités fragiles. Je n'ai rien d'un détecteur de mensonges; un autre sujet, assez fort pour m'imposer son mensonge pourrait me mentir. Celui-là est facile. D'une part, il ignore tout de ma méthode, c'est un avantage; d'autre part, il est faible.

L'inspecteur Coogan et le petit docteur Sheffield se sont donc rendus dans la maison voisine. La voisine, celle qui craignait tant le regard de Samuel Brewster, fut bien étonnée de voir des policiers armés de pelles et de pioches investir son jardin, lequel n'avait pas été fouillé, comme celui des Brewster par l'équipe de la criminelle.

Et le fusil était là. Sous un massif de fleurs colorées. Un joli massif, qui constituait une cachette invisible. Il avait suffi à Samuel Brewster, son crime accompli dans la nuit, de sortir proprement la motte, de glisser le fusil sous les racines, et de remettre le massif en place. La terre ratissée, cerclée de gazon, ne montrait aucune faille.

L'autopsie du corps de madame veuve Brewster indiquait que le crime avait eu lieu aux environs de minuit, et que la victime avait dîné d'une soupe de poissons. Par ailleurs, le crime était parfaitement prémédité : le fusil étant bien celui du père et, stupidité fondamentale de la part de l'assassin, deux belles empreintes ornaient encore l'intérieur de la gâchette. On retrouva également, sous ses chaussures de sport, une quantité infime de la terre du jardin voisin. Celle du massif de fleurs. Avec son engrais.

Vint alors le temps du véritable interrogatoire, par l'inspecteur Coogan lui-même, qui ne pratiquait pas le silence, lui.

— J'avais dit que je t'aurai, voilà qui est fait. Maintenant, j'écoute.

— Je n'ai rien à dire.

— Comme tu veux. Nous allons rappeler en consultation ce bon docteur Sheffield...

— Non !

— Alors j'écoute.

— C'est moi, mais c'est de sa faute Elle ne voulait pas que je fréquente Molly.

— Pour quelle raison ?

— Maman disait que je lui ferais du mal. Elle ne voulait pas de fille à la maison. Elle disait qu'il y aurait du désordre et que, de toute façon, je ne serais jamais un mari convenable. Elle disait que je devais rester comme ça. Et moi, j'avais peur de rester comme ça.

— Comment « comme ça » ?

— Pas marié. Les gens racontaient des choses...

— Quelles choses ?

— Vous savez bien...

— Et tu as fait ce genre de choses ?

— Jamais ! jamais ! Même au collège... Maman disait que, si je fréquentais un garçon, mon père se retournerait dans sa tombe...

Samuel Brewster fut pendu. Quant au docteur Sheffield, qui assista au procès, il nota sur un petit carnet que les fleurs colorées étaient des tulipes, et qu'il n'avait pas pu les identifier dans la tête de Samuel Brewster. Première hypothèse : les tulipes étaient un peu avancées, en ce mois de juillet, et il ne restait plus beaucoup de fleurs épanouies. Deuxième hypothèse : il vieillissait et perdait de son pouvoir de concentration...

L'inspecteur Coogan lui fit remarquer que ce détail n'était guère important.

– Tsstt... Tsstt... La tulipe est une fleur particulièrement facile à visualiser, de par sa forme particulière. Et chaque détail est important dans ce genre d'expérience. Vous savez les gens qui me consultent sont rares, et terriblement méfiants, voire méprisants. Quelque chose me console tout de même : je me demande si Brewster savait qu'il s'agissait de tulipes. Il y a des gens que les fleurs indiffèrent, ils ne les voient pas, elles leur semblent inutiles. Ce doit être ça : il ne devait pas aimer les fleurs. Et un homme qui n'aime pas les fleurs, inspecteur, est un homme suspect. Vous savez, je pourrais parler des fleurs pendant des heures...

Et le petit homme silencieux se mit à parler des fleurs.

Le monstre de Hongrie

L'auberge sent la fumée, le mouton et la graisse fondue. Le sol dallé de carreaux rouges résonne sous les sabots des paysans qui s'ébrouent en entrant, comme des mulets, pour se débarrasser de la poussière de neige qui les recouvre.

C'est jour de marché. Les colporteurs ont déposé leurs sacs à leurs pieds et discutent en buvant l'alcool de blé.

Tous les paysans de la province de Szeged en Hongrie ont quitté leurs fermes. Ils portent autour du cou des chapelets de saucisses, des jambons sur leur dos, ou traînent des sacs de blé sur des charrettes à deux roues.

Sur la route qui mène au village, quatre gendarmes autrichiens à cheval marchent au pas derrière un officier moustachu, rutilant sous son casque à plumes.

Le comte Hosvak est en mission spéciale. Il vient se rendre compte sur place d'un étrange phénomène que les statistiques ont mis en évidence : depuis deux ans, une épidémie de suicide a frappé la région. Quatre paysans ont été retrouvés pendus dans leurs granges, la nuit. Cela fait un pendu tous les six mois. C'est beaucoup trop pour passer inaperçu.

Le comte Hosvak, lui-même propriétaire dans la région, connaît bien les paysans. Certes, ils ont comme tous les autres hommes du vague à l'âme. Certes, le moyen de suicide le plus répandu dans les campagnes est la corde. Mais tout de même!

En partant pour cette mission, au printemps 1933, il a déclaré à ses amis :

– Messieurs, je parierai mes bottes qu'il y a là-dessous une histoire de sorcellerie, ou un règlement de comptes entre voisins pour un lopin de terre. Ces gens sont incultes et brutaux.

Le comte Hosvak est quelque peu méprisant dans son jugement, mais il faut reconnaître qu'il n'a pas tout à fait tort. Cependant, lorsqu'il met pied à terre devant l'auberge du village, il ne s'attend certes pas à ce qu'il va découvrir. Comment pourrait-il imaginer une organisation du crime dans ce village perdu de l'est de l'Europe et un chef digne d'Al Capone ? Et surtout, comment pourrait-il imaginer les raisons de cette organisation et la nature de son chef ? C'est une histoire unique dans les annales et, ce jour-là, sur la place du marché plusieurs paires d'yeux, qui observent les gendarmes, en détiennent le secret.

Le comte Hosvak s'est installé à l'auberge dont la salle s'est quasiment vidée dès qu'il est entré. Les colporteurs, les marchands, les paysans, ont décroché leurs manteaux de laine odorant de la graisse des moutons et se sont rassemblés sur la place de l'église pour discuter de l'événement.

Le comte Hosvak a fait appeler le maire, un petit homme si rond et si rouge qu'il semble prêt d'éclater.

– Faites amener ici les veuves, je désire les interroger.

– Les veuves? Quelles veuves, Monsieur l'Officier? Toutes les veuves?

– Non pas. Les veuves des pendus, monsieur, uniquement les veuves des pendus et leurs enfants. Vous les ferez installer ici, dans cette salle en attendant que l'aubergiste s'occupe des chevaux et serve à mes hommes une collation! Quant à moi, je désire prendre un bain chaud dans une chambre sans punaises!

L'aubergiste s'incline mais n'en pense pas moins. Voilà bien une manie autrichienne que de se tremper dans l'eau par tous les temps!

Quelques heures plus tard, rafraîchi, reposé, la moustache fleurant bon la lavande, le comte Hosvak siège à une table de l'auberge qu'il a fait recouvrir d'un tapis de coton. Une lampe à pétrole éclaire un registre, celui de la mairie, où sont consignés les noms des suicidés. A ses côtés, le médecin du canton, vêtu de noir, obséquieux et maigre, se tient droit sur une chaise. Les gendarmes montent la garde devant l'auberge.

Assises le long du mur, vêtues de noir, les quatre veuves jettent des regards sournois ou effrayés en direction du comte dont la voix, le ton et l'allure, les impressionnent.

– Approche, femme Doback.

La veuve s'approche en dissimulant son visage derrière un châle de laine.

– Montre-toi et réponds sans crainte. Pourquoi ton mari s'est-il pendu?

– Je ne sais pas, Excellence.

– Il était malade?

– S'il était malade, c'est de boire trop, Excellence.

– Dis-moi, femme, ne l'as-tu pas aidé à se pendre?

– Moi, Excellence? L'aider à se pendre? Et comment faire, mon époux Doback pesait plus lourd que trois cochons... J'ai dû appeler à l'aide pour le dépendre.

– Selon toi, femme, pourquoi a-t-il fait cela?

– Je ne sais pas, Excellence. Il était bizarre, il buvait et me battait souvent.

– N'y a-t-il pas quelque histoire de sorcellerie par là-dessous? Réponds! Ne lui as-tu pas mis une poudre dans son vin ou sa soupe?

– Jamais je n'aurais fait cela, Excellence! Et un homme manque à la maison, il m'a laissée veuve avec deux petits en bas âge.

– Si tu mens, femme, le tribunal te jugera! Jure devant Dieu!

– Je jure, Excellence!

Après la femme Doback, la femme Vecserjès, la femme Gayap. L'officier n'a rien appris de plus, et pourtant il a le sentiment que ces femmes lui cachent quelque chose.

Arrive la femme Borcsok, plutôt jolie, l'œil malin, la bouche prometteuse. Une veuve de quarante ans à peine que les cotillons noirs n'arrivent pas à enlaidir. Mais le regard est dur, la voix autoritaire. En se levant pour gagner la chaise de l'interrogatoire, elle a frappé sèchement sur la main de son fils qui voulait se lever en même temps qu'elle.

L'adolescent est donc resté à sa place. Tête basse, il contemple ses mains croisées sur ses genoux. Le comte est intéressé. Cet enfant doit avoir quinze ans, il n'est pas en bas âge comme les autres, il sait peut-être, lui.

– Approche, gamin.

La mère a un regard inquiet. C'est donc qu'il est sur la bonne voie.

– Sais-tu quelque chose sur la mort de ton père ?

– Il s'est pendu, Excellence.

– Tu l'as vu ?

– Oui. Oui... Excellence...

– S'est-il pendu tout seul ?

L'adolescent sursaute, regarde avec effroi sa mère qui, aussitôt, vole à son secours.

– Le fils a eu très peur, Excellence. Il n'avait jamais vu de mort. Il a couru se cacher dans les prés et il n'est rentré qu'au soir. C'est pour ça que l'on a découvert le corps de mon époux à la nuit tombée du lendemain.

– Dis-moi garçon, c'est toi qui as vu ton père le premier ?

L'adolescent fait un signe affirmatif.

– Et tu n'as pas essayé de couper la corde ? Tu aurais pu le sauver, peut-être. Eh bien, réponds ! Tu as dit au maire que tu cherchais ton père dans la grange et que tu l'as vu pendu à la grosse poutre. Alors, tu as eu peur et tu t'es sauvé avec la lampe. Il était 5 heures du matin. Pourquoi t'es-tu caché toute la journée ?

L'adolescent paraît muet de peur, le comte s'adresse alors à la mère :

– Et toi, femme, tu n'as pas cherché ton époux de toute la journée ? Alors qu'il avait quitté ton lit à l'aube ? Tu n'es pas allée dans la grange une seule fois ? Pourquoi ?

– On s'était fâché, Excellence. Il m'avait battue et je l'avais envoyé dormir avec les bêtes. Je n'allais pas retourner le chercher.

– Et tu ne t'es pas inquiétée de ton fils, non plus ?

– Je me suis dit qu'ils étaient partis tous les deux aux champs et qu'ils rentreraient le soir.

– Donc c'est toi, garçon, qui as vu ton père le premier. Qu'allais-tu faire dans la grange à cette heure de la nuit?

L'adolescent est affolé. Soudain, il arrache son bonnet de fourrure, le jette aux pieds de sa mère en pleurant, tente de dire quelque chose, mais s'étrangle et, avant même que les gendarmes aient pu réagir, il bondit au-dehors comme un lièvre, et détale dans les rues du village en bousculant les marchands. En quelques minutes, il a disparu de la vue de ses poursuivants.

Le comte Hosvak demande alors qu'on lui selle son cheval et part lui-même à la poursuite de l'enfant, accompagné de deux gendarmes. Aux autres, il a ordonné:

– Gardez ces femmes ici. Et que personne ne sorte! Toi l'aubergiste, pas un mot.

Loin dans la plaine, Jean Borcsok, fils unique du quatrième pendu du village, le dernier en date, court comme une bête affolée. Le cœur lui bat dans la gorge, il ne sait pas où il va, il court, il obéit enfin à la peur terrible qui le ronge depuis des mois. La clé du mystère, c'est lui bien sûr.

Les chevaux des gendarmes galopent sur le chemin boueux et mal empierré. Le comte Hosvak mène cette poursuite comme une chasse à courre. Il est bon chasseur, il connaît les réflexes du gibier. Là-bas, au loin, au bout de la plaine se dessine l'ombre d'une forêt. Il faut l'atteindre avant que le garçon aille y chercher refuge.

Une heure de chasse et le comte a gagné. Voici l'enfant cerné dans la rivière, grelottant, couvert de boue, et pâle comme la neige alentour. Les gendarmes le ramènent ficelé tel un cochon sauvage et les villageois disparaissent dans leurs maisons comme des poules effrayées.

A l'auberge, le comte Hosvak pousse devant lui le gamin effrayé, écarte la mère qui veut se précipiter vers lui et annonce :

– Je vais interroger ce petit criminel dans ma chambre!

Jean Borcsok s'effondre sur le plancher où vient de le bousculer le comte. A genoux, il se met à pleurer, répétant qu'il n'a rien fait, que ce n'est pas lui, qu'on l'a obligé. Il fait une crise de nerfs. Enfin calmé d'une gifle et reniflant dans ses vêtements trempés, il parle.

– C'est Étienne la pipe.

– Qui est Étienne la pipe ?

– Elle habite en dehors du village, c'est elle qui fait les exécutions.

– Comment, elle ? C'est une femme ? Tu te moques de moi ?

– Non, Excellence, non, je vous jure que c'est vrai. Étienne la pipe est une femme déguisée en homme. Elle fume la pipe toute la journée, comme un homme. Un jour, elle est arrivée au village, elle avait une jupe et un caraco à pois rouges, un fichu sur la tête. Quatre jours plus tard, elle a coupé ses cheveux et s'est habillée en homme. Elle fait peur à tout le monde. Elle dit qu'elle sait des choses sur tout le monde... Et on a peur d'elle.

– Tu veux me faire croire que c'est une femme qui a pendu ton père ?

– Et les autres aussi. C'est le bourreau du village. Elle peut tuer qui on veut, pourvu qu'on la paye

– Et ta mère l'a payée ?

– Elle a payé quatre jambons, une longue saucisse, un quintal de blé et 30 pengos de nos économies.

– Comment le sais-tu?

– Ma mère me l'a dit. Elle m'a obligé.

– Obligé à quoi?

– A être l'aide du bourreau. Elle ne voulait pas le faire et elle disait que j'étais assez grand.

– Raconte-moi, garçon. Calme-toi et raconte-moi comment ça s'est passé.

– Je devais attirer mon père dans la grange, pendant la nuit. Nous sommes allés voir ensemble si un renard ou une bête n'y était pas entré. Au moment où il est passé sous la grande poutre, Étienne a laissé tomber la corde autour de son cou et elle a tiré. C'est comme ça qu'elle a fait pour les autres.

– Tu veux dire qu'elle arrive à pendre un homme toute seule.

– Elle est très forte! Bien plus qu'un homme. Elle se cache dans le foin de la grange, elle prépare la corde et, quand l'homme est pris le cou dedans, elle n'a plus qu'à tirer et à faire un nœud coulissant.

– Comment sais-tu qu'elle a tué les autres hommes aussi?

– Toutes les femmes le savent au village. Si leur mari ne leur plaît plus, ou s'il les bat, les trompe, ou les vole, elles savent qu'elles peuvent aller voir Étienne. On la paye et elle exécute. Tout le monde a peur, elle est devenue le chef. Elle va me faire mourir quand elle saura que j'ai parlé.

Insensé! Son Excellence le comte Hosvak n'a jamais entendu de telles horreurs. Une femme! Un monstre a pris possession de tout un village et elle tue sur commande! Pourquoi?

Il faisait nuit lorsque les quatre gendarmes et l'officier se présentèrent à la porte de la ferme où

Étienne le bourreau avait élu domicile depuis plus d'un an. Et les quatre gendarmes eurent bien du mal à maîtriser cette force de la nature en pantalon, gilet et casquette. 1,90 mètre, 95 kilos de muscles. Un visage aux traits épais, buriné comme ceux d'un homme, des mains de forgeron, des yeux de sorcière...

Personne ne savait d'où elle venait. Elle n'avait pas de nom, aucun papier d'identité et se faisait appeler Étienne. Il fallut l'obliger à s'habiller en femme pour comparaître devant le tribunal. Comment avait-elle pu prendre autant d'influence sur les autres? En leur faisant croire qu'elle connaissait tout sur eux, qu'elle possédait des dons mystérieux de voyance et qu'elle avait droit de vie ou de mort sur les hommes.

Sur les hommes seulement, qu'elle haïssait, en voulant pourtant se targuer d'en être un. Il suffisait qu'une femme vienne se plaindre à elle de son époux pour qu'aussitôt elle propose ses services. On la payait en bétail, vivres ou argent, selon ses possibilités. Et, ultime horreur, elle avait projeté d'épouser la fille d'un fermier, une gamine de seize ans que la mère était prête à lui céder en échange de l'exécution du père.

Ce monstre fut condamné à mort et le village se mit en fête le jour de son exécution par un bourreau, officiel celui-là. Les quatre veuves s'en allèrent en prison à perpétuité et ceux qui les avaient aidées à attirer leurs maris dans les granges – ils étaient deux – eurent droit à quinze ans de prison chacun.

C'était en 1933, dans la province de Szeged en Hongrie. Il resta un mystère quant à l'identité du monstre. Les médecins ayant déclaré qu'il s'agissait à leur avis autant d'une femme que d'un homme puisqu'elle possédait, selon eux, les caractères des deux sexes. Mais l'acte d'accusation, lui, ne pouvait indiquer qu'un prénom masculin : Étienne. Pas de nom de famille, pas de lieu de naissance, aucune identité contrôlable.

C'est donc un être du troisième type, venu d'ailleurs, à qui le bourreau serra le cou un jour d'hiver 1933.

Le sorcier de Gérone

José Tuilez vient d'assassiner sa femme. C'est indubitable. Les cris et les appels au secours ont alerté la moitié des voisins et la totalité des domestiques.

Hélas! Le temps pour les domestiques de traverser l'immense demeure bourgeoise, et le temps pour les voisins d'escalader les grilles et de tambouriner aux portes de bois... Graziella était morte.

Sous le regard effaré d'une bonne douzaine de témoins, José Tuilez serre encore le cou fragile de son épouse. A présent, il lâche lentement sa victime. Ses deux mains soignées et puissantes retombent doucement et il regarde le corps de sa femme glisser sur le parquet de chêne, avec une dernière grâce involontaire.

Un témoin, encore sous le choc, dit tout à coup :

— Don José... Vous avez tué votre femme ?

Cette réflexion, faite avec stupeur et modération, ne trouble pas l'assassin pour autant. Il a l'air bizarre. Il tourne vers les témoins de la scène un regard vide :

— Qu'est-ce que vous dites ?

C'est une femme qui crie à présent :

— Vous avez tué Graziella!

– Qui moi? Vous êtes fous, je n'ai tué personne. De quoi parlez-vous?

Cette réponse incroyable fait enfin réagir les domestiques qui osent avancer et se pencher sur leur maîtresse. De leur côté, les voisins cernent le criminel, l'obligent à reculer, le coincent entre un mur de son salon et brusquement se jettent sur lui pour l'immobiliser. Mais José Tuilez ne se débat pas vraiment. Il proteste d'un ton fatigué:

– Laissez-moi, qu'est-ce que vous voulez?

Plusieurs voix excitées lui répondent:

– Mais vous avez tué votre femme! Vous êtes fou!

Indubitablement, José Tuilez a tué sa femme. Une douzaine de témoins l'ont vu. Il serrait comme un forcené, la malheureuse a crié. Elle est morte sur le parquet et l'assassin se contente de répondre:

– Tué ma femme? C'est ridicule.

Ce riche marchand de Gérone, âgé de cinquante ans, a toujours été un époux attentif. Graziella, sa femme, était une beauté rondelette et séduisante, d'une vingtaine d'années sa cadette. Leur fortune est solide, leur entente jusque-là sans faille. Quelle crise de folie subite s'est emparée de José Tuilez, notable de Gérome?

Le 14 octobre 1905, Carlos Oliveira, jeune inspecteur de la brigade criminelle de Barcelone, arrive à Gérone, cette petite ville au nord-est de l'Espagne, non loin de la frontière française.

Le crime a eu lieu, il y a deux jours. Et, depuis deux jours qu'il est en prison, José Tuilez ne cesse de répéter qu'il n'a pas tué sa femme. Un médecin, venu l'examiner, l'a trouvé parfaitement normal, quoique un peu excité.

Oliveira, le policier, se fait expliquer la situation par le chef carabinier.

33

– Il n'est pas fou, mais il en a l'air! On l'a attrapé les mains autour du cou de sa femme, et il ne veut pas en démordre : « Je ne l'ai pas tuée », c'est tout ce qu'il sait dire. On lui a envoyé le curé, le maire, on est allé prévenir sa famille. Tout le monde a essayé de le raisonner, rien à faire! Et j'ai douze témoins!

– Il n'y a pas de quoi s'affoler puisqu'il est coupable! Je suppose qu'il a fait une crise de folie passagère?

– Le médecin dit qu'il est tout à fait normal et, si on vous a demandé de venir, c'est qu'il a l'air sincère quand il dit qu'il ne l'a pas tuée!

– Mon cher, les meurtriers sincères, il y en a des milliers en prison...

– Oui mais, c'est José Tuilez! Le plus gros négociant de la province!

Il y a autre chose. Une amie de sa femme prétend que, depuis quelques semaines, il fréquentait un étranger, un Français, une espèce de sorcier, et elle dit qu'il l'a envoûté!

– Envoûté? Allons bon. Nous ne sommes plus au Moyen Age!

– Le curé aussi dit qu'il est innocent, et que le diable a guidé ses mains!

Le jeune policier hoche la tête avec commisération. Décidément, dans ces petites villes de province, on croit aussi facilement à Dieu qu'au diable. Il se rend tout d'abord dans la cellule de José Tuilez et a la surprise de constater qu'il est, pour le moins, bien traité. Assassin sûrement, mais notable avant tout; on lui a fait un lit confortable et sa table est chargée de nourriture, à laquelle il n'a guère touché, d'ailleurs.

Don José est un homme assez grand, encore séduisant. Son visage pâle, barré d'une moustache mince, se tourne vers le policier avec lassitude :

– Que voulez-vous encore?

Carlos Oliveira se présente puis demande à brûle-pourpoint :

– Pourquoi refusez-vous la vérité? Vous avez peur de quelque chose ou de quelqu'un?

– Peur, moi? C'est ridicule! Toute cette histoire est ridicule, je n'ai pas tué ma femme, je l'aimais trop pour ça...

– Alors, que pensez-vous de la situation?

– Mais je ne sais pas. C'est à devenir fou!

– L'êtes-vous?

– Bien sûr que non!

– Alors, expliquez-moi pourquoi douze témoins vous ont vu en train d'étrangler votre femme? Croyez-vous que ces douze personnes aient décidé de vous nuire?

– Je ne crois pas, mais je ne comprends pas, puisque je vous dis que je ne l'ai pas tuée!

– Vous vous souvenez précisément de ce que vous avez fait cette nuit-là?

– Bien sûr! Je suis allé chez un ami. Nous avons passé la soirée ensemble à discuter, puis je suis rentré chez moi.

– Où était votre femme lorsque vous êtes rentré?

– Au lit je suppose! Je ne l'ai pas vue.

– Vous l'avez pourtant vue morte?

– Oui Je l'ai vue en effet, mais j'avais l'impression de vivre un cauchemar.

– Elle a crié, paraît-il, c'est ce qui a alerté les témoins. Vous vous souvenez de ses cris?

– Des cris? Pourquoi me parlez-vous de cris?

– Une femme qu'on étrangle essaie de crier. Votre femme l'a fait, on l'a entendue. Vous auriez dû l'entendre aussi, vous ne croyez pas?

– C'est absurde ce que vous dites là.

– Si vous n'avez rien entendu, c'est effectivement absurde!

– Des cris, j'en entends sans arrêt dans ma tête depuis ces derniers jours. Je ne sais plus d'où ils viennent.

Le policier vient de remarquer que don José a porté la main à son front, comme s'il cherchait à se souvenir de quelque chose, sans y parvenir. Cet homme est-il fou, malgré l'avis du médecin ?

– Dites-moi qui est cet ami étranger dont on m'a parlé ? Celui avec lequel vous avez passé la soirée ?

– Je vous en supplie, n'allez pas lui créer d'ennuis à cause de moi. C'est un homme éminent, un philosophe français et un chercheur de premier ordre.

– Ce n'est pas l'avis d'un témoin qui le traite de sorcier.

– C'est stupide. Paul est un savant. J'imagine que c'est une amie de ma femme qui vous a raconté ça ? Graziella ne comprenait pas non plus l'intérêt que je portais à cet homme. La pauvre. Les femmes n'entendent rien à la science. Quelques jours avant... avant sa mort, elle me tenait un discours enfantin. Elle s'était mise dans la tête que cet homme était un sorcier, et qu'il allait me ruiner. J'aime Graziella, je suis vraiment très amoureux d'elle, vous savez, mais elle n'est pas très intelligente. Et je ne l'ai pas tuée, je vous jure que je ne l'ai pas tuée. Je me suis vu debout devant elle, allongée par terre, j'ai vu qu'elle était morte et je n'ai pas compris ce qui s'était passé, sinon que je suis certain de ne pas l'avoir tuée.

Le policier Oliveira quitte la cellule de don José, pris d'un curieux malaise. Voilà que lui aussi a tendance à croire le prisonnier. La sincérité chez un être est parfois évidente, et c'est le cas chez cet homme. Négociant habile, issu d'une famille bourgeoise sans fortune, honnête, peu cultivé mais avide de l'être, don José avait réussi une brillante ascension sociale. Que lui est-il arrivé ?

Le policier Oliveira décide de se renseigner sur l'ami étranger de don José. Il télégraphie tout d'abord à Barcelone. L'identité du personnage, recueillie par la police locale : Paul M., français, quarante-sept ans, domicilié à Perpignan, profession : écrivain.

Et, en attendant, il va lui-même interroger le témoin principal, l'amie de Graziella, celle qui a décrit l'étranger comme un sorcier. Teresa ne se fait pas prier pour raconter ce qu'elle sait au policier Oliveira. Elle est encore bouleversée par la mort de sa meilleure amie et ne cache rien sur les confidences qu'elle a reçues.

– Graziella avait peur de ce Français. Il s'est installé dans une maison hors de la ville et, quelques jours après, il était l'ami de don José, au point de ne plus le quitter. Je sais tout sur lui, je me suis renseignée, il est franc-maçon, il s'est fait recommander à la Grande Loge de Catalogne. C'est là qu'il a connu don José.

Le policier a un léger sourire. A cette époque, la franc-maçonnerie n'est pas officiellement condamnée en Espagne, mais presque. A Madrid on n'aime guère ce genre d'association. Toutefois, pour un policier habile, les tiroirs du grand maître n'ont aucun secret, et il suffira d'un télégramme supplémentaire pour en apprendre davantage à propos du Français. En 1905, la police espagnole ne s'embarrasse guère de scrupules en pareil cas.

Mais la jeune femme poursuit ses révélations :

– Graziella m'a raconté que cet étranger avait proposé à son mari de faire des expériences occultes. Il se dit capable de fabriquer de l'or un jour. Don José lui a prêté énormément d'argent et, lorsque Graziella a voulu lui faire remarquer que cet homme était sûrement un escroc, il s'est fâché et l'a priée d'être aimable avec son ami. A partir de là, le Français s'est beaucoup intéressé à Graziella. Il lui a fait la cour à un tel point qu'elle a été obligée d'en parler au prêtre et de lui demander d'intervenir. La veille de sa mort, elle m'a assurée que le *padre* allait intervenir auprès de cet homme.

Le policier est soudain intéressé :

– L'a-t-il fait ?

– Non. Graziella me l'aurait dit, et j'ai passé la journée avec elle. Elle était très inquiète et avait peur de cet homme. Il la regardait bizarrement parfois, et elle m'a dit, je m'en souviens très bien : « J'ai besoin de toute ma volonté pour échapper à son regard. » Pour moi, c'est un sorcier, il a envoûté don José.

Sorcier, franc-maçon, faiseur d'or, et Français par-dessus le marché, cela mérite une visite. Mais Carlos Oliveira est un policier sage. Il préfère attendre des nouvelles de Barcelone, lesquelles lui parviennent une semaine plus tard.

Ce sont des nouvelles édifiantes. Paul M. a quitté Perpignan à la suite d'une affaire de mœurs : il attirait chez lui des fillettes d'une quinzaine d'années... L'affaire a tourné court, car les jeunes filles ne se sont pas présentées à la police et les parents ont refusé de porter plainte pour éviter le scandale. Une seule gamine a eu le courage de raconter. Elle affirme que cet homme l'a hypnotisée et emmenée chez lui. Elle affirme qu'il a pratiqué sur ses camarades des expériences bizarres, dont certaines se rapprochent carrément de l'attentat aux mœurs et au détournement de mineures.

Le deuxième renseignement a été obtenu secrètement par la police de Barcelone, en visitant nuitamment le fichier de la Grande Maçonnerie. Le certificat de recommandation présenté par Paul M. pour se faire admettre par la Loge de Catalogne est un faux.

Le policier Oliveira fait le point : cet homme a voulu s'introduire dans la société de Gérone pour y choisir un pigeon quelconque. José Tuilez par exemple. S'il pratique réellement l'hypnotisme, cela doit servir ses projets. Mais quels projets avait-il en tête ? Ruiner don José ? Séduire sa femme ? Les deux peut-être. Mais que vient faire le crime dans tout ça ? Don José aurait tué par jalousie, ayant découvert quelque chose entre le Français et Graziella ? Possible, mais cela n'explique pas pourquoi il nie l'avoir fait avec autant d'obstination et d'apparente sincérité.

Alors, faudrait-il admettre que le Français a hypnotisé le mari pour lui faire tuer sa femme ? Le policier n'aime guère ce genre de théorie. Pour lui, les hypnotiseurs ne sont que des escrocs de foire. D'autre part, où serait l'intérêt du Français ? S'il tenait à la confiance de don José, c'était la dernière chose à faire, sauf si Graziella contrariait ses projets. Elle savait qu'il était un escroc, elle représentait un danger qu'il fallait supprimer.

Oliveira imagine que Paul M. a tué lui-même Graziella et laissé croire que son mari était coupable.

Ridicule. Douze témoins ont assisté à la scène. De plus, Graziella a passé la journée chez elle, sans sortir et son mari était avec le Français. Comment aurait-il pu étrangler la femme et monter une mise en scène pareille ?

Le policier cherche une manière d'aborder son entretien avec cet homme. S'il se place en policier, il risque de ne jamais rien avoir. L'idéal serait de faire la connaissance du Français par un autre moyen, de capter sa confiance, et d'enquêter discrètement sur les expériences auxquelles il est censé se livrer.

Quelques jours plus tard, ayant bien réfléchi et préparé son piège astucieusement, le policier se présente à la villa de Paul M. construite à l'écart de la ville et très isolée. Il est accompagné d'une jeune fille de dix-sept ans.

Maria Pia, la jeune fille, sera la première auxiliaire féminine de la police espagnole. En réalité, il s'agit de la propre nièce du policier, et il a eu bien du mal à convaincre le père de la lui prêter pour l'enquête. Maria Pia, elle, est ravie. Un peu peureuse, mais fière et excitée à l'idée de rencontrer un hypnotiseur. Elle connaît son rôle par cœur.

Entre-temps, son oncle de policier s'est fait passer pour un écrivain de Madrid en voyage dans la région, et a réussi à se faire présenter Paul M. Au cours de deux conversations précédentes, il a négligemment mis l'accent sur les pouvoirs occultes du Français et lui a demandé une faveur.

– Je connais une jeune fille qui est un médium extraordinaire... Sa famille n'aime pas beaucoup cela, mais j'aimerais vous la présenter. Ce genre d'expérience me passionne intellectuellement. L'ennui c'est qu'elle est riche et de la bonne société, il ne faudrait pas que la famille se doute de quelque chose. Si je vous l'amenais discrètement un soir ?

L'homme étrange, un athlète de cinquante ans, au regard gris extraordinaire, a à peine hésité.

– Ce genre d'expérience n'est pas le centre de mes recherches, je vous l'avoue. Je pratique plutôt l'alchimie et la recherche philosophique mais, si vous y tenez...

– Oh ! ça m'amuserait énormément ! Mais surtout n'en parlez à personne !

Le rendez-vous a été pris dans la villa de Paul M.

pour un soir, vers 10 heures. Et Maria Pia, frémissante au bras de son oncle, pénètre enfin dans l'antre du sorcier.

La villa est de modeste apparence, mais l'intérieur est surprenant. Paul M., en robe de chambre de soie noire, fait entrer ses visiteurs dans un salon tendu de tapisseries luxueuses et au sol recouvert de tapis somptueux. Il y trône un bureau surchargé de livres et de papiers, où dort un chat énorme et noir lui aussi. Un feu brûle dans la cheminée et il s'en dégage une odeur d'encens, douceâtre mais agréable.

Maria Pia lève sur le maître des lieux un regard clair et innocent.

– Vous allez m'hypnotiser?

– Mon dieu! Mademoiselle, mes talents sont faibles. Je ne suis qu'un hypnotiseur d'occasion.

Le policier-écrivain, qui se tient légèrement en retrait, note que les yeux du Français ont pris soudain une étrange fixité. De gris pâle, ils sont devenus presque verts, un peu phosphorescents. Puis ils reprennent une expression normale lorsque Paul M. se tourne vers lui :

– Cette jeune fille est tout à fait charmante. Quelle séduction! Ah, mon cher! Les enfants de cet âge ont une fraîcheur!

L'hypnotiseur retourne auprès de Maria Pia et l'examine avec un intérêt évident.

– Vous avez déjà été endormie?

– Oui, monsieur, six fois. De l'avis de mes amis, je suis un médium parfait. J'ai obtenu des communications avec l'au-delà. J'ai fait, paraît-il, des choses extraordinaires, mais je ne m'en souviens pas, vous savez, on me les raconte après...

Maria Pia secoue ses cheveux noirs, sourit de ses dents blanches et offre son joli visage au regard du sorcier, avec un naturel qui sidère un peu son oncle tout de même. Cette gamine entre dans la peau de son personnage avec une extraordinaire facilité. « Pourvu qu'elle tienne, se dit-il, pourvu qu'elle résiste. Si jamais cet homme a des pouvoirs illimités, s'il l'endort vraiment, je suis cuit, tout mon plan est par terre. »

Maria Pia, en effet, détourne son regard de celui du sorcier. Aurait-elle du mal à résister alors qu'il n'a pas commencé ?

Mais non. C'est simplement pour faire un clin d'œil à son oncle. La petite folle ! Si son père la voyait, lui qui la couve comme un trésor et la surveille de la maison à l'église lorsqu'elle se rend à la messe ! Lui qui a hurlé avant de se laisser convaincre, pour la bonne cause. Il connaît mal sa fille, comme tous les pères.

Maria Pia est prête. Le sorcier s'avance et commence les incantations.

– Vous dormez, vos yeux se ferment, ils se ferment, vous dormez, vous vous sentez bien, très bien. Je vais vous poser des questions. Que voyez-vous ?

Dort-elle ou non ? Le policier est sur le qui-vive. Quelle expérience stupide a-t-il voulu tenter là !

Maria Pia les yeux clos, vacille un peu. Le sorcier l'allonge avec précaution sur un divan. Il a l'air tout à fait pris par l'expérience, mais pas au point d'oublier d'admirer le corps étendu devant lui. Oliveira serre les dents pour ne pas intervenir, ce serait trop bête. Après tout, il est lucide, lui, et capable de réagir si besoin est.

– Que voyez-vous mon enfant ?

La petite voix de Maria Pia semble venir des anges. Elle en rajoute avec bonheur ? Ou elle est sous le charme ?

– Je vois des fleurs, des oiseaux, j'entends de la

musique. Je vois des ombres qui passent et flottent autour de moi.

– Qui sont ces ombres, les connaissez-vous?

– Non. Si. Je connais l'une d'elles, c'est une femme, elle est morte, elle est effrayante, j'ai peur. C'est Graziella, elle dit qu'elle a été tuée, c'est son mari qui l'a tuée. Elle dit que c'est sur l'ordre d'un sorcier.

Paul M., le sorcier en question, se redresse violemment et s'apprête à réveiller la jeune fille, mais le bras du policier le retient:

– Laissez-la, c'est intéressant!

Et Maria Pia continue!

– Le sorcier, c'est l'étranger, c'est lui qui a commandé la mort, il a hypnotisé son mari.

Perdant le contrôle de lui-même, Paul M. secoue la jeune fille avec force. Le policier intervient:

– Voyons... Je croyais qu'il ne fallait pas brusquer les médiums!

Paul M. plante son regard gris acier dans celui d'Oliveira et demande:

– Qui êtes-vous? Qui est cette jeune fille?

Et tout à coup, Oliveira se sent bizarre... Bizarre! Il n'a que le temps de se ressaisir pour crier:

– Police. Laissez cette jeune fille, je la réveillerai moi-même!

Et l'oncle se penche sur la nièce avec inquiétude bien qu'elle ait fidèlement répété ce qu'on lui avait appris le matin même et joué le comédie à la perfection... A présent, elle s'assoit sur le canapé, son regard clair et innocent va de l'un à l'autre, et elle demande:

– Qu'est-ce que j'ai dit? Qu'est-ce que j'ai fait?

Sous le coup de l'émotion et pris à son propre piège, Paul M. ne résistera pas longtemps au policier Oliveira qui ne lui révélera la supercherie que bien plus tard.

Maria Pia reconnut qu'il lui avait fallu toute son énergie pour ne pas s'endormir.

– Je n'arrêtais pas de me dire : « Si tu dors, il te tue, si tu dors, il te tue. Ça m'a beaucoup aidée. »

Les aveux de Paul M. l'hypnotiseur sont consignés dans le rapport de police établi par Oliveira, le 30 octobre 1905. Le voici :

Je pratiquais des expériences alchimiques auxquelles s'intéressait José Tuilez, il me faisait confiance pour fabriquer de l'or et m'a aidé financièrement. Sa femme avait menacé de me dénoncer au prêtre et à la police. J'ai donc hypnotisé don José le soir où il est venu me voir, et je lui ai ordonné de tuer sa femme. Elle gênait nos projets. Sans elle, nous serions devenus riches.

Mais Carlos Oliveira, qui ne croyait pas au meurtre sous hypnose, conclut son rapport un peu différemment :

Un témoin a confirmé qu'il a vu, ce soir-là, Paul M. et don José sur la route de Gérone. Je soutiens donc que cet homme a réellement hypnotisé le mari, mais qu'il a lui-même étranglé la victime. En tout cas, il l'a étouffée et ensuite, il a installé sa mise en scène. Sous l'effet de l'hypnose, don José a, soit terminé l'étranglement, ce que je ne crois pas, soit tenu dans ses mains le cou de sa femme déjà morte, ce que je crois. Car il était incapable de la tuer même sous hypnose. Il l'aimait trop et ce n'est pas un assassin.

Paul M. a dû lui-même crier pour alerter les domestiques, avant de s'enfuir par une fenêtre, ainsi que le prouveraient les traces de pas, découvertes par moi, dans le jardin.

Quoi qu'il en soit, Paul M. fut mis en prison et l'instruction de son procès commença. Il promettait d'être passionnant.

Hélas! en décembre 1905, l'hypnotiseur disparaissait de sa cellule, après avoir, dit-on, endormi un gardien, et l'Espagne ne le revit jamais.

Escroc, sûrement... Hypnotiseur de génie, on ne sait pas. Mais le policier Oliveira conclut :

— Il a failli m'avoir, moi. Alors endormir un gardien, c'était facile, même pour un charlatan de fête foraine si c'en était un.

Riche, morte et vivante

Clarendon House est un véritable palais recouvert de lierre, dans l'un des plus beaux quartiers de Newport à Rhode Island. C'est dans cette maison luxueuse que Hollywood tourna, dans les années 50, un film célèbre, qui avait pour vedettes Grace Kelly et Frank Sinatra : *High Society*, la haute société.

Nous y sommes, dans la haute société de Newport. Et précisément dans cette maison, ce palais recouvert de lierre. Ce soir, il y a une soixantaine d'invités et quelques domestiques supplémentaires. On danse sur la terrasse près des piscines et des fontaines illuminées. C'est l'anniversaire du fils de la maison, le jeune prince Alexander. Tous les invités sont habillés de blanc.

Alexander a vingt ans. Il est le fils d'un premier mariage de la maîtresse de maison : Martha von B., surnommée Sunny. Une femme ravissante, élégante, distinguée, blonde, au regard clair. Le type même de Grace Kelly.

A quarante-cinq ans, elle est l'une des femmes les plus riches des États-Unis. Incroyablement riche, divorcée d'un prince autrichien qui, lui ne l'était plus, elle est remariée à un juriste, ex-bras droit du roi du pétrole Paul Getty.

Ce deuxième mari est près d'elle au bord de la piscine. Il s'appelle Claus von B.; d'origine danoise, il a cinquante-quatre ans. Front dégarni, intelligent, regard clair, il se consacre entièrement à sa femme qui, de loin la plus riche des deux, a préféré le garder auprès d'elle.

Outre le prince Alexander, Sunny a également une fille aînée de ce premier mariage et, du second, est né un troisième enfant, une petite fille de treize ans qui étrenne, ce soir-là, sa première robe de jeune fille.

Voilà, la photo classique de l'une des familles les plus riches d'Amérique vient d'être faite.

Sunny en robe blanche pailletée d'or, avec ses cheveux impeccablement mis en plis et son maquillage parfait, sourit au premier plan. Légèrement penché vers elle, Claus son second mari, en smoking blanc, fait une grimace mi-gênée, mi-comique. D'un côté : l'aînée des filles, Laurie, vingt-trois ans, en pantalon et blouse blanche. Elle regarde en souriant son frère, le prince Alexander, lui aussi en blanc. De l'autre côté, l'air figé par son premier bal, la petite dernière, Cosima, environnée de volants immaculés.

Tout ce blanc devant la piscine bleue, sur fond de lierre vert tendre, c'est l'image même du bonheur américain de bon goût, de haut luxe et de grand mystère. Car, derrière tout cela, rien ne va plus et, si les invités le savent, ils n'en parleront qu'à une autre soirée, de la *High Society* de Newport.

Le 27 décembre, Martha von B. ne se sent pas bien. Elle n'a pas quitté sa chambre. La gouvernante, qui la sert depuis vingt-cinq ans, s'en inquiète auprès du mari.

– Madame ne descend pas déjeuner ?

– Elle dort, laissez-la tranquille.

– Faut-il appeler le médecin, Monsieur?

– C'est inutile. Elle a tout ce qu'il lui faut, voyons! Ne la dérangez pas, c'est tout.

La gouvernante obéit mais, dans l'après-midi, passant outre les recommandations du mari, elle entre dans la chambre de sa maîtresse et l'aperçoit étendue sur le lit, immobile. Claus est également allongé à côté d'elle.

– Excusez-moi Monsieur, je venais voir si Madame n'avait besoin de rien.

– Elle dort...

Penchée sur Martha, la gouvernante secoue la tête :

– Elle ne dort pas, Monsieur, elle est inconsciente. Il faut appeler un médecin.

– Mais non, elle dort.

Étonnée, la gouvernante prend la main de sa maîtresse et la secoue :

– Madame? Madame? Réveillez-vous...

N'obtenant aucune réaction, elle insiste :

– Je vous assure, Monsieur, qu'elle est inconsciente.

– Et moi je vous dis qu'elle dort! Elle n'a pas dormi les deux nuits précédentes, elle est épuisée. Ne vous faites pas de souci.

La gouvernante s'en va, referme la porte en soupirant.

Si quelqu'un sait que rien ne va plus dans cette maison, c'est bien elle. Depuis la naissance de Cosima, leur petite fille, Claus et Martha n'ont plus aucun rapport. Lui ne se prive pas de le dire à ses amis, et il a trouvé une solution de remplacement, une ancienne actrice dont il est tombé amoureux. Il pourrait divorcer mais il affirme que sa femme se suiciderait s'il le faisait. Les amis, eux, pensent, comme la gouvernante, qu'un divorce réduirait considérablement son train de vie.

La gouvernante laisse passer une bonne heure et, à nouveau, s'inquiète de la santé de Martha. Elle la trouve toujours dans le même état.

– Monsieur, pardonnez-moi d'insister, mais il faudrait appeler le médecin et prévenir la mère de Madame.

– Cessez donc de vous faire du souci! Je suis là tout de même!

Difficile d'insister quand on est simple gouvernante chez des milliardaires habitués à faire leurs quatre volontés! Mais si la gouvernante se fait un tel souci, c'est qu'elle a des raisons pour cela.

Déjà, après son premier mariage avec le prince autrichien, Martha s'était mise à boire. Le prince lui préférait les chasses au Kenya et elle noyait cette humiliation dans le gin. Son second mariage l'avait remise sur pied mais pour peu de temps... Alcool, somnifères, régime amaigrissant, Martha allait de plus en plus mal sans que les apparences en souffrent. Et pourtant, de malaise en malaise, la gouvernante voit filer les cachets d'aspirine. Martha en prend dix à vingt par jour, une vraie drogue qui s'ajoute aux diurétiques qu'elle avale par dizaines également. Comment peut-elle résister?

Martha n'est qu'une apparence. Belle et lisse, blonde et distinguée à l'extérieur, elle se délabre physiquement de l'intérieur.

Il y a cette femme qui se lève à 11 heures, déjeune au lit, se fait conduire en voiture avec chauffeur à son cour de gymnastique, puis chez le coiffeur, fait du shopping l'après-midi et la sieste jusqu'au dîner du soir. Et puis, il y a l'autre. Cette femme fragile qui avale des cocktails, se bourre de médicaments et de vitamines, qui déclare à son professeur de gym:

– Vous savez qu'une injection de vitamine B, d'insuline et de valium, ça peut aider à perdre du poids ? On m'a montré comment faire.

La gouvernante attend dans le hall de l'immense villa, au milieu des plantes vertes. Elle attend le retour du fils, le prince Alexander dont l'activité, aujourd'hui, s'est bornée à une partie de tennis.

– Alexander, votre mère dort toujours, mais quelque chose ne va pas.

Alexander monte jusqu'à la chambre de sa mère, la secoue, tente de la soulever, de la gifler pour la réveiller, mais n'y parvient pas. Claus est dans la salle de bains. Il en sort d'un air inquiet et demande à son beau-fils :

– Que faut-il faire ?

– Appeler un médecin !

Claus se penche alors sur le téléphone. Enfin.

Le souffle de Martha est si faible que la gouvernante a peur qu'il soit trop tard. A 19 heures, la malade est à l'hôpital. Le taux de sucre dans le sang est si bas qu'il faut lui faire plusieurs intraveineuses. Malgré cela, une chose étrange se produit : le taux baisse encore. Martha est aux portes de la mort lorsque, brutalement, elle revient à elle.

Son médecin personnel est persuadé qu'elle a abusé de l'alcool ou de barbituriques mais les analyses ne prouvent rien dans ce sens.

Claus est attentif au réveil de sa femme :

– Vous allez mieux, ma chérie ?

Deux jours plus tard, Martha von B. se précipite à nouveau chez le coiffeur, le professeur de gym et sa table de maquillage. Son beau visage refait surface, mais sa santé se détériore. La gouvernante se dit :

– Je ne la quitterai plus des yeux.

Martha von B. a donc été victime d'un premier coma diabétique qui a duré une journée entière, alors qu'elle était allongée dans sa chambre, auprès de son second mari. Étrange. Est-il possible de confondre sommeil et coma diabétique? Surtout lorsque quelqu'un d'autre vous alerte, ce qu'a fait la gouvernante à deux reprises? Ceci se passait en décembre 1979. Mais, dans la haute société de Newport, ce genre de détail ne franchit pas le mur de la vie privée.

Martha von B. subit des examens à l'hôpital de New York le 21 avril 1980. On craint une tumeur au pancréas. Elle n'existe pas. Le diagnostic définitif est donc : hypoglycémie réactive, interdiction d'absorber de l'alcool et du sucre.

Sept mois plus tard, Claus découvre sa femme inconsciente sur le sol de leur chambre, dans l'appartement de New York. Elle s'est blessée à la tête en tombant. Il s'agit cette fois d'une overdose d'aspirine.

Le 19 décembre 1980, un an environ après son premier coma, Martha et son mari ont regagné leur magnifique demeure de Newport. Martha a une brève conversation avec son fils. Elle paraît bizarre, son élocution est difficile.

– Vous vous sentez mal, maman? Vous avez pris un somnifère?

– Pas du tout, Alexander... Je vais... je vais bien...

Mais ses paroles sont de plus en plus incohérentes. Alexander est obligé de la porter jusqu'à sa chambre. Il prévient son beau-père. Martha s'endort et la nuit passe. Le lendemain matin, vers 10 heures et demie, Claus revient d'une promenade dans le parc, avec les chiens. Il monte voir sa femme et, cette fois, prévient Alexander immédiatement :

– Ta mère est dans le coma! Elle est tombée dans la salle de bains.

A l'hôpital, c'est le grand silence dans la salle de

51

réanimation. Claus fait les cent pas dans le couloir. Au bout de quelques minutes, on l'appelle. C'est l'un des médecins.

– Le cœur a flanché. On l'a remis en route, mais c'est le cas le plus grave que j'aie jamais connu. Le coma est très profond. La température est extrêmement basse, il n'y a plus de pression sanguine mesurable. Nous sommes obligés de la réchauffer... Comment était-elle hier soir ?

– Normale.

– Elle a bu de l'alcool ?

– Non.

A ce moment, une infirmière rappelle le médecin :

– Docteur, elle a cessé de respirer !

Le mari et le médecin se précipitent ensemble auprès de Martha. Quelques secondes plus tard, la respiration revient très faiblement.

A nouveau, le médecin interroge le mari.

– C'est anormal. Les analyses de sang et d'urine ont montré des traces de barbituriques, mais bien trop faibles pour provoquer un coma aussi profond. Que se passe-t-il, monsieur von B. ?

– Je ne sais pas, docteur. Hier, elle était normale.

– L'avez-vous vue pratiquer sur elle-même des injections d'insuline ?

– Pas que je sache. Pourquoi, il y a des traces ?

– Les seringues actuelles sont bien trop fines, elles peuvent ne laisser aucune trace...

– Alors ?

– J'aimerais que vous passiez dans mon bureau avec les enfants de votre épouse. C'est important.

Le bureau du médecin donne sur un jardin. Il y règne un calme et un ordre impressionnants. La voix du praticien est aussi calme et impressionnante.

– Le coma est irréversible. Elle ne reprendra

jamais connaissance. Le cerveau est mort à 60 %. J'ai le regret de vous dire qu'il a été provoqué par une forte injection d'insuline. L'alcool ou le sucre ne pouvaient pas, même conjugués, la mettre dans cet état. Je ne peux plus rien. Nous ne pouvons plus rien.

Le fils demande :

– Elle va mourir ?

– Peut-être. Peut-être pas. Pour l'instant, nous la maintenons artificiellement. Cela peut durer des années ou un jour. Mais c'est irréversible. Vous devez la considérer comme une morte vivante.

Claus von B. regarde par la fenêtre. Il ne dit rien. Il entend sortir Alexander, son beau-fils, et Laurie sa belle-fille. Le frère et la sœur ne le saluent même pas.

Dès le lendemain, Claus est accusé par eux d'avoir provoqué la mort de leur mère. Et le scandale éclate à Newport. Scandale dans la *High Society*.

La maîtresse de Claus révèle lui avoir donné un ultimatum deux mois auparavant : « Divorcer et l'épouser. » Elle n'attendrait pas plus longtemps.

La gouvernante précise les accusations : Claus a menti devant elle au premier médecin, en affirmant que sa femme s'était levée la veille et qu'elle allait bien. Elle ajoute :

– J'ai trouvé de l'insuline et deux seringues dans un petit sac qui appartient à Monsieur... C'était deux jours avant son dernier coma. D'autre part, Monsieur prétend que Madame était d'accord pour qu'il fréquente une maîtresse, car elle ne voulait plus de lui. Je dis que c'est faux. Madame n'était pas d'accord. Je la connais depuis vingt-cinq ans, je peux l'affirmer. Monsieur fréquentait en plus une prostituée à qui il rendait visite régulièrement... Je ne suis pas d'accord non plus sur le fait que Madame ait été alcoolique. C'est Monsieur qui prétend cela. Madame buvait un verre de temps en temps, il n'y a pas de mal à cela. Enfin je précise que Madame parlait de divorce ces derniers temps.

L'enquête tourne mal pour Claus von B. Le procureur fait le point pour le jury qui doit décider ou non de son inculpation.

— Nous savons donc qu'il était question de divorce. Claus von B. devait hériter, après la mort de sa femme, de 14 millions de dollars. Un quart de l'héritage. Cela lui permettait évidemment de vivre avec sa maîtresse, sans problèmes financiers, jusqu'à la fin de ses jours... Nous savons qu'il possédait une trousse noire, dans laquelle un témoin a trouvé de l'insuline et des seringues, deux jours avant le dernier coma. Nous savons qu'il était question de divorce, la famille confirme, et nous savons que la maîtresse de cet homme lui avait posé un ultimatum pour le divorce. Nous savons par ailleurs qu'en cas de divorce, madame Martha von B. n'aurait attribué à son ex-mari qu'une pension très relative, alors qu'il hérite selon le testament d'un quart de sa fortune. Enfin, nous savons que son attitude auprès de sa femme malade n'a pas été normale, et que la cause du coma, selon les médecins, est une injection d'insuline à haute dose. Ainsi le jury va délibérer. Pour ma part, j'estime que monsieur Claus von B. a tenté par deux fois de faire mourir sa femme en lui injectant lui-même de l'insuline et en attendant auprès d'elle qu'elle meure dans son lit.

Le jury est immédiatement d'accord. Claus von B. est donc accusé de deux tentatives de meurtre, avec préméditation. Il risque 20 ans pour chacun des chefs d'accusation. Et il vient de faire appel, en disant :

– J'accepte la sentence dignement mais je ne reconnais pas les faits. Je ne suis pas responsable de la mort de ma femme. Ses enfants ont intérêt à me déshonorer, c'est une question d'argent. Ils n'acceptent pas que j'hérite d'une part des 75 millions que constitue actuellement la fortune de ma femme.

Luxe et sordide se mêlent désormais dans la haute société de Newport. Tandis qu'une femme blonde, aux traits fins, qui fut très belle et peut-être un peu folle, très entourée et peut-être trop malheureuse, dort avec son secret dans une salle de réanimation à l'hôpital de Newport. Elle est morte pour tous ceux qui se disputent son héritage. Vivante pour les innombrables appareils qui tracent inlassablement les courbes de la respiration, du cœur et du cerveau, sur des écrans d'ordinateurs qui fonctionnent à sa place, pour des milliers de dollars.

Et l'affreuse réflexion qui vient à l'esprit est la suivante : si Claus von B. et sa femme n'étaient pas si riches, elle serait morte et il aurait commis le crime parfait.

Si tant est qu'il ait voulu le commettre car l'affaire n'est toujours pas close.

L'attaque

Messieurs,

Je m'appelle Walter Seifert. Je suis né à Cologne, le 19 juin 1921. Mon père était polisseur de glaces.

J'ai toujours été bon élève. J'ai quitté l'école professionnelle avec un certificat portant la mention très bien.

Pendant la guerre, je me suis spécialisé dans une école technique de l'aviation. J'ai été prisonnier de guerre. Je suis entré dans la police en 1945, avec une note au-dessus de la moyenne.

En 1946, j'ai dû quitter la police. J'étais devenu tuberculeux. On ne m'a jamais donné de pension. Les médecins ont estimé que je n'y avais pas droit. Ils ont prétendu au bout d'un an que j'étais guéri.

En octobre 1955, je me suis marié.

En 1961, ma femme est morte, à la suite d'un accouchement prématuré. Les médecins ne l'ont pas soignée. Ils l'ont laissée mourir. Les médecins sont des incapables qui croient tout savoir et ne savent rien.

Pour expliquer cela, j'ai écrit un mémoire de 120 pages intitulé Matricide, Destin solitaire et Analyse d'un système. *Je l'ai adressé aux administrations, à tous les médecins de Cologne et aux laboratoires pharmaceutiques. J'y démontrais que l'embolie dont ma femme est morte a été mal soignée, que les médecins sont des assassins. Les plus grands meurtriers de l'histoire de l'humanité.*

Que faire pour en sortir? Faire appel à la conscience humaine? Inutile. Ceux qui agissent aussi mal n'ont pas de conscience.

J'ai fait l'analyse du système. Politique sociale, Médecine sociale, Assassinat social. *Alors, puisqu'il n'y a pas de justice, il faut faire justice soi-même. La terreur règne parmi les médecins. On ne peut réagir que par la terreur. Ceux qui m'ont refusé protection par la loi m'ont mis une massue dans la main.*

11 juin 1964. 9 heures. Une petite école communale à Cologne, avec une grande porte par laquelle entrent ou s'échappent, à heure fixe, les centaines d'enfants qui la fréquentent. Cette porte est toujours fermée dans la journée. A côté, il y a un petit portillon, réservé aux visiteurs. La serrure en est cassée depuis longtemps et personne n'a jamais songé à la réparer.

Il y a comme cela des failles dans l'organisation des choses. Une serrure cassée d'un petit portillon d'école communale, quelle importance? Au contraire, cela évite au facteur de déranger le concierge. Et au professeur en retard de se faire remarquer.

9 heures 5. Les classes de troisième et de quatrième sortent en file indienne dans la cour de récréation, en tenue de gymnastique. L'institutrice commande le groupe :

– En petite foulée jusqu'aux portiques. Respirez à fond, dégagez les épaules...

Deux élèves des grandes classes traversent la cour d'un pas plus tranquille Ils sont de service pour la distribution du goûter des plus petits à 10 heures.

Karl est chargé du chocolat, Peter des petits pains. Ils discutent en marchant vers la grille. Le goûter est prêt, ils ont largement le temps de flâner avant 10 heures, en regardant les passants. Ils n'ont cours que l'après-midi.

9 heures 10. Un inconnu en bleu de travail pousse le petit portillon. Karl l'observe, adossé contre la grille. L'homme a l'air d'un ouvrier. Il referme soigneusement le portillon et s'accroupit pour le bloquer à l'aide d'un coin de bois. Après deux ou trois essais, il réussit à le fermer complètement et tire dessus pour éprouver sa résistance.

Karl s'approche de quelques mètres.

– Qu'est-ce que vous faites?

Sans répondre, l'homme se redresse. Il porte sur son dos un matériel compliqué mais reconnaissable, destiné à pulvériser de l'insecticide : une bouteille à air comprimé et un tuyau terminé par une lance.

– Hé, monsieur? Vous allez réparer la serrure? Ce n'est pas trop tôt!

Toujours sans répondre, l'homme secoue la tête et se dirige vers le terrain de gymnastique.

Karl le regarde s'éloigner tout droit vers l'institutrice qui commande les exercices à une quarantaine de gosses.

– Les mains sur les hanches... le dos plat... le buste à droite... devant... à gauche...

9 heures 15. L'homme s'arrête à trois mètres de l'institutrice qui ne s'en préoccupe pas. Elle ne l'a pas vu arriver, elle lui tourne le dos.

L'homme dirige l'appareil dans sa direction et, tout à coup, une flamme en jaillit, une petite flamme de cinq à six centimètres, bleue et orange, qui grandit... devient rouge... grandit encore, 1 mètre, 2. Elle devient jaune, se met à siffler, grandit encore.

Les enfants se sont figés. Quarante statues en short regardent soudain la flamme gigantesque atteindre l'institutrice qui hurle et s'enfuit, courbée en deux par la douleur, avant de s'effondrer dans les buissons, le long du mur.

D'un seul élan, les quarante statues bondissent. A droite, à gauche... piaillant, hurlant, comme une volée de moineaux terrorisés.

Surpris par l'événement incroyable qui se déroule sous ses yeux, Karl n'a pas bougé. A voix haute et à l'adresse de son camarade aussi stupéfait que lui, il bredouille :

– Mais... mais c'est une blague ?

L'homme se dirige vers le bâtiment de droite. Son bras droit fait des moulinets, comme avec une fronde et, presque aussitôt, la vitre de la classe au rez-de-chaussée, vole en éclats.

C'est une classe de petites filles. La flamme immense pénètre à l'intérieur en ronflant, balaie les murs, les robes, les bureaux, s'attaque au tableau noir, chasse les enfants d'un mur à l'autre, brûlant les jambes, les bras, les cheveux. Les cris s'entendent jusque dans la rue. Le toit de l'école commence à prendre feu.

Karl dans son coin, près de la grille, s'acharne à débloquer le portillon. Sa bicyclette est restée à l'extérieur et il a compris. Cet homme est un fou, il faut prévenir la police.

Mais le morceau de bois a été parfaitement taillé pour son usage. Il résiste aux secousses désespérées du gamin.

Pendant ce temps, l'homme a atteint l'autre bâtiment. A nouveau son bras fait des moulinets, une seconde vitre éclate, et la flamme grondante balaie l'intérieur de la classe des garçons.

En se retournant, Karl voit son copain Herbert

sauter par la fenêtre, comme un chat, et atterrir aux pieds de l'homme. Agrippé aux barreaux qu'il escalade, Karl se met à hurler.

– Sauve-toi Herbert... Sauve-toi...

Mais l'homme l'a vu. Il dirige son lance-flammes sur le gamin à terre. En quelques secondes, l'enfant est une torche hurlante.

Karl saute de l'autre côté du portillon et cherche de l'aide. Mais la rue est déserte et son vélo n'est pas là. Il s'est trompé. Il l'a laissé dans la cour près d'un arbre.

A grands coups rageurs de pied, aidé par Peter resté de l'autre côté, Karl réussit à débloquer le portillon, fonce vers son vélo. Le poste de police est loin, c'est la seule façon de s'y rendre le plus vite possible.

La panique est générale à l'intérieur des classes, mais la cour est vide. Les enfants qui faisaient de la gymnastique se sont réfugiés derrière les buissons qui bordent le stade. Personne ne bouge. Il n'y a que Karl qui court en direction de son vélo, et l'homme au lance-flammes. Son appareil s'est éteint brusquement et il le jette avec colère, loin de lui. Dans sa main droite, il tient maintenant une lance courte et pointue qui brille au soleil. Il avance vers une porte l'arme pointée devant lui.

Une institutrice qui sort en courant juste en face de lui est sa première cible. La lance l'atteint en pleine poitrine.

Le geste a été si rapide que Karl, son vélo à la main, ne peut s'empêcher de rester là, planté, au lieu de courir. Il voit l'homme retirer son arme et courir à l'assaut d'un pavillon. Celui des plus petits. Il attaque la porte qui résiste. La jeune femme qui tentait de la fermer n'a pas été assez vite. L'homme la tire en arrière et elle dégringole les marches pour atterrir dans le sable de la cour.

Deux coups de lance au hasard sur les jambes et un dans le dos. Mortel. Elle ne bouge plus. Fichée en terre comme un gibier.

Karl saute sur son vélo et fonce à travers la cour en direction du portillon ouvert. De l'autre côté, l'homme court comme un dératé jusqu'au mur de clôture, puis il se ravise, Karl le voit revenir en arrière, arracher la lance, reprendre sa course, escalader le mur et disparaître.

9 heures 20. Pendant que Karl, essoufflé, jette son vélo devant le commissariat de police, une vingtaine de personnes s'élancent à la poursuite du fou. La directrice a appelé les pompiers, les voitures rouges sont déjà sur place.

L'homme court sur la ligne du chemin de fer qui longe l'école. Derrière lui, la meute des professeurs et des institutrices se rapproche On tombe, on se relève, on crie, on gagne du terrain.

Bientôt l'homme est rejoint. Il fait face, comme un sanglier furieux. Sa lance fait le vide autour de lui. Les poursuivants n'ont que leurs mains nues. On s'observe. Chaque fois que les chasseurs avancent, le sanglier recule en grognant, sa lance battant l'air autour de lui.

9 heures 30. Karl s'est évanoui de peur au commissariat. Mais, avant cela, une voiture de police est partie sur ses indications, sirène hurlante. Elle s'arrête à dix mètres de l'homme et de ses poursuivants. Deux policiers en jaillissent, l'arme au point.

9 heures 38. Sur la voie de chemin de fer, planté au milieu des rails, l'homme hésite. Devant lui, le groupe de l'école, en demi-cercle, qui lui barre la route. Derrière lui, les deux policiers. Un coup de feu d'avertissement.

– Lâche ça!...

D'un bond, le forcené se jette sur le policier qui vient de tirer. L'homme esquive, roule à terre, pendant que son équipier, calmement, vise et tire à son tour.

9 heures 40. Atteint à la cuisse, l'homme s'écroule en travers des rails. Et il se fait un grand silence autour de lui. Un silence essoufflé, stupéfait. C'est fini. Le fou est à terre.

Alors, les hommes et les femmes s'approchent pour regarder le monstre, la bête inconnue et sauvage qui vient de faire autant de dégâts en vingt-cinq minutes. Stéphane, Dorothée, Clara, Renée, Rosel, Ruth, Karine et Ingrid, de huit à douze ans, mortes brûlées par le lance-flammes. Deux institutrices, Ursula et Gertrude, trente-six et quarante-quatre ans, mortes à coups de lance.

Une vingtaine d'enfants brûlés. Une école dévastée.

L'homme qui a fait ça en vingt-cinq minutes est à terre, une balle dans la cuisse, la tête sur un rail de chemin de fer. On attend l'ambulance, on regarde et on écoute. Un policier se penche sur le blessé.

– Vous m'entendez?

– Oui.

– Comment vous appelez-vous?

– Walter Seifert.

– Quel âge avez-vous?

Réponse étonnante. L'homme ne donne pas son âge mais sa date de naissance. Comme s'il remplissait un formulaire. Mais sa voix se brouille:

– 19 juin 1921.

– Quel est votre métier?

L'homme marmonne quelque chose d'incompréhensible.

– Pourquoi avez-vous fait ça?

– On... a... on a voulu me tuer.

– Qui ? Qui voulait vous tuer ?

– Le chef de la santé.

– Vous connaissiez les institutrices de l'école ?

– Non. Je ne les connais pas. Non, aucune.

– Vous avez eu des ennuis à l'école ? Vous la connaissiez ?

– Non.

– Et les enfants ? Vous en connaissiez un ?

– Non.

– Alors, pourquoi avez-vous fait ça ?

– C'est compliqué. C'est une affaire compliquée, très compliquée.

9 heures 50. L'ambulance est là. Un médecin se penche sur le blessé. La balle a traversé la cuisse mais la blessure n'est pas grave. Pourtant, l'homme a l'air plus gravement atteint. Les traits tirés, le teint blanc presque vert. Et il est agité de convulsions bizarres, comme s'il souffrait de l'intérieur.

A l'hôpital, le médecin avance un diagnostic surprenant :

– Il va mourir.

– De sa blessure ?

– Non. D'empoisonnement.

– Vous êtes sûr ?

– Certain, mais je ne sais pas ce qu'il a pris.

– Il peut encore parler ?

– Il peut. Mais ça ne durera pas longtemps.

Les policiers font vite. Le temps de vérifier l'identité de Walter Seifert, tout juste le temps de faire prévenir sa famille s'il en a une. Il en a une : un père, une mère, un frère.

C'est un ancien prisonnier de guerre. Il est veuf, il se prétend malade et réclame une pension depuis des années. Il réclame justice aussi pour la mort de sa jeune femme. Des psychiatres ont examiné son état mental et l'ont jugé, en 1954, dix ans plus tôt :

schizophrène à évolution paranoïaque, mais inoffensif.
Son idée fixe est résumée en une longue dissertation
écrite de sa main, et qu'il distribue autour de lui. Il
l'a intitulée : *Politique sociale. Médecine sociale.
Assassinat social.* Il y exprime son refus de tous les
diagnostics des médecins sur son état tuberculeux.
Bien que guéri d'après eux, il est sûr du contraire.
Sûr aussi qu'on a tué sa femme, que les médecins
ont tué sa femme. Depuis des années, il traîne un
curieux sourire figé sur son visage maigre. Mais,
d'après son entourage, il a toujours été calme.

Son plus jeune frère raconte cependant aux policiers une drôle d'histoire.

Il y a quelques années, après la mort de sa femme,
Walter est venu le trouver chez lui, un soir. Son
éternel sourire coincé dans la mâchoire.

— Je voudrais que tu t'associes avec moi.

— Pourquoi faire ?

— J'ai fait un croquis de la maison des parents. Tu
vois, là, c'est la cave. Et là, il y a une porte... Si on
creuse dans la cave, on peut faire une pièce souter-
raine de 3 mètres sur 2, et un escalier qui va jusqu'à
la porte.

— Et alors ? Qu'est-ce que tu veux faire d'un trou
dans une cave ?

— On pourrait y mettre des filles.

— Des filles ? Mais pour quoi faire ?

— Pour les garder. Elles seraient là, à notre disposition, à toi et à moi... J'irais les attraper dehors, avec
un mouchoir et de l'éther. Elles seraient évanouies,
elles ne verraient pas où je les emmène.

— Tu es fou Walter ? Ou tu plaisantes ?

— Je ne plaisante pas...

Trois fois, Walter était revenu à la charge avec
son projet insensé. Finalement son frère s'était fâché
et l'avait fichu à la porte. Mais sans rien dire à per-

sonne. C'est déjà dur d'admettre que son propre frère est un fou. Encore plus dur de réfléchir à son cas et de le faire enfermer.

Walter était reparti à son nouveau métier de fraiseur sur métaux. Il n'avait plus parlé de trou dans la cave et s'était mis à écrire *l'Analyse du système*. A le faire polycopier et à l'expédier inlassablement partout, à toutes les adresses ayant un rapport avec la médecine, la santé, les laboratoires.

La veille de son équipée sauvage à l'école, Walter a regardé la télévision en famille et s'est mis en colère contre un plombier qui avait mal réparé un tuyau de la salle de bains. Personne ne se doutait qu'il avait caché dans une cabane, en face de l'école, tout un petit matériel conçu par lui.

Le bloc de bois, taillé, pour bloquer le portillon. Un vieil appareil à insecticide qu'il avait transformé en lance-flammes, comme pour la guerre. Une lance, fondue et aiguisée de ses mains, à partir d'une barre de fer. Une fronde, en fil d'acier et cuir, pour lancer des pierres.

On a retrouvé tout ça, éparpillé dans la cour de l'école et sur les rails du chemin de fer.

– Il y a longtemps que vous prépariez votre plan ?

– Longtemps.

– Pourquoi ? A cause des docteurs ?

– A cause d'eux.

– Lesquels ?

Walter prononce deux noms, distinctement. Il est en train de mourir mais son idée fixe est toujours là.

– Vous savez ce que vous avez fait ?

– Je sais.

– Qu'est-ce que vous avez fait ?

– J'ai fabriqué un lance-flammes pour attaquer les gens.

– Pour les tuer ?

– Oui. J'en ai tué. Au moins trois.

– Quand avez-vous fabriqué la lance?

– Il y a huit mois.

– Et le lance-flammes?

– Pas longtemps.

– Vous regrettez?

– Je ne sais pas. Il faut prendre ses responsabilités.

– Pourquoi avez-vous tué les institutrices?

– Elles sont venues vers moi.

– Et les enfants? Pourquoi? Vous n'aimez pas les enfants?

– Si.

– Alors pourquoi?

– C'est trop long à expliquer.

– Vous me le direz demain?

– Oui. Demain.

11 juin 1964. 20 heures 30. Walter est mort. L'autopsie révèle la présence d'un poison bien connu, le E 605, en quantité largement mortelle.

Dans la cour de l'école, on a retrouvé un petit tube de verre contenant le reste de ce poison. Près de l'endroit où, le matin même, les enfants du cours de gymnastique subissaient la première attaque.

Walter Seifert l'avait brisé d'une main contre un poteau, pour en avaler le contenu. Avant d'allumer son engin de mort. Déjà mort lui-même.

D'avance.

La petite fille aux yeux de dragon noir

Cheveux noirs coupés sur le front au ras des sourcils, yeux noirs étirés au ras des tempes, petit nez et bouche carmin, la petite fille traverse la salle de bal d'un pas pressé. Le grand paquebot de luxe, le *Belgeland*, tangue sur les vagues du Pacifique, en direction de New York. La nuit est belle et, dans les grands salons, on danse. Smokings et robes du soir, champagne et cotillons, grand orchestre. Il y a là, rassemblés pour une longue croisière du Pacifique à l'Atlantique, de San Francisco à New York, quelques milliardaires internationaux... Tout un monde de luxe, de calme et de volupté. Américains, Anglais, Hollandais, Brésiliens, Japonais... La *gentry* internationale des années 30.

La petite fille qui traverse le grand salon au parquet ciré, dans sa robe de mousseline blanche et rose, n'a que sept ans. Elle s'appelle Toshika Fujimura. Son père revient avec elle d'un voyage d'affaires en Polynésie et sur la côte coréenne. Toshika ne supportait pas le climat de New York. Elle a largement profité de ses vacances de convalescence au soleil des îles. Sa peau est dorée et elle parle un anglais aussi remarquable que celui de son père.

D'une petite voix précieuse et nette, elle interpelle le commandant :

– S'il vous plaît ? Voulez-vous faire chercher mon père ? Je suis inquiète, il n'est pas dans sa cabine.

Le commandant penche un sourire ravi sur le délicieux visage de poupée, qui lui arrive au coude. Cette enfant surdouée parle comme une adulte.

– Ton père doit prendre l'air sur le pont, il va revenir.

– Je suis désolée, commandant, mon père devrait être dans sa cabine, et il n'y est pas. J'ai peur.

– Allons, allons ! Il n'y a pas de quoi avoir peur. Raconte-moi ça. Que t'a dit ton père ? Qu'il allait se coucher ?

– Non, commandant, il a dit qu'il était fatigué et qu'il souhaitait se reposer. Il m'a dit aussi que je pouvais rester un moment dans la salle de bal, et qu'ensuite je vienne lui dire bonsoir dans sa cabine.

Toshika, qui n'a que sept ans, fait partie, semble-t-il, des enfants raisonnables dont on dit qu'ils sont bien trop intelligents pour leur âge. Elle fait un peu peur, à vrai dire. Les surdoués font toujours un peu peur aux autres. Ce petit air de supériorité tranquille, cette aisance du comportement, comme si elle savait déjà tout sur le monde où elle est née.

– Je suis restée un moment ici à regarder danser les dames, c'est très agréable. Puis j'ai décidé d'aller dire bonsoir à mon père et de me coucher. Ma nurse dormait déjà. Elle dort beaucoup, et souvent bien avant moi. Alors, j'ai frappé à la porte de papa, je suis entrée, mais il n'était pas là.

Le commandant est bien ennuyé. Il y a tout de même des suppositions difficiles à émettre, même devant une petite surdouée de sept ans. L'homme d'affaires japonais, riche à millions, plutôt séduisant, célibataire provisoire, se trouve peut-être dans une autre cabine en galante compagnie. Mais les yeux noirs de la petite fille ne quittent pas ceux du commandant. Elle pose une main de porcelaine sur la manche de l'officier et répète calmement, bien qu'avec un léger tremblement dans la voix :

– Commandant, il n'est pas dans sa cabine. J'ai un pressentiment. Rien n'est normal.

Le commandant se résigne et donne quelques ordres discrets aux marins de service. Il leur enjoint de repérer le plus vite possible ce monsieur Isashi Fujimura, le Japonais. Puis il emboîte le pas à la petite fille.

– Allons voir ensemble dans la cabine ? Il est sûrement revenu entre-temps. Comment t'appelles-tu ?

– Toshika, commandant. Mais à New York, on m'appelle Œil de dragon noir.

– Mais c'est un drôle de nom pour une petite fille !

– Vous vous appelez bien Jimmy Randolph Prescott ! Est-ce que ce n'est pas un drôle de nom pour un homme ?

Sidéré par les répliques de la gamine, le commandant demande :

– Où as-tu vu que je m'appelais ainsi ?

– C'est marqué sur la porte de votre bureau. Moi je vous aurais appelé Grand Chien de mer, par exemple, c'est plus logique. Mon père, lui, porte le nom de Isashi et aussi celui de Chasseur de perles des profondeurs. Tous les marchands l'appellent ainsi. Vous savez pourquoi ? Parce qu'il leur achète les plus belles perles du monde, les plus rares et les plus chères. Parfois, il y en a des noires. C'est un métier dangereux, commandant, et c'est pour cela que je suis inquiète.

Le commandant ouvre la porte de la cabine : elle

est vide. Or, il est 2 heures du matin. La petite fille le regarde, l'air anxieux :

— Vous voyez bien ? Cela n'est pas normal, commandant.

De retour dans le grand salon, le commandant fait le point avec les marins, mais personne n'a vu le Japonais dans les salons. Il n'est pas sur le pont des premières, ni sur les autres. Il ne reste donc qu'une explication : il doit se trouver dans une cabine quelconque, ou en galante compagnie, ou en affaires. Que pourrait-il arriver d'autre à un Japonais milliardaire de quarante-deux ans, sur un paquebot de luxe, en plein Pacifique, durant l'été 1931. Quel que soit le motif, il est difficile de cogner à toutes les portes des cabines de première classe.

— Écoute, mon petit... Puisque tu es si raisonnable, nous allons parler un peu. Ton papa n'a-t-il pas rencontré quelqu'un tout à l'heure ? Une dame ou... un monsieur.

— Il a salué quelques personnes, mais il ne m'a pas dit qu'il devait parler d'affaires ce soir. Il a dit qu'il se sentait un peu fatigué et qu'il allait se reposer...

— Peut-être pour te rassurer, et demeurer un peu seul. Tu sais, les grandes personnes, même les papas, ont besoin d'être seules parfois...

— En ce cas, mon père l'aurait dit, commandant. Lorsqu'il a besoin de discuter de ses affaires avec quelqu'un, il le dit. Mais il n'a pas dit cela. D'ailleurs, il ne s'occupe pas de ses affaires ici. Nous sommes en vacances.

— Mais ton père ne te dit pas tout ce qu'il fait tout de même ?

— Si, commandant. Lorsque nous sommes seuls tous les deux, sans ma mère, il dit toujours ce qu'il fait pour que je ne m'inquiète pas, et moi aussi. De cette façon, quand une chose est dite, elle est sûre.

Vous comprenez ? C'est un principe que papa m'enseigne.

Cette gosse a réponse à tout. Une heure plus tard, son père n'ayant toujours pas reparu, et la nurse inquiète à son tour, réclamant des recherches, le commandant fait fouiller plus précisément le navire. Mais à l'aube, toujours pas de milliardaire Japonais, aucun signe de vie, aucune trace d'une rencontre particulière. Le détective du bord a interrogé, sans succès, la nurse, les occupants des cabines voisines, tous les marins et officiers. Rien. Tout ce qu'il sait, il ne l'a appris que de la bouche de Toshika, la petite fille aux yeux de dragon noir. Elle a décortiqué les indices avec une précision et un sens de l'observation hors du commun.

— Quand je suis entrée dans la cabine de mon père, elle était vide, mais j'ai vu qu'il s'était allongé. Il y avait la marque de son corps sur la couchette. Sa veste de smoking était dans la penderie, mais il avait gardé son pantalon et mis sa robe de chambre en velours qui n'était plus pendue dans la cabine de toilette. Sur la table, il y avait le portrait que monsieur Ribas, le Hongrois, a fait de lui pendant le dîner. Et par terre, il y avait cette fleur rouge, un gardénia.

— Celui que ton père portait à la boutonnière ?

— Mon père ne portait pas de fleur à la boutonnière.

— Tu es sûre ?

— Regardez, il n'est pas sur le dessin de monsieur Ribas. Cette fleur est à quelqu'un d'autre. Celui qui a tué mon père.

Le détective du bord a un sursaut. Cette gamine l'agace prodigieusement. En fait, elle le déconcerte et il se sent minable. Plutôt mou, porté sur l'alcool, son travail habituel consiste essentiellement a repérer les kleptomanes ou les tricheurs aux tables de jeu. Dieu sait depuis combien d'années ce grand niais d'Américain, nommé Charlie Woodman, n'a eu à débrouiller d'affaires criminelles! D'ailleurs, qui parle de crime à part cette gamine énervante? Personne. Par contre, le Japonais a pu passer pardessus bord. Ce sont des choses rares, mais qui arrivent. Un passager malade qui se penche dangereusement, un coup de roulis, et hop!... à la mer en pleine nuit.

Toshika ne pleure pas, mais la peur est dans ses yeux noirs. Elle n'a pas dormi, a refusé de quitter la cabine de son père, et c'est elle qui s'est chargée de montrer au commandant le fabuleux trésor que transporte son père. Elle a sorti d'une valise un coffret de jade qu'elle a ouvert sans hésitation avec la combinaison chiffrée.

– Vous voyez... mon père avait dix perles, les plus belles de toutes. Il y en avait dix et il n'en reste que trois. On a volé les autres.

– Ton père savait que tu pouvais ouvrir la boîte?

Une idée traverse l'esprit du commandant à cette minute : cette gosse surdouée a pu vouloir jouer avec les perles... après tout, ce n'est qu'une enfant et bien étrange.

– Mon père m'a montré lui-même. Il n'avait confiance qu'en moi. Cette « boîte », comme vous dites, commandant, ce n'est pas une boîte, c'est un coffre de jade qui appartenait à nos ancêtres. Elle a beaucoup de prix. Regardez le mécanisme, il est très ancien, papa le considère comme une œuvre d'art. Je ne comprends pas pourquoi le voleur n'a pas tout pris.

Si une enfant surdouée de sept ans ne comprend déjà pas, alors le détective...

– Vous voyez bien que rien n'est normal, commandant... Un voleur normal aurait pris les dix

72

perles. Il faut que je vous dise autre chose. Hier soir, dans le couloir, j'ai croisé un homme en habit noir, qui marchait lentement. Il venait peut-être de la cabine de mon père. Il s'est dirigé vers un autre couloir à droite, et j'ai entendu une porte se refermer.

– Connais-tu cet homme ?

– Non, commandant. Je l'ai vu passer, c'est tout.

Or, dans ce couloir à droite, il n'y a que trois cabines occupées. La quatrième est vide. Le détective va donc vérifier si cet homme en habit noir est l'occupant de l'une d'elles, et fouiller les cabines. Puisque cette fichue gamine a remarqué ce que l'on peut appeler un suspect.

Un navire est un territoire particulier dont le chef est le commandant qui a droit de police et même de justice sur le petit peuple qu'il transporte. Mais le petit peuple en question est, en l'occurrence, celui des cabines de luxe, et il ne se laisse pas facilement impressionner.

Tout d'abord, une Américaine richissime de soixante-cinq ans, que le grand krach de Wall Street, il y a deux ans à peine, ne semble pas avoir réduite à la misère. Elle voyage avec un singe et lui parle comme à un humain. Ensuite, un couple de jeunes mariés, de bonne famille, dont la fortune ne permet pas non plus d'envisager sérieusement un vol. Leur domestique, une grosse femme noire d'âge respectable, considère le détective comme un vulgaire représentant indiscret.

Ces voisins du Japonais disparu ne ressemblent pas au suspect aperçu par l'enfant. Un homme en habit noir et aux cheveux gris.

Les quelques messieurs à cheveux gris, occupant d'autres cabines, plus éloignées, ont fait hocher la tête de l'enfant :

– Non, ce n'est pas lui. Lui non plus. Il était plus

grand. Sa tête touchait presque le plafond du couloir.

Alors, le mystère s'épaissit. Personne sur ce bateau, absolument personne ne mesure plus de 1,90 m, ou un peu moins. Il faut cela pour que la tête atteigne presque le plafond du couloir. Mais, que veut dire « presque » dans la bouche d'une môme de sept ans. Le détective affirme au commandant :

— La gosse a pu se tromper. Elle n'a tout de même pas un appareil photo dans l'œil. Il faisait sombre, les couloirs sont à peine éclairés la nuit. Elle a vu un géant. A sept ans, c'est normal.

— Normal... pour quelqu'un de normal à sept ans, mais elle est anormale... je veux dire que, vous l'avez constaté comme moi, elle est très précise dans tout ce qu'elle dit. Et la cabine vide, Charlie ?

— On l'a fouillée comme les autres, commandant. Rien. Ce qu'on appelle rien. C'est à devenir dingue. Ce type a dû passer par-dessus bord. Si son cadavre était quelque part sur le navire, on aurait trouvé quelque chose... on a fouillé partout, des soutes aux ponts supérieurs, les machines... tout.

Donc, monsieur Fujimura, l'un des plus riches parmi les riches négociants de perles fines sur le marché de New York, a disparu sans laisser de traces. Sauf un gardénia rouge qui ne lui appartenait pas sur le tapis de sa cabine. Mais beaucoup d'hommes, cette nuit-là, portaient un gardénia rouge à la boutonnière, pour la simple raison que le commissaire de bord avait installé une corbeille de ces fleurs, à la disposition des messieurs, à l'entrée de la salle de bal.

Mais la petite fille, du haut de ses sept ans, fait remarquer au détective :

— Cette fleur n'a pas de queue. On ne pouvait pas la mettre à une boutonnière.

Ce à quoi le détective, agacé, rétorque :

– Si la fleur n'a pas de queue, c'est que la queue s'est cassée et qu'elle est restée dans la boutonnière.

– C'est exact. Il faut donc revérifier le veston du smoking de mon père. Je n'ai rien vu, mais il faut vérifier plutôt deux fois qu'une.

La boutonnière est impeccable, le fil n'a pas été écarté, preuve qu'aucun gardénia n'y a été glissé ou épinglé.

Assise, sagement, sur le lit de son père, Toshika parle d'une voix grave. Ses yeux de dragon noir s'emplissent de larmes. Elle ne peut plus les retenir. Des perles énormes et translucides coulent sur ses joues dorées.

Charly, le détective, qui ne sait plus par quel bout prendre cette affaire, décide de se fixer sur le vol des perles. Point besoin de l'en féliciter, c'est le seul indice. Sept perles rares, dont la description se trouve dans les papiers du disparu. Il y est consigné leurs poids, l'orient, leurs tailles, leurs formes et leurs origines.

Charly s'en prend au peintre-dessinateur, qui gagne sa vie à bord en faisant des portraits des passagers. Yann Ribas est hongrois, habitué des croisières de luxe. Grand front, cheveux en arrière, légèrement grisonnants, barbiche en pointe et cravate à pois.

– Vous êtes le dernier à l'avoir vu vivant... Vous faisiez son portrait dans le salon.

– Le dernier, en même temps que des dizaines de personnes...

– D'accord, mais imaginons... Vous l'accompagnez jusqu'à sa cabine pour vous faire payer...

– Eh... Il m'avait payé d'avance, en dollars...

– Vous avez un témoin ?

– Sa fille...

– Oui, bon... Alors, disons que vous n'aviez pas fini le portrait, et que vous vous êtes pointé vers minuit dans sa cabine, pour le lui remettre en mains propres. Vous entrez, il sait que vous allez venir, la porte n'est pas fermée... vous ouvrez, vous refermez, vous le jetez par-dessus bord, vous volez les perles, pas toutes, afin de compliquer l'enquête, et le tour est joué.

– Vous avez déjà fouillé ma cabine de fond en comble.

– Oui, mais pas vous. Des perles, ça se cache partout, ça peut même s'avaler, on peut les mettre dans une fausse dent, dans une doublure, dans un tube de peinture, hein ?

– Je n'ai pas sept fausses dents à votre disposition...

Quoi qu'il en soit, le peintre fit l'objet d'une surveillance constante dans les dernières vingt-quatre heures de la traversée. Perquisition minutieuse, éclatement des tubes de peintures. Plus rien de ce qui lui appartenait n'a échappé au détective. Vêtement décousus, lunettes démontées, chaussures déclouées. Le malheureux n'a même plus le droit de s'isoler pour des besoins naturels. Toutes les polices du monde le savent, nombre de voleurs de pierres précieuses ou de perles ont choisi leur estomac pour cachette. Astuce trop connue. On avale, on restitue. Il suffit de recommencer l'opération, chaque fois que nécessaire et le butin demeure invisible à l'œil nu.

Mais Yann Ribas subit tous les contrôles outrageants avec dignité, affirmant qu'il n'est pas le voleur, et mettant le détective en garde :

– Mon vieux, vous êtes en train de foutre en l'air mon job à bord des paquebots. Je gagnais très bien ma vie jusqu'ici en faisant des portraits de riches.

C'est un endroit idéal, ils ont le temps de poser, et ça les distrait. Le résultat de toutes vos manœuvres contre moi, c'est que je suis grillé. On va me suspecter dans tous les ports. Pourquoi moi ? Vous avez dix témoins qui confirment que j'étais au bar entre minuit et 1 heure du matin. J'ai donné son portrait à monsieur Fujimura dans le salon, il m'a payé 300 dollars d'avance, il a même souri en me disant qu'il se trouvait très ressemblant. Il est parti, et je suis resté au bar. Je négociais un croquis rapide au fusain avec le fils d'un Hollandais...

Tout ceci est vrai. Tout ceci est confirmé par l'enquête. Et, à l'arrivée à New York, ni la police, ni la douane, ne découvriront d'éléments nouveaux.

Après une longue patience à bord, les passagers sont libérés, et madame Fujimura, venue de Floride pour récupérer sa petite fille, se voit remettre les affaires de son mari disparu, dont les trois perles fines, dans leur coffret de jade.

Petite, mince, tout habillée de noir, elle ressemble physiquement à sa fille, mais sans la beauté de l'enfant. C'est une épouse sans éclat. Une épouse à qui son mari ne révélait rien de ses activités, alors qu'il entretenait avec sa fille de sept ans des rapports bien plus proches. Cet homme achetait et revendait des perles, parfois des pierres précieuses ou des objets rares. Il avait un réseau de fournisseurs un peu partout dans le Pacifique, jusqu'en Chine. Au cours de son voyage, il n'avait écrit à sa femme que deux fois, pour lui donner des nouvelles de l'enfant. Et une fois à l'un de ses confrères négociant, pour lui dire : « J'ai un lot de perles exceptionnelles, les dix merveilles du monde. Elles pourraient payer une rançon royale. »

« Une rançon royale »... le confrère, un négociant chinois de New York, rond et jaune, tapi dans ses bureaux d'import-export, tel un gros matou précautionneux, déclare à la police :

— Il ne s'agit que d'une formule, sans signification particulière... sauf d'indiquer la valeur du lot. D'ailleurs les trois perles que vous avez bien voulu soumettre à mon expertise sont exceptionnelles, c'est certain. Et dix du même genre, c'est une fortune inestimable, messieurs, inestimables. Bien des diamants ne la valent pas. On a tué pour bien moins que cela. Je me demande d'ailleurs, comment il a payé sur place un pareil trésor... et où ? Si l'on savait d'où viennent ces perles... qui les a vendues, qui les a pêchées...

La réponse ne fut pas trouvée. L'importateur japonais n'avait pas tiré de chèque ou de traite correspondant à une telle valeur. Son argent liquide était dans son portefeuille, lequel était dans la poche de son veston de smoking. Le reste, la plus grosse partie, était dans le coffre du commandant durant la traversée.

La seule petite lumière vient de la petite fille aux yeux de dragon noir. Toujours elle. Interrogée par la police de New York, elle répétait sa description de l'homme si grand, vêtu d'un habit noir et aux cheveux gris.

— Papa disait qu'il avait une tête d'espion.

— Pourquoi d'espion ? Tu sais ce que c'est, un espion ? Ton père te parlait d'espions ?

— Quelquefois.

— Et que disait-il sur les espions ?

— Qu'un jour il m'apprendrait à les reconnaître.

— Pourquoi ça ?

— Parce que mon père m'apprenait tout. Nous parlions de tout. Il m'apprenait les insectes et les fleurs, les climats, les océans. Il m'apprenait les perles, bien sûr.

– Oui, mais pourquoi les espions?

– Parce que les espions sont des gens que l'on ne voit pas en face. Ils font toujours les choses vite et en silence. Il faut savoir les reconnaître avant.

– Avant quoi?

– Avant qu'ils disparaissent.

– Ton père avait peur des espions?

– Je ne sais pas, mais je ne crois pas. Il me l'aurait dit.

– Et s'il n'a pas dit qu'il craignait les espions, c'est qu'il ne les craignait pas?

– C'est logique. Mon père était logique. C'est important, aussi, la logique.

– Ton père était peut-être un espion, qu'en penses-tu?

– Peut-être.

– Mais il te l'aurait dit?

– Pas forcément. Puisqu'il avait promis de m'apprendre à les reconnaître un jour, c'est qu'il pensait que j'étais encore trop petite pour apprendre, et trop petite pour savoir.

– Trop petite, parce que tu l'aurais dit à d'autres gens?

– Vous vous trompez. Lorsqu'il est nécessaire de ne rien dire, j'ai appris le silence.

– Ton père est un espion japonais?

– Je ne sais pas, monsieur, nous sommes américains.

Était-ce là le silence appris? La petite fille aux yeux de dragon noir devait tenir de son père...

Deux petits garçons sages

– Oliver ? Bonjour Oliver... Qu'il est mignon !

– Oliver ! Dis bonjour à la dame !

– Bonjour madame.

– Quel âge as-tu, Oliver ? Tu es un grand garçon maintenant !

– Eh bien, réponds Oliver ! Tu sais dire ton âge quand même !

– Oui maman. Douze ans.

– Oh ! mais c'est bien, ça. Douze ans. Il est presque aussi grand que son frère ! Et toi Correy ? Quel âge as-tu maintenant ?

– Correy ! La dame te parle ! Réponds ! Dis ton âge à la dame !

– Treize ans, madame.

– Qu'ils sont gentils ! Vous en avez de la chance, madame Wills ! Deux beaux petits garçons comme ça. Qu'est-ce qu'ils vont faire plus tard ? Ils seront marins ? comme leur papa ? Hein ? C'est bien, ça...

Pendant que maman et la dame bêtifient sur leur bonne mine, leur sagesse, leurs centimètres et leur avenir, Correy et Oliver Wills patientent gravement.

L'école est finie et l'apprentissage les attend. Au début du siècle, on ne badine pas avec la rentabilité de deux petits garçons. Comme dit papa : « A votre âge, on est un homme. Et un homme, ça ne coûte pas, ça rapporte! »

Il est marin, papa. Enfin, pas tout à fait. Il est cuisinier sur un bateau. On ne le voit pas souvent.

Pour l'instant, Correy et Oliver, tout beaux tout propres, vont se présenter chez le boutiquier Criggs. Monsieur Criggs vend du thé, des épices, du riz, des haricots, des noix, de l'huile, des tas de choses qui sentent bon. Il a besoin d'apprentis. Un pour grimper sur l'échelle qui glisse le long des rayons, un autre pour surveiller l'étalage. Oliver, le plus petit, grimpera sur l'échelle. Correy, le plus grand, surveillera l'étalage. Et s'ils ne font pas bien leur travail, Rufus, le grand commis, se chargera de leur botter les fesses avec sagacité.

La scène précédente est, bien entendu, authentique. La dame qui bavardait avec la maman de Correy et Oliver est venue la raconter au juge d'instruction de Canning-Town, à Londres, en 1895, un jour de juillet.

Pourquoi consigner dans un dossier une rencontre aussi futile? Des propos aussi plats.

Parce que la dame anglaise, Miss Petykord, était le dernier témoin, la dernière personne à avoir vu la victime vivante. Parce que ce dossier, maigre, mince, si horrible et si simple, rendait malade le juge d'instruction. Et qu'il allait rendre malade aussi le président du tribunal.

L'histoire est courte. Tout s'est passé en quatre jours. Et en un seul lieu. Les personnages, nous les connaissons déjà. Nous n'y ajouterons qu'une vieille tante Esther. A titre de témoin.

4 juillet 1895, 6 heures du soir. Le père, le « marin », cuisinier sur un bateau a fait son sac le matin même à l'aube. Il a embrassé sa femme et ébouriffé les cheveux de ses deux fils comme d'habitude. Il a passé deux semaines en famille et disparaît pour six mois, peut-être un an. Manifestement, sa vie est ailleurs.

Correy et Oliver, à 7 heures tapantes, ont rejoint la boutique de monsieur Criggs. Ils ont compté les sacs de noisettes, pesé les sachets de thé, déménagé des rayons entiers de boîtes de toutes les couleurs. Rien à dire sur cette journée : Correy et Oliver par rapport aux autres apprentis du même âge sont plutôt privilégiés. Si on leur botte les fesses, on ne les bat pas jusqu'au sang. Et si on les paye une misère, ils sont nourris correctement. Ceci est loin d'être le cas pour les milliers d'enfants qui, en cette fin de XIXe siècle en Europe, représentent un tiers de la main-d'œuvre la plus mal considérée qui soit.

A 6 heures, Correy et Oliver, bien habillés, propres, convenablement nourris et bien élevés, dit-on, rentrent chez eux.

Ni l'un, ni l'autre ne sont de mauvais garnements. Ils ne volent pas, ils ne se battent pas, ils ne font de misère à personne, ils ne prononcent jamais de gros mots, bien au contraire. Ce sont des enfants qui s'expriment remarquablement bien pour leur âge, étant donné l'éducation qu'ils ont reçue − éducation assez succincte administrée à coups de baguette et de formules religieuses par un pasteur bienveillant mais relativement borné.

La seule inquiétude qu'une mère attentive pourrait avoir à leur sujet, c'est justement qu'ils parlent trop bien, bien que très peu. Lorsqu'ils se trouvent en société, il faut littéralement leur arracher les réponses les plus simples et les obliger à respecter une politesse conformiste dont l'intérêt, semble-t-il, leur échappe totalement.

Correy et Oliver vivent apparemment dans une excellente harmonie. Correy n'a aucun ascendant sur Oliver, et Oliver aucune autorité sur Correy. Ils se considèrent d'égal à égal, sans prétention d'âge, de taille, de favoritisme ou d'un droit d'aînesse quelconque. Autrement dit, ils ne s'imposent rien l'un à l'autre.

Physiquement, d'ailleurs, ils se ressemblent assez curieusement. Il faut, pour les distinguer, faire attention à des nuances délicates. La même silhouette plutôt maigre, les mêmes épaules un peu étroites, les deux mêmes petites têtes d'oiseau aux traits aigus. C'est à peine si les yeux de Correy sont un peu plus noirs et un peu plus plissés que ceux de son frère. C'est à peine si le teint d'Oliver est un peu moins mat que celui de son frère. Ces petites nuances sont noyées dans la même expression du visage, une expression difficile à rendre avec des mots. Les deux enfants ont l'air à la fois attentifs, ironiques, muets, gênants, sages et intimidants.

Rentrés chez eux, Correy et Oliver, sur l'injonction de leur mère, vont se laver les mains, changer de vêtements et aider à la cuisine.

La maison dans laquelle ils vivent est des plus simples : une grande pièce qui sert à la fois de cuisine, de salon et de salle à manger, deux chambres à coucher minuscules, une pour la mère, une pour les enfants. Là encore, pour l'époque, ces enfants qui disposent d'une chambre à eux sont favorisés. Car, dans le milieu pauvre où ils évoluent, les familles s'entassent – parents, frères, sœurs et grand-mère s'il y en a une – dans un même périmètre.

Correy met la table et Oliver, grimpé sur une chaise, se prépare à soulever la marmite de potage qui fume sur la vieille cuisinière en fonte.

La petite scène qui va suivre peut paraître extrêmement anodine, elle est pourtant le point de départ, le point de non-retour de cette horrible histoire.

Correy dispose des assiettes sur une table de cuisine; Oliver debout en équilibre sur une chaise, saisit à bras-le-corps une soupière. La mère est assise sur une chaise, elle coupe du pain.

Au moment où Oliver dépose avec précaution la soupière sur la table, le couvercle se déplace légèrement et une légère buée s'échappe du liquide brûlant. Intéressé par ce petit événement, Oliver se met à jouer avec le couvercle de la soupière. Il le soulève, le rabaisse. Disons qu'il joue à la cheminée.

– Oliver, arrête de faire ça!

Oliver ne répond pas et continue son petit jeu.

– Oliver, tu m'entends? Arrête! Réponds.

– Oui maman.

Et Oliver continue. Son frère s'intéresse à la chose et, voulant jouer à son tour, fait basculer définitivement le couvercle de la soupière. La faïence s'écrase sur le sol. La mère se lève et une gifle s'abat presque aussitôt sur la joue de Correy.

Correy et Oliver ne pleurent pas. Ils ramassent les débris, balayent sous le regard réprobateur de leur mère, mangent leur soupe, leur pain, leur fromage, et vont se coucher. Une heure après, la mère fait de même. C'est une petite femme irréprochable, dont tout le monde a toujours dit du bien, et qui élève très bien ses enfants. Malgré les absences prolongées de son mari, elle n'a jamais commis d'écart de conduite et se consacre exclusivement à son travail de blanchisseuse et à son intérieur.

Le lendemain matin, 5 juillet 1895, Correy et Oliver ne se lèvent pas à 6 heures du matin, ils dorment tard et, à 10 heures, surgit inopinément la tante Esther.

– Vous êtes tout seuls ? Où est maman ?

– Elle est allée à Liverpool. Notre oncle est mort, maman est partie pour l'héritage.

– Qu'est-ce que vous faites tout seuls ?

– On joue aux cartes.

– Vous n'allez pas travailler ?

– Maman préfère qu'on reste à la maison pendant qu'elle n'est pas là.

6 juillet. Rien. Correy et Oliver ne sortent pas de la maison.

7 juillet. Rien. Rien, sauf une petite sortie. Correy est allé rendre visite à un petit voisin qui passe pour l'idiot du quartier et l'a invité à venir jouer avec eux à la maison. De son côté, Oliver est allé faire quelques courses.

8 juillet, vers midi, nouvelle visite de la tante Esther.

– Maman n'est pas revenue ?

– Non, pas encore, et elle n'a pas écrit.

La tante Esther est, pour le moins, inquiète. Il n'y a jamais eu d'oncle à Liverpool. Il est possible que les enfants ne le sachent pas et que leur mère ait inventé ce prétexte, mais la situation est si inhabituelle que la tante Esther décide de faire le tour de la maison, histoire de vérifier. Première surprise : la chambre des enfants ressemble plus à une salle de cabaret qu'à une nurserie. Atmosphère enfumée, whisky sur la table, un tapis, des cartes, des jetons.

Complètement sidérée et furieuse, la tante Esther jaillit dans la pièce principale avec la ferme intention de régler la question *manu militari*.

Tout en se répandant en imprécations diverses et en courant derrière Correy et Oliver qui se dérobent, la tante Esther ouvre la porte de la chambre maternelle. Elle n'a que l'intention de vérifier s'il y règne le même désordre que dans l'autre pièce. Correy et Oliver se précipitent sur elle, referment la porte et s'y adossent, menaçants.

– Fous le camp, tu n'as pas le droit d'entrer ici.

Une courte lutte s'engage, au cours de laquelle la vieille tante n'a guère le dessus et, à bout d'arguments, elle jette en l'air une phrase stupide dans l'intention de leur faire peur :

– Arrêtez tout de suite ou je vais chercher la police.

La tante Esther n'avait bien évidemment pas l'intention d'aller chercher la police mais, à ce mot, les deux enfants abandonnent la lutte et s'enfuient au-dehors en courant comme des lapins.

Et là, tout va très vite. La tante ouvre la porte, hurle et se précipite à la poursuite de ses petits neveux, qu'elle va d'ailleurs ramener sans peine, car ils se sont tout bonnement installés à califourchon sur le mur voisin.

Leur mère est morte, depuis plusieurs jours, exactement dans la nuit du 4 au 5 juillet à 4 heures du matin. On lui a percé le cœur d'un coup de couteau, d'un seul et unique coup de couteau. La lame a traversé le thorax et a pénétré jusqu'à l'épine dorsale.

Monsieur le Juge d'instruction en est malade. Mettez-vous à sa place : voilà qu'on traîne devant lui deux petits criminels de 1,50 m, bien polis, bien propres, bien habillés, qui racontent calmement comment ils ont décidé la mise à mort de leur mère.

Car ils l'ont décidée après mûre réflexion. Prenant la parole à tour de rôle, Correy et Oliver racontent. Oliver d'abord :

– Le jour du départ de papa, pendant le dîner, maman a giflé Correy pour une peccadille : il avait cassé le couvercle de la soupière. Nous sommes allés nous coucher mais, au lieu de dormir, nous avons tenu conseil. Il s'agissait de juger notre mère et la discussion a été longue. Enfin, nous nous sommes mis d'accord sur une condamnation à mort.

A Correy maintenant :

– Nous n'avions pas beaucoup de moyens à notre disposition pour l'exécution. Nous avons pensé que le plus simple était d'aller prendre un couteau dans la cuisine, le plus grand possible. Ensuite, nous avons attendu jusqu'à 4 heures du matin pour être sûrs que maman dorme profondément. Comme nous n'avons pas beaucoup de force, nous avons fait la chose suivante : nous sommes entrés dans la chambre de maman sur la pointe des pieds, nous avons déboutonné très doucement sa chemise de nuit de façon à dégager l'endroit du cœur. Nous avons pris tous les deux ensemble le couteau avec nos quatre mains pour pouvoir peser de toutes nos forces. Nous avons enfoncé la lame tout entière. Maman n'a fait qu'un petit mouvement et elle est morte tout de suite, sans même se réveiller.

Correy et Oliver racontent ensuite comment ils

se sont recouchés et ont dormi. Le lendemain, ils n'ont rien fait de spécial, sinon joué aux cartes et reçu la visite de la tante Esther. Comment, le sur-lendemain, ils ont pris les bijoux et l'argent qu'Oliver s'est chargé d'aller engager chez un prê-teur. Jusqu'à la nouvelle visite de la tante Esther, ils ont passé leur temps à jouer aux cartes, à boire du whisky, et ils ont même invité le petit voisin idiot, pour leur tenir compagnie.

Ce qui a frappé toutes les personnes qui les ont interrogés, c'est le calme et l'indifférence de ces deux enfants, leur détachement incroyable devant la monstruosité de leur geste. Comment deux gamins de douze et treize ans ont-ils pu accomplir ce crime effarant, d'une part tuer leur mère, et d'autre part réussir à tuer leur mère, car la préci-sion de l'unique coup qu'ils lui ont porté est exceptionnelle.

Oui, comment ont-ils pu faire cela, s'ils ne sont pas fous, débiles ou arriérés ?

Car ils ne le sont pourtant pas, le président du tribunal s'en rendra compte. Il se posera même le problème de leur trouver un avocat. A cette époque, entreprendre la défense de deux assassins de cet âge n'était pas chose simple.

Question :
– Pourquoi avez-vous fait ça ?
Réponse :
– Parce que maman a giflé Correy pour une peccadille.

Que faire avec ça ? Quoi penser ? Comment défendre, comment juger ?

La justice de l'époque s'est heurtée là à un pro-blème qui la dépassait totalement et qui la dépasse toujours, peut-être. Son seul refuge a consisté à demander l'examen médical des deux jeunes criminels. Lequel examen a posé au psychiatre de l'époque un problème insoluble. Qu'a-t-il dit? Il a dit « responsables », il a dit « intelligents », il a dit « démoniaques », un dernier mot qui ne veut pas dire grand-chose.

A l'âge de treize et douze ans, deux petits garçons anglais ont été condamnés à la détention à vie. Personne ne sait ce qu'ils sont devenus.

La nuit des hurlements

Aux environs de 10 heures du soir, samedi 24 mars 1935, Miss Riggs, gouvernante à la villa Madeira, longe le corridor qui mène de la salle de bains à la chambre. Elle sursaute, en se cognant presque au jeune Stoner, en pyjama, et à peine décent. Il ne porte qu'une moitié de pyjama. Celle du bas.

– Qu'est-ce qui vous arrive, Stoner ?

– Rien.

Le garçon se redresse. Il a dit « rien », courbé en deux, l'oreille collée à la porte de la chambre à coucher des maîtres.

– Rien ? Vraiment ?

– Rien. Je vérifiais que les lampes soient éteintes. Bonne nuit, Miss Riggs...

Miss Riggs reprend son petit chemin et entre dans sa chambre. Elle sursaute encore en se trouvant nez à nez avec madame Rattenbury.

– Quelque chose ne va pas, Madame ?

– Rien.

La jeune femme a l'air excité. Son déshabillé de nuit choque énormément la prude Miss Riggs qui, par ailleurs, n'a guère de conversation.

– Rien, vraiment ?

– Rien... J'avais envie de bavarder un peu, mais il est tard. Bonne nuit, Miss Riggs...

Miss Riggs gagne son lit et pose sa vieille tête sur l'oreiller. Puisque deux personnes lui ont souhaité une bonne nuit ce soir, exceptionnellement, le mieux est de suivre leur conseil.

Le silence de la grande maison est tout à fait réconfortant. Il dure un quart d'heure.

Le diable a juré ce soir de faire sursauter la pauvre Miss Riggs. C'est un hurlement épouvantable...

– Qu'est-ce qu'il y a ? Qu'est-ce qui se passe ?...

Ah !... cette fois-ci, difficile de répondre rien, Miss Riggs !

La villa Madeira, à Bournemouth, va connaître une nuit d'épouvante. L'explosion d'un feu qui couve depuis longtemps.

Avant que Miss Riggs ne sursaute une troisième fois dans son lit, voyons qui habite cette charmante maison, au bord de la mer.

Le maître, Francis Rattenbury, soixante-huit ans. Un bon visage de grand-père, un air doux, un peu triste. Il a été très riche, il ne l'est plus énormément. Il a même pas mal d'ennuis d'argent qu'il essaye de noyer dans l'alcool. L'efficacité de ce procédé n'étant pas évidente, il lui arrive de parler suicide.

La femme du maître. Alma Rattenbury, trente-huit ans. Extrêmement jolie, intelligente, et pianiste tout à fait remarquable. Une perle. Une perle de trente ans plus jeune que son mari. Son troisième mari. Le premier est mort en 1918, à la guerre, Alma avait un fils et tout juste vingt et un ans. Le second a divorcé. Le troisième boit, dort et ronfle. L'âge et les soucis !

C'est un problème pour Alma. Officiellement non, bien sûr ! Le couple s'entend bien. Mais, comment dire... Alma a un teint de nacre, mais des yeux de braise... Une façon comme une autre de préciser qu'elle est un peu nymphomane...

Ensuite, Miss Riggs. C'est la gouvernante. Par définition, une gouvernante anglaise, inodore et sans saveur, facilement impressionnable et obéissante. Miss Riggs, en conséquence, ne jouera dans cette affaire que le rôle de témoin horrifié.

Voyons maintenant le dernier arrivé dans la maison, Georges Stoner. Dix-huit ans. A peine sorti des limbes de l'enfance et du garage paternel où il lavait les voitures.

Beau? Pas vraiment. En tout cas, il est trop tôt pour le dire. On ne peut dire d'un premier communiant qu'il est beau, et Georges a encore l'air d'un premier communiant. Sauf quand il est en pyjama, ou plutôt en moitié de pyjama, comme l'a surpris la pauvre Miss Riggs. Tout frais émoulu du lit accueillant de madame Rattenbury.

– Miss Riggs, que pensez-vous du dernier amant de Madame?

– C'est honteux. Un gamin de cet âge. Il est soi-disant chauffeur! Dieu me pardonne, c'est un drôle de métier!

– Monsieur Rattenbury est-il au courant?

– Qui peut savoir? Certainement oui. Il a toujours fermé les yeux sur les folies de sa femme, il lui donne même de l'argent pour les faire!

La dernière folie d'Alma, c'est un voyage à Londres, avec Georges Stoner. Tous les deux à l'hôtel. Elle lui a offert un pyjama de soie, une montre en or. Elle a poussé la délicatesse jusqu'à acheter, elle-même, un bijou que Georges lui a offert. Ils viennent de rentrer.

Et avec leur retour, la villa Madeira s'est chargée d'électricité. Monsieur Rattenbury traîne un cafard qui refuse de se noyer dans le whisky. Alma, ce soir, a tenté de le réconforter.

– Nous partirons demain, tous les deux. Nous irons à Bridport pour quelques jours. Georges nous conduira.

Et redevenue très grande dame, Alma a sonné le chauffeur.

– Georges? Nous partons demain, Monsieur et moi. Vous préparerez la voiture. Vous nous conduirez à Bridport et vous rentrerez ici. Je téléphonerai pour notre retour!

De séducteur en crêpe de Chine à Londres, voilà Georges redevenu domestique à la villa Madeira. C'est dur.

Juste avant de se faire surprendre par Miss Riggs en train d'écouter à la porte du maître, Georges a donc piqué une colère et joué la grande scène du II.

Vers 8 heures du soir, il a agité un pistolet à air comprimé sous le nez de sa maîtresse en menaçant :

« Si tu pars avec lui, je te tue... Je sais ce qui se trame ici. Cet après-midi, il est venu dans ta chambre et tu as fermé la porte! Là-bas, vous coucherez dans le même lit, n'est-ce pas? »

– Miss Riggs? Comment pouvez-vous nous rapporter ces propos? Vous écoutez aux portes, vous aussi?

– Je n'ai vraiment pas fait exprès, je passais dans le couloir et la porte de la chambre de Madame était entrouverte!

Ensuite, toujours dans le couloir, Miss Riggs a rencontré Georges à moitié nu, penché, l'oreille collée sur la porte de monsieur Rattenbury.

– Qu'a-t-il entendu, Miss Riggs?

– Des ronflements. On les entendait de loin, d'ailleurs. Monsieur avait bu plus que de raison. Une bouteille entière, je crois.

Ensuite, madame Rattenbury en déshabillé, qui passe, à 10 heures du soir, dans la chambre de Miss Riggs pour bavarder!

– Votre maîtresse venait souvent bavarder avec vous, Miss Riggs?

– Tous les soirs. C'était un prétexte. Elle venait « avant » et « après » en attendant monsieur Georges, pour justifier sa présence à l'étage des domestiques. On ne sait jamais.

– Alors, pourquoi avez-vous sursauté en la voyant, Miss Riggs?

– Ce n'était pas l'heure! Je l'avais déjà vue pour « avant ». Pour « après » c'est en général vers minuit.

Pauvre Miss Riggs! Elle en a supporté, des horreurs. Un maître alcoolique, une maîtresse plus que libertine, et maintenant, ce cri d'horreur. Ce cri de femme qui enfle et s'amplifie, envahit toute la maison. Qu'est-ce que c'est, Miss Riggs?

Miss Riggs dévale les escaliers jusqu'à l'étage des maîtres. La porte a été ouverte si brutalement qu'un guéridon s'est effondré dans le corridor. Alma est debout, dans l'ombre, à peine éclairée par une lampe à pétrole. Elle est comme paralysée, raide d'effroi. Le bras tendu, elle bégaie:

– Regardez... Oh! regardez... regardez...

C'est un affreux spectacle.

Francis Rattenbury est assis dans son fauteuil, sa tête est une chose étrange, uniforme, d'où s'échappent des flots rouges qui tombent sur ses vêtements et s'étalent sur le parquet.

Miss Riggs est la première à se ressaisir. Plantant là sa maîtresse, comme une statue, elle se précipite sur le téléphone et appelle le docteur. Pour être sûr qu'il vienne le plus vite possible, elle court réveiller Georges et l'expédie en voiture pour le ramener.

Un quart d'heure plus tard, le docteur O'Donnel

jette un œil exercé sur la victime. Il appelle un chirurgien de ses amis à la rescousse.

Le vieil homme est encore en vie. A l'intérieur de ce crâne défoncé, il se passe encore quelque chose. De justesse. Ensuite, le docteur s'occupe d'Alma.

– Secouez-vous!... Vous avez vu quelque chose? Il a été attaqué... Allons, secouez-vous!

Alma se met à trembler, sa voix prend des accents hystériques. Elle bafouille...

– Il... il parlait tout le temps de suicide... On devait partir... demain... Cet après-midi, il lisait un livre, il me l'a lu, il disait qu'il admirerait un homme capable de faire ça... de prendre sa propre vie... et de l'éteindre... Il disait que les gens sont obligés de vivre trop longtemps... C'est ça qu'il disait... Regardez... le voilà, le livre... Regardez, il l'a posé, là... *Comment les hommes se suicident...* C'est écrit là, quelque part... il a vécu trop longtemps...

Le livre est là, ouvert au bon endroit, le docteur le constate. Difficile tout de même d'imaginer un homme se suicidant à coups de marteau, ce qui semble être le cas...

Tandis que l'ambulance fonce vers l'hôpital, Alma se met à gesticuler et à hurler comme une folle, puis s'effondre à nouveau sur une chaise, les yeux fixes. Elle se saisit d'une bouteille d'alcool, en avale une large rasade, puis recommence à s'agiter, à boire, à s'agiter, jusqu'à ce que le médecin lui fasse avaler de force un comprimé de calmants sans aucun résultat d'ailleurs.

2 heures du matin, la police arrive. Le spectacle est délirant.

En chemise de nuit, Alma danse une espèce de gigue dans le salon illuminé. Le pick-up marche à plein rendement, on se croirait dans l'antre d'une fille de joie.

Le premier policier qui se présente en fait l'expérience. Alma se jette littéralement à son cou, l'embrasse à pleine bouche. Il a bien du mal à se débarrasser de deux bras envahissants et lascifs.

Quand l'inspecteur tente de protester, c'est son tour. Alma annonce clairement son intention de l'inviter dans sa chambre, beaucoup plus par gestes d'ailleurs, car son langage est assez incompréhensible.

Que faire?

Une paire de claques. C'est le docteur O'Donnel qui en prend la responsabilité. L'effet est pour le moins surprenant, car la jeune femme se met à rire à gorge déployée.

L'interrogatoire s'annonce difficile. L'inspecteur le tente bravement.

– S'il vous plaît, madame, que s'est-il passé?

– J'ai entendu une cloche! Une cloche! Dans ma tête!

– Madame!

– Il grogne... il grogne... quelqu'un grogne... quelqu'un descend l'escalier... il est dans le fauteuil...

– Madame! du calme. Qui descend l'escalier? Qui?

– Vous dansez?

Et Alma se précipite à nouveau sur le pick-up, en hurlant de rire. C'est un spectacle désolant que cette jeune femme en chemise de nuit, dansant et riant sur un tapis ensanglanté. Miss Riggs parviendra tout de même à l'entraîner sur le divan, et, moyennant un verre d'alcool, ramènera le calme, patiemment.

Les policiers, totalement dépassés, se mettent alors à fureter dans la pièce, vaquant à leurs occupations, gênés et maladroits. Soudain, Alma ne bouge plus. Sagement assise, les mains croisées sur ses genoux, elle regarde les hommes fouiller la pièce, examiner les fenêtres, les portes, les meubles.

Une demi-heure passe. Alors que personne ne s'occupe plus d'elle, d'une voix tout à coup précise et haute, Alma s'écrie :

– C'est moi ! Je l'ai fait avec un maillet, il avait vécu trop longtemps... C'est affreux, mon amour l'a fait !

Stupeur parmi les policiers. Grand silence. Alma se tait regardant autour d'elle avec sérénité. Personne n'ose la questionner.

– Je l'ai fait ! Il m'a donné le livre, il m'a dit : « Chérie s'il te plaît... chérie... fais-le... »

Nouveau et grand silence.

– Je vous dirai demain où est le maillet. Avez-vous appelé le procureur ? La prochaine fois, je ferai du meilleur travail.

Un policier s'avance, puis un autre... apparemment résolus tous deux à une arrestation immédiate et dans les règles... lorsque le médecin furieux s'interpose :

– Vous n'allez pas l'arrêter ! Regardez-la ! Elle est pleine de whisky et de drogue ! Elle n'est pas en état de vous parler, à vous ou à n'importe qui d'autre ! Aidez-moi plutôt à la coucher !

Les policiers ont bordé la jolie dame dans son lit, l'un d'eux a bouclé la porte à double tour et s'est installé sur une chaise, pour attendre le matin. Il était 3 heures 30.

A 8 heures – l'aube pour Alma, à peine remise de ses excès de la veille – les mêmes policiers l'ont tirée de son lit et l'ont entraînée jusque chez le juge. C'était bien la première fois de sa vie que le brave homme inculpait officiellement de tentative de meurtre un fantôme à moitié endormi.

– Voulez-vous renouveler vos aveux, madame.

– Hm!... Je jouais aux cartes, il m'a demandé de le tuer. J'ai pris un maillet, il a dit que je n'aurai pas la force. J'ai frappé. Si j'avais eu un fusil, j'aurais préféré tirer.

Elle avoua d'une voix venue des profondeurs. Alma s'est assoupie sur sa chaise devant le juge et s'est réveillée en prison vingt-quatre heures plus tard, c'est-à-dire le 26 mars 1935.

A l'hôpital, monsieur Rattenbury est toujours vivant, mais silencieux. Dans la villa Madeira, Miss Riggs sursaute à chaque courant d'air, et Georges tourne en rond.

27 mars. Monsieur Rattenbury est toujours vivant. Alma reçoit son avocat en prison, renouvelle ses aveux sans difficultés, mais succinctement. Elle semble épuisée, son esprit a nettement souffert du choc.

28 mars. Monsieur Rattenbury meurt, sans avoir repris connaissance. Alma est inculpée de meurtre avec préméditation. A la villa Madeira, Georges et Miss Riggs prennent le thé.

– Miss Riggs? C'est de ma faute si elle est en prison, c'est moi qui l'y ai mise. J'irai demain, ils la feront sortir et ils me mettront à sa place. Le criminel, c'est moi.

La voix de Miss Riggs n'est pas tellement rassurée quand elle demande :

– Pour... pourquoi ne pas y aller maintenant?

– Je veux dormir. Je n'ai pas dormi depuis quatre jours. Réveillez-moi à 6 heures...

Une nuit entière, seule dans cette horrible maison, avec cet homme, c'est trop pour Miss Riggs. Elle téléphone en sourdine, et Georges Stoner est arrêté au lit. C'est une manie.

Ainsi l'assassin, c'est Georges. La police doit en convenir, le maillet vient de chez ses parents. Il l'a emprunté le jour même de l'attaque, en racontant qu'il voulait faire du camping et monter une tente. Il l'a caché ensuite dans le garage.

Georges s'efforce d'innocenter sa maîtresse. Après avoir frappé, il serait monté dans sa chambre, l'aurait réveillée pour lui annoncer son geste, et c'est là qu'elle se serait précipitée dans l'escalier en hurlant.

Il faut employer le conditionnel, car il est difficile de savoir si, oui ou non, Alma était complice.

D'abord, elle s'obstinera longtemps dans sa prison à affirmer sa culpabilité. Il est innocent, c'est elle qui a tué. Ensuite, lorsqu'elle aura compris l'inutilité de ce sacrifice, ce sera le silence. Le silence total.

Mais ce n'est pas fini. Après délibérations, Alma et Georges sont envoyés devant les assises, pour y être jugés ensemble. La Cour a décidé de ne pas séparer les procès.

Les deux accusés plaident la non-culpabilité. C'est étonnant. En effet, Georges Stoner prétend avoir tué sous l'effet de la drogue dont il serait un habitué. Alma se contente d'une amnésie totale. Elle ne se souvient absolument de rien. Elle a oublié même la journée qui a précédé le crime. A fortiori la séance effrénée avec les policiers, ses aveux, tout. Elle ne sait plus ce qui s'est passé.

Démontrer que Stoner n'est pas un drogué et qu'il a agi sciemment est une affaire vivement réglée. Coupable, il sera pendu.

Démontrer la complicité d'Alma n'est pas si simple. Une seule chose restera claire dans l'esprit du jury, clamée d'ailleurs par une bonne poignée de témoins, médecins et psychiatres : Alma Rattenbury est une nymphomane. Douze paires d'yeux avides de scandale la contemplent, imaginent toutes les indécences possibles et l'acquittent.

Georges disparaît en cellule, Alma sort du tribunal, tête basse, visage fermé. Nous sommes le 31 mai 1935.

Trois jours après, le 3 juin, Alma prend le train pour New Milton dans le Hampshire. Il fait beau. Elle se promène, puis va s'asseoir sur un banc, au bord d'une rivière. Elle fume une cigarette.

De l'autre côté de la rive, un pêcheur l'observe machinalement. Il s'en rappellera longtemps.

Elle a enlevé son manteau et l'a posé avec son sac sur l'herbe derrière elle. Elle a joué un moment avec les reflets du soleil en se penchant sur l'eau. Puis, tout à coup, elle a levé le bras très haut, sa main tenait un couteau. Sous les yeux du pêcheur impuissant de l'autre côté, elle a plongé six fois le couteau dans sa poitrine. Six fois. Elle a basculé dans l'eau. Elle était morte quand le pauvre homme l'a repêchée. Trois coups sur les six avaient atteint le cœur.

Dans son sac, une lettre :

« Puisque Georges, mon amour, sera pendu il faut que tout finisse. Je trouverai l'endroit et le lieu pour le faire. »

Pauvre Alma. Quelques semaines plus tard, Georges Stoner obtenait sa grâce ! On ne l'a pas pendu, mais condamné à vie.

La mort a de ces injustices.

Un fou au-dessus de tout soupçon

L'homme qui ouvre la porte de ce commissariat du Bronx pourrait sortir d'un film de Hollywood. Cette année-là, un film muet, car nous sommes en 1929. Il est beau, d'une beauté pâle et lisse, ses yeux cernés de longs cils lui donnent l'air d'être maquillé outrageusement. Le visage a des traits si fins, si purs, l'ensemble du personnage est tellement surprenant que le premier policier qui l'aperçoit reste un moment interdit. Puis, poliment, il demande à l'homme muet dans l'ouverture de la porte :

– Vous désirez, Monsieur ?

James Hollygton fait un pas en avant, retire sa casquette et dit :

– Je suis James Hollygton...

– Oui ? Et alors ?

– J'habite dans le quartier, pas loin d'ici, à l'*Hôtel du Carré d'As*...

Cette fois, le policier fronce la moustache. L'*Hôtel du Carré d'As* tient la vedette au commissariat depuis la veille au soir. Une jeune fille, presque une adolescente, qui habitait l'hôtel avec sa mère, y a été retrouvée morte dans une arrière-cour. Alors le policier regarde l'homme un peu plus attentivement. Il lui trouve l'air bizarre.

– Vous avez des renseignements à fournir?

– Oui. Enfin..., c'est moi qui ai renversé la jeune fille.

– Renversée? Qu'est-ce que ça veut dire renversée?

– Elle est morte, c'est de ma faute. Je roulais à bicyclette et elle a traversé brusquement devant moi. Je l'ai heurtée avec la roue avant, elle est tombée sur le trottoir.

– Attendez, ne bougez pas! Je vais chercher le sergent. Vous allez lui raconter tout ça, d'accord?

– Très bien, monsieur.

Le policier de service hésite un instant à laisser seul dans le petit bureau de réception cet homme étrange, au visage fantomatique. Il y a une demi-heure à peine, le médecin légiste a remis son rapport à propos de la jeune morte : il ne s'agit pas d'un accident mais d'un assassinat. Le corps de Maureen Hellis, seize ans, porte les marques d'une tentative de viol. Elle a été étranglée, et non renversée par une bicyclette comme le dit cet homme.

Puis le policier se dit : « Il doit s'agir d'une erreur, ce type ne parle pas de la même jeune fille. Mais quand même, il habite l'hôtel »...

James Hollygton s'assoit sur la chaise de bois, retire son cache-col, aligne ses pieds et les contemple avec résignation, tandis que le policier ouvre une porte et disparaît. Il entend des bruits de voix. Une minute passe sans qu'il bouge. Puis le sergent fait son entrée, en coup de vent.

James Hollygton se lève poliment :

– Bonjour monsieur...

La voix du sergent lui coupe la parole, le ton est bref, presque rude.

– Vous parlez d'une jeune fille morte? Qui est-elle? Comment s'appelle-t-elle? Où est-ce que ça s'est passé? Quand?

– Je l'ai renversée avec ma bicyclette.

– Vous l'avez déjà dit! C'était où? Comment s'appelle-t-elle?

– C'était hier. Elle s'appelle Maureen, je crois.

– Vous croyez ou vous êtes sûr?

– Je crois. Il me semble que sa mère l'appelait Maureen.

– Elle est morte?

– Oui.

– Comment est-elle morte?

– En tombant sur le trottoir.

– Et vous avez attendu tout ce temps pour venir nous prévenir?

– J'avais oublié.

– Pardon?

C'est à peu près ainsi que James Hollygton a fait son entrée dans l'histoire criminelle. Et le plus curieux, c'est qu'il n'en était toujours pas sorti, plus de cinquante ans après.

« J'avais oublié » a dit James Hollygton. Et le sergent en a conclu : « Ce type est fou, ou il se moque de moi. »

Ni l'un ni l'autre.

De l'interrogatoire d'identité, il ressort que James Hollygton est anglais, qu'il a vingt-sept ans, qu'il est marié et qu'il a un enfant. Sa femme est employée dans une blanchisserie, sa fille va à l'école. Et lui travaille dans une usine de cartonnage. Ils habitent tous les trois l'*Hôtel du Carré d'As*, une sorte de meublé où les chambres se payent à la semaine et d'avance. James Hollygton n'a pas de dettes, il ne boit pas et il n'est pas malade. Immigré aux États-Unis en 1921, à l'âge de dix-neuf ans, il s'est marié à l'église, et sa vie n'offre pas le moindre recoin d'ombre, jusqu'à ce jour de juillet 1929, où il prétend avoir renversé une jeune fille avec sa bicyclette, alors que cette jeune fille a été étranglée.

Le sergent tape sur la table avec violence.

— Qu'est-ce que ça veut dire « j'ai oublié » ? Tu l'as tuée, oui !

— Elle est morte, je sais.

— Je n'ai pas envie de rire. Si elle est morte, c'est parce que tu l'as étranglée. Pourquoi l'as-tu étranglée ? Je vais te le dire, moi : parce que tu as voulu la violer ! Ça c'est passé à l'hôtel, elle occupait la chambre voisine. Ensuite, tu l'as traînée dehors dans une cantine et tu as caché le tout dans la cour.

— Je n'ai pas dit ça, monsieur, j'ai dit que je l'avais renversée avec ma bicyclette.

Le policier désigne une énorme malle posée sur une table.

— Et ça, c'est à toi ?

— Oui, c'est ma cantine.

— Et ce n'est pas toi qui l'as traînée dans la cour de l'hôtel ?

James Hollygton regarde le policier, comme s'il avait peur de comprendre. Son visage un peu lunaire devient plus pâle encore, faisant ressortir davantage ses yeux sombres.

— Moi ? C'est moi qui ai fait ça ?

— Et qui d'autre ? Puisque la cantine t'appartient ?

James Hollygton semble chercher.

— Oui, mais j'ai emmené la jeune fille dans ma chambre pour la soigner... Pour la soigner. Et puis, elle est morte, alors j'ai eu peur, oh oui ! J'ai eu peur et... et alors...

— Hollygton ! Ne joue pas les amnésiques ! Ça ne marche pas ! Tu l'as violée, tu t'en souviens, non ? tu ne t'en souviens pas ? D'accord, on va t'emmener là-bas, dans sa chambre, on va te confronter avec les parents. Où étais-tu hier après-midi ?

— Chez moi.

– Je croyais que tu te promenais à bicyclette?

Quelque chose ne va pas chez James Hollygton et le policier va s'en rendre compte. Jusque-là, ce dernier était trop préoccupé par l'interrogatoire. Ce qu'il voulait, c'était amener le plus vite possible le coupable devant son supérieur, en lui disant : « Voilà chef, il a avoué. » Mais James Hollygton vient de le désarçonner. A la question : « Où étais-tu hier après-midi? », il a répondu : « Chez moi. » Et maintenant, il ne répond plus, il regarde le plafond, les murs, puis les policiers qui l'entourent, puis le sergent. Son regard étrange devient fixe en se posant sur la cantine. « *Sa* » cantine, celle dans laquelle on a trouvé le corps d'une jeune fille de seize ans. « *Sa* » voisine. Il se met à parler tout seul, il entame un dialogue avec lui-même, sans plus se préoccuper des uniformes, ni de l'endroit où il se trouve.

La scène est impressionnante. James Hollygton ressemble à un fantôme, avec ses yeux cernés de sombre et son teint pâle. Il parle d'une voix détachée.

– Dimanche... C'est dimanche, où est-elle? Ah! Elle est partie en vacances, je n'ai pas ma femme, je n'ai pas ma fille. Je suis là, tout seul. Je suis chez moi dans ma chambre. Qu'est-ce que c'est que cette histoire de bicyclette? J'ai fait de la bicyclette un dimanche? Ah non! Sûrement pas. Pourtant, j'ai un souvenir bizarre. J'ai fait du mal à quelqu'un. Ah oui! A Maureen! Ils l'ont trouvée dans ma cantine, c'est moi qui l'y ai mise, oui, c'est moi. En effet, c'est moi, ils ont raison. Qu'est-ce que je raconte avec ma bicyclette? Pourquoi est-ce que j'ai dit ça?

Et soudain, James Hollygton se redresse, effaré, comme frappé d'une peur soudaine, et il crie presque :

105

– Pourquoi est-ce que j'ai dit ça?

Le sergent de police n'est pas un as en matière de psychologie criminelle. Il enchaîne tout simplement :

– Parce que tu as menti! Tu l'as tuée, n'est-ce pas?

– Oui.

– Elle résistait, c'est ça?

– Oui.

– Tu étais seul, ta femme était partie en vacances avec la petite, et tu en as profité pour aller dans la chambre de Maureen?

– Oui.

– Elle était seule, ses parents étaient sortis, l'hôtel était tranquille. On ne l'a pas entendue crier, alors tu l'as cachée dans la malle et tu as traîné le tout dans l'arrière-cour?

– Oui.

– Tu avoues?

– Oui.

– Répète après moi : J'ai tué Maureen, je suis un assassin.

– J'ai tué Maureen, je suis un assassin.

Voilà, c'est fini. Le sergent a les aveux qu'il voulait. On emmène James Hollygton pour la reconstitution. Le juge est prévenu, la justice est en chemin. Et le sergent se dit : « C'est un dingue. Ou il fait le dingue. Ou alors, peut-être qu'il est dingue et qu'il n'est pour rien dans l'affaire. Il a peut-être vraiment renversé la fille avec son vélo. Mais non, impossible, le médecin est formel, il y a eu étranglement et tentative de viol. Et puis il y a sa cantine, elle est bien à lui, il y a ses initiales dessus. Tout de même, il est bizarre. »

Et le sergent signale à son supérieur que James Hollygton est bizarre. Que ses aveux sont bizarres et qu'il faudrait peut-être le faire examiner par un médecin.

Pour les enquêteurs, la culpabilité de James Hollygton ne fait aucun doute. Toutes les preuves ont été réunies contre lui sans compter ses aveux. Ce dimanche-là, il a laissé suffisamment d'empreintes dans la chambre de la jeune fille pour être accusé de meurtre au premier degré. Mais qu'espérait-il en cachant le cadavre à cinquante mètres des lieux du crime et dans sa propre cantine ? Et qu'espérait-il en venant de lui-même au commissariat raconter la fable de l'accident en bicyclette ?

D'après les témoignages recueillis, James Hollygton n'était pas fou, ni sadique et il n'avait jamais importuné la jeune fille, ni aucune autre d'ailleurs. Son comportement jusqu'ici était parfaitement normal. Tous ses voisins, ses camarades de travail, sa femme même, l'affirment.

James était incapable d'une chose pareille. Et pourtant, il avoue : « Je l'ai fait. » Lorsqu'on lui demande pourquoi, il dit : « Je ne sais pas. » Lorsqu'on lui demande s'il était conscient de ses actes, il dit : « Oui, je l'étais, je m'en souviens maintenant. » Mais il ajoute : « C'est après que je ne me souviens plus. Ma tête se brouille. J'ai dû dormir mais je n'en suis pas sûr... Et puis, j'ai pensé à cette histoire de bicyclette et je suis allé au commissariat mais je ne sais pas pourquoi j'ai raconté ça ! »

Il voulait se trouver un alibi, cela paraît évident aux enquêteurs. Évident, aussi, que cet alibi était stupide.

Durant les reconstitutions, James est incapable de préciser ses gestes et son comportement devient de plus en plus bizarre, au fur et à mesure que les jours passent. Le médecin qui l'a examiné trois jours après le crime a conclu qu'il était sûrement conscient au moment du crime mais que son esprit divaguait depuis. Or, il divague de plus en plus. A la prison, chacun peut s'en rendre compte. James paraît abattu, il marmonne tout seul des discours sans queue ni tête et, au bout d'une semaine, alors qu'il doit être présenté à la chambre d'accusation, tout dialogue est impossible. Le coroner lui-même intervient :

– Messieurs, cet homme est fou, il est injugeable !

Fou, oui. James Hollygton est fou à lier, à enfermer. Son état s'est dégradé de façon spectaculaire. Désormais, il se traîne à quatre pattes, hurle, pleure, rit, ou bien se terre dans un coin, obstinément muet. Il est transféré dans un asile, sans avoir pu expliquer son crime devant les juges.

Un expert est nommé, dont le rapport est le suivant :

James Hollyton a commis son crime en toute conscience. La preuve en est faite par son comportement, le dimanche soir. Il a dîné à l'hôtel comme d'habitude et s'est entretenu avec ses voisins tout à fait normalement. Il a même parlé avec les parents de Maureen, inquiets de la disparition de leur fille. Et lorsque le corps a été retrouvé un peu plus tard, il était là, avec les autres locataires, il a parlé, il s'est indigné, il a consolé les parents et il est allé se coucher en même temps que tout le monde, sachant très bien que la police viendrait les interroger le lendemain. Quelqu'un se souvient même de l'avoir entendu dire : « Pauvre gosse. J'espère qu'ils arrêteront le sale type qui a fait ça. C'était une enfant. »

Donc, c'est bien après le crime que James Hollygton est devenu fou. Le lendemain, son comportement au commissariat n'était plus tout à fait normal. Ensuite au premier examen médical, il semblait en état dépres-

*sif, son élocution était difficile. A présent, son cas est
incurable.*

L'ennui, c'est que James Hollygton est devenu
fou trop tôt pour que le tribunal l'accuse légalement
de ce crime. Si bien qu'il se trouve dans une situation tout à fait exceptionnelle.

Voilà un homme injugeable! Un coupable pourtant, mais injugeable. La loi est formelle. L'enquête
de la police et ses aveux sont une chose, sa comparution devant le coroner pour une mise en accusation
en est une autre. Cette comparution s'étant avérée
impossible, James Hollygton sera gardé à l'asile
jusqu'à ce qu'il ait repris ses esprits et puisse se
défendre convenablement en toute légalité. Son
avocat n'a rien pu tirer de lui. En une semaine, il est
devenu un homme sans références sociales ou fami-
liales, incapable de dire qui il est, où il habitait. Il ne
reconnaît pas sa femme et sa fille. Les traitements
qu'on lui fait subir ne servent à rien. Ils sont d'ailleurs fort réduits en 1929, et la psychiatrie n'est pas
ce qu'elle est devenue.

Quelque temps après son internement, sa famille
réclame son extradition en Angleterre. Son père et
son frère, demeurés à Londres, voudraient le faire
soigner dans son pays. Mais l'extradition est aussi
impossible que le jugement. Il y a en Amérique un
criminel en attente d'être jugé pour un crime
commis lucidement, le 14 juillet 1929 à 16 heures, à
l'*Hôtel du Carré d'As*. Et un criminel en attente
d'être jugé ne peut pas être extradé, c'est la loi.
Même s'il est devenu fou.

Le tout est de savoir combien de temps il sera fou.

Les années passent. 1930, 1940, la Seconde
Guerre mondiale, Hiroshima. Le monde a éclaté, le
monde a changé, et James Hollygton est toujours
fou, enfermé dans un asile de New York. Son père

109

est mort en 1950, son frère fait le voyage aux États-Unis pour essayer de convaincre l'administration judiciaire de le laisser repartir en Angleterre. La réponse est non. Il a juste le droit de lui rendre visite, accompagné d'un fonctionnaire de la justice et d'un avocat.

Dans le jardin de l'asile, parmi les fous et les moins fous, un homme assis par terre, aligne de petits graviers sur le gazon. Il a cinquante-sept ans. Sa femme a divorcé, sa fille a grandi sans lui et ignore même qu'il est interné. Son frère, qui ne l'a pas revu depuis son départ d'Angleterre, dans les années 20, est incapable de le reconnaître.

James Hollygton a l'air d'un vieillard. Il a perdu ses cheveux, son teint est jaune. Atteint d'une maladie de la peau, il se gratte sans arrêt et ne parle que par monosyllabes. Si on lui parle de son crime, il ne se rappelle rien, pas même d'avoir fait des aveux. Depuis vingt ans, il a subi un nombre incroyable d'expertises médicales et, depuis vingt ans, nul n'est capable de dire s'il a simulé la folie ou s'il est vraiment devenu fou. Peut-être même a-t-il simulé au début et, pris à son propre piège, est-il devenu fou peu à peu.

James Hollygton, en tout cas, ne s'occupe pas de ces messieurs qui l'observent et, parmi ces messieurs, son frère n'est qu'un inconnu pour lui. Il aligne ses petits cailloux dans l'herbe. Il se lève pour répondre à la cloche du dîner, il avale des médicaments, il subit les électrochocs, les tests, les séances de psychodrame sans manifester le moindre rayon d'intelligence. Son regard est mort. Tout est mort en lui. Il aligne ses petits cailloux et marmonne des mots incompréhensibles dans un langage qui lui est propre.

Son frère repart désespéré. Le ministère de la Justice lui a confirmé que le seul espoir était d'attendre encore dix ans. En 1960, si James Hollygton est toujours fou, et toujours injugeable, il bénéficiera de l'amnistie, et sera rendu à la liberté.

1955. Les psychiatres s'acharnent toujours sur lui et, en Angleterre, son frère entame un combat inégal contre eux. Il veut prouver que James a servi de cobaye pour expérimenter des traitements psychiatriques nouveaux. Mais il n'a aucune preuve.

En 1959, il revient aux États-Unis pour hâter la libération de son frère. Mais là encore, tout n'est pas si simple. L'amnistie éventuelle n'est qu'une faveur laissée à l'entière discrétion des magistrats de la Cour suprême.

Cent fois, ils ont repris le dossier. Les hommes ont changé : ceux de 1929 ne sont plus là pour la plupart, et les nouveaux s'imaginent toujours que leurs prédécesseurs ont mal mené l'affaire. Mais l'affaire, c'est James Hollygton lui-même. Un homme, pas un dossier. Et cet homme échappe à toutes les tentatives de compréhension.

En 1960, il est toujours enfermé, toujours fou, ou toujours soupçonné d'avoir joué les fous, selon les experts et les rapports qui le concernent. En tout cas, aucun interrogatoire n'a été possible. Son frère doit repartir en Angleterre où ses affaires l'attendent, il ne peut pas rester plus longtemps. D'autant que l'Administration américaine vient de lui signifier que la procédure d'amnistie prendrait plusieurs mois. Nouveaux examens, présentation du dossier, expertises définitives, etc.

Et le temps passe encore, James Hollygton a maintenant soixante-huit ans et nous sommes en 1963. L'année de l'assassinat de John Fitzgerald Kennedy à Dallas.

A Londres, le frère de James, Tommy Hollygton, meurt d'une maladie osseuse, à l'âge de soixante-deux ans, sans avoir revu son frère. La famille est éteinte. Il ne reste pour la représenter qu'un fou, enfermé quelque part aux États-Unis, que plus personne ne réclamera en janvier 1965, date de l'amnistie officielle. Que plus personne ne jugera non plus.

James Hollygton a soixante-dix ans, il est amnistié et l'hôpital qui l'hébergeait depuis plus de quarante ans, sous la responsabilité du ministère de la Justice, n'en veut plus. Qui va payer les frais de son internement ?

– Est-il dangereux ? demande le Conseil d'administration de l'hôpital.

La réponse est non.

– Peut-il vivre d'une manière autonome ?

La réponse est non.

– Alors, que l'on demande son transfert dans un asile de vieillards.

Et James Hollygton est mort un jour dans une salle commune d'un hospice de charité géré par une communauté religieuse. Et il a emporté avec lui un des plus grands mystères de l'histoire criminelle. Car personne, jamais, n'a pu jurer en toute connaissance de cause s'il était devenu vraiment fou après le crime, ou vraiment fou chez les fous. C'était irritant si l'on se rappelle qu'il était coupable, sans aucun doute. Alors asile ou prison, jugement ou psychiatrie, c'était la responsabilité et la culpabilité des autres, pas la sienne.

Le bon numéro

Imaginez que l'on vous demande de reconnaître, parmi une dizaine d'hommes numérotés de 1 à 10, celui qui vous aurait attaquée un mois plus tôt. Un homme qui aurait passé cinq heures avec vous, dans une voiture, un revolver à la main. Cinq heures! Qui vous aurait parlé, qui aurait bougé, qui aurait répondu à vos questions, avant de tuer votre compagnon et de tenter de vous tuer ensuite.

Cet homme, cet assassin, est peut-être là, devant vous, du numéro 1 au numéro 10.

Vous êtes malade. Les violences subies, les balles dans votre corps, tout cela a peut-être troublé vos souvenirs. Vous êtes sur un lit d'hôpital et vous regardez ces dix paires d'yeux, ces dix visages. On ne vous demande qu'une chose :

– Parmi ces hommes, reconnaissez-vous votre agresseur ?

Votre agresseur portait une sorte de mouchoir sur le visage, un chiffon qui lui cachait la plupart du temps le nez et la bouche.

Mais, durant cinq heures, vous avez pu apercevoir au moins une fois son visage en entier. Vous l'avez aperçu quelques secondes dans l'éclat des phares d'une voiture.

– Reconnaissez-vous votre agresseur ?

Tout est là. Tout ce qui fait qu'après avoir pendu un homme, on puisse se poser l'horrible question : « Pendu coupable ou pendu innocent ? »

Le 22 août 1961, un homme et une femme vont vivre une aventure épouvantable.

Michael Gregstone et Valérie Storie, sa maîtresse et sa secrétaire, quittent leur bureau et vont prendre un verre dans une auberge. Ils font cela très souvent car Michael est marié. Sa liaison avec Valérie a ce côté sordide des échappées en voiture après les heures de bureau. Des haltes clandestines dans la campagne ou les terrains vagues.

Ce soir-là, Michael et Valérie passent la soirée en voiture, dans un champ isolé des environs de Londres. Un champ de blé. Il est 10 heures du soir. Une main frappe à la vitre de la petite Morris.

Michael se redresse surpris, et distingue vaguement le visage d'un homme. Il commence à baisser la glace. Avant même d'avoir terminé, un revolver surgit sous son nez.

– C'est un hold-up... Ne bougez pas, je suis désespéré, on me court après depuis 4 mois. Si vous faites ce que je dis, tout ira bien pour vous.

Valérie ne réalise pas immédiatement ce qui leur arrive. Mais la peur paralyse Michael.

– Donnez-moi la clé de contact !

Valérie proteste :

– Ne lui donne pas, ne lui donne pas !

Michael obéit pourtant. Que faire d'autre avec un revolver sous le nez ?

L'homme monte à l'arrière de la voiture...

– Bon... Regardez devant vous, et ne vous retournez pas... Avec moi, ça ne traîne pas !

Il agite son arme d'un air conquérant, pendant un moment, puis restitue la clé de contact à Michael et

114

lui ordonne de mettre en marche. Il le guide ainsi jusqu'à l'intérieur du champ, le fait stopper et reprend la clé.

Le voilà maintenant qui réclame le portefeuille et les montres. Valérie ouvre son sac, retire l'argent, le dissimule dans son corsage et tend le sac à peu près vide. L'homme ne le fouille même pas, il questionne :

— Vous êtes mariés tous les deux ?

— Non.

— Comment vous appelez-vous ?

— Michael Gregstone, Valérie Storie...

Ainsi commence l'extraordinaire face à face qui va durer cinq heures. Cinq heures prisonniers dans une petite voiture. Avec qui ? Un fou ? Un assassin ? Un désespéré ? Impossible de se rendre compte. L'homme discute, ne s'affole pas, mais ne semble pas vraiment savoir ce qu'il veut. Puis ses exigences se précisent. Elles sont laides. Il veut voir Michael et Valérie ensemble, comme il les a vus, tout à l'heure... Il exige. Michael et Valérie, terrorisés, sont obligés de lui obéir comme dans un cauchemar.

Ensuite l'homme veut aller manger. Il pense d'abord à enfermer Michael dans le coffre, par sécurité, et à conduire lui-même.

Valérie fait remarquer que son compagnon étoufferait à cause des gaz d'échappement. L'homme examine le coffre et se range à l'avis de Valérie. C'est donc Michael qui conduira.

L'homme remonte à l'arrière et la voiture démarre. Arrivés dans le village, Valérie constate qu'il est 23 heures 45 à l'horloge de la poste. Il y a donc près de deux heures qu'ils sont prisonniers. Le revolver ne quitte pas leur dos.

L'homme fait marcher de temps en temps le cran de sûreté. Maintenant il veut faire le plein d'essence et donne ses ordres à Michael :

– Vous allez entrer dans ce garage, avec la voiture. Vous demanderez 10 litres d'essence. Ne bougez pas. Vous pouvez baisser la glace, c'est tout. Mon revolver est pointé sur vous. Si vous essayez de dire quoi que ce soit d'autre ou de faire un signe, ou de lui faire comprendre, je vous descends.

L'homme fouille dans sa poche et donne à Michael une livre prise sur l'argent qu'il vient de leur voler.

Le pompiste remplit le réservoir, tout se passe normalement. Il rend la monnaie à Michael, mais l'homme la réclame.

– Passez-moi ça!

Il y a 10 shillings et une pièce de 3 pences. L'homme met les 10 shillings dans sa poche et tend à Valérie la pièce de 3 pences.

– Tenez! C'est mon cadeau de mariage!

Étrange individu. Pendant que la voiture roule à nouveau, il discute avec Michael de cigarettes. Michael n'en a plus qu'une et voudrait fumer. L'homme dit qu'il n'aime pas fumer, mais autorise son prisonnier à s'arrêter devant un distributeur et à prendre un paquet.

– Ne faites pas de bêtises, j'ai la fille au bout de mon revolver.

Puis le voyage reprend. On discute de voitures. L'homme déclare qu'il sait conduire toutes sortes de voitures, mais semble ne pas comprendre pourquoi Michael passe de troisième en première! Ou il ne connaît pas la Morris, ou il ne sait pas conduire du tout. Cela est important pour la suite.

Maintenant il veut dormir. Il fait arrêter la voiture et entreprend d'attacher Valérie avec ce qui lui tombe sous la main. Puis il cherche autre chose pour attacher Michael.

Avisant un sac de laine sur le plancher à l'avant, il

demande à Michael de le lui passer. Michael se baisse pour prendre le sac et se retourne légèrement pour le lui donner... Il lève le bras au-dessus du siège.

L'homme tire. Deux coups de feu, dans la tête. Michael s'effondre et Valérie crie pour la première fois. Il la fait taire, avec violence.

– Arrêtez de crier!

– Vous l'avez tué, salaud! Pourquoi? Pourquoi avez-vous fait ça?

– Il m'a fait peur, il a bougé trop vite. J'ai eu peur!

– Pour l'amour de Dieu, laissez-moi conduire, laissez-moi l'emmener chez un médecin!

– Restez tranquille. Je réfléchis!

Pendant plus d'un quart d'heure, l'homme et Valérie discutent. Michael est-il mort ou non? Faut-il aller chercher du secours ou non? Valérie détache ses liens, d'ailleurs mal fixés. Ils sont maintenant face à face tous les deux dans l'ombre de la voiture.

Tout à coup, de but en blanc, l'homme semble avoir repris ses mauvais instincts. Il veut Valérie. Pour lui, cette fois.

A ce moment-là, il a retiré le mouchoir qui couvrait le bas de son visage et une voiture les croise. Pendant deux ou trois secondes, Valérie distingue son visage dans la lumière des phares. S'en souviendra-t-elle? L'horreur d'une telle aventure peut agir différemment selon les individus. Le visage de l'homme qui vient de tuer sous vos yeux, qui vous a obligée au pire, qui exige à nouveau le pire... Ce visage sera-t-il inoubliable à jamais? Inscrit dans le souvenir comme une obsession? Ou bien va-t-il disparaître et se fondre dans le cauchemar, en traits brouillés, en yeux sans couleur?

Les phares se sont éloignés. Dans l'ombre, Valérie supplie, recule. La scène est longue, insupportable, inracontable. Des minutes, des heures. Et puis, Valérie supplie à nouveau l'homme de la laisser partir. Il la fait taire :

– Taisez-vous, j'ai besoin de réfléchir.

Il oblige Valérie à reprendre sa place à l'avant et pense tout haut :

– Je crois que je ferais bien de vous donner un coup sur la tête ou quelque chose comme ça. Sinon, vous irez chercher du secours.

– Non, je n'irai pas. Je ne bougerai pas! Allez-vous-en! Tenez, prenez mon argent...

Et Valérie tend misérablement le billet d'une livre, qu'elle avait réussi à cacher. Elle est maintenant debout sur le bord de la route.

Après avoir pris le billet, l'homme commence à s'éloigner. Puis, à huit ou dix pas, il s'arrête, fait brusquement volte-face et tire. Deux, trois balles. Valérie s'effondre. Elle entend le déclic de l'arme qu'on recharge, puis à nouveau trois coups de feu.

Valérie ne bouge plus. Elle n'est pas morte mais a le réflexe de faire la morte, malgré ses cinq balles dans le corps.

L'homme se rapproche, la touche du pied, puis de la main. Il la regarde un moment, puis se précipite vers la voiture. Il tire le corps de Michael à l'extérieur. Les portières claquent et il démarre comme un bolide.

A l'aube du 23 août 1961, un étudiant découvre les deux corps.

Valérie est presque mourante mais elle survivra. Elle a tenté de rassembler des cailloux pour écrire sur la route une description de son agresseur, sans y réussir. Quand l'étudiant se penche sur elle, elle arrive à lui balbutier :

– Grand comme moi à peu près, de grands yeux glacés, des cheveux blonds.

L'étudiant note ces renseignements sur un bout de papier qu'il remettra à la police.

Or, au moment où l'enquête démarre, ce bout de papier a disparu. Perdu. On ne le retrouvera jamais. Ce n'est pas grave puisque Valérie est vivante. Une Valérie infirme, malgré une série d'opérations douloureuses, une Valérie à qui on pose la question un mois plus tard sur son lit d'hôpital.

Devant elle, dix hommes numérotés de 1 à 10. Parmi eux, un suspect...

– Reconnaissez-vous votre agresseur ?

Valérie ne dit rien pendant cinq minutes. Elle est très pâle mais semble calme. Lentement, elle scrute les visages. Enfin, elle chuchote quelque chose à l'oreille d'un policier...

– Numéro 4...

Et le numéro 10 pousse un soupir de soulagement.

Il s'appelle Alphon. Il est le résultat de l'enquête forcenée que vient de mener Scotland Yard pour découvrir l'horrible agresseur.

Sur les indications de deux témoins, on a d'abord recherché un homme aperçu au volant d'une Morris, le matin du 24 août. Cet homme conduisait de façon désordonnée. De plus, une recherche faite dans les hôtels et garnis de Londres a permis à la police de retrouver dans la chambre du *Vienna Hotel*, deux douilles vides correspondant à l'arme du crime. Le locataire de cette chambre n'est pas Alphon, mais Alphon a habité l'hôtel. Scotland Yard s'est donc décidé à publier son nom le 22 septembre avec la mention : *Cet homme est susceptible d'aider l'enquête*.

Alphon découvre l'information dans le *Daily*

Express du soir. Il téléphone immédiatement au journal et, à minuit, se rend à Scotland Yard.

C'est un homme de trente et un ans, aux cheveux bruns, gominés, coiffés en arrière, aux yeux profondément enfoncés dans les orbites. Les sourcils sont très bas, le front large.

Il porte le numéro 10, le jour de l'identification. Et Valérie désigne le numéro 4, qui n'a rien à voir avec l'affaire. Alphon, qui a été gardé à vue pendant trente-six heures, est donc relâché. Pourtant, une autre accusation pèse sur lui. Une autre femme l'accuse en effet de tentative de viol et d'agression. Et il sera jugé pour cela. Jugé et relaxé, bien que la femme l'ait parfaitement reconnu.

Bizarre. Mais Alphon est un être bizarre.

L'enquête se poursuit et l'on découvre une contradiction totale dans les renseignements fournis par Valérie. Elle aurait dit au début : « L'homme avait les cheveux blonds et de grands yeux glacés »... Or, voilà qu'elle ne se souvient plus d'avoir dit cela. Sur ses indications récentes, l'homme aurait maintenant les cheveux bruns. En ne reconnaissant pas Alphon, elle a pourtant désigné un homme qui lui ressemble vaguement.

Que s'est-il passé ? Les premiers mots confiés à l'étudiant, notés par lui sur un petit papier, disaient pourtant : « *Cheveux blonds, yeux glacés* ». Ce papier a disparu, et Valérie ne se souvient de rien.

La police recherche activement pendant ce temps le locataire de la chambre où l'on a trouvé les douilles vides. Un faux nom : James Ryan. Son véritable nom : Hanratty. Un voleur, un petit voleur en fuite, que Scotland Yard traque pendant un mois.

Se sachant recherché, Hanratty téléphone à Scotland Yard. Il jure ses grands dieux qu'il n'a rien à voir avec ce crime, mais qu'il ne peut pas se rendre.

Son casier judiciaire et divers avis de recherche pour hold-up lui vaudrait, de toute façon, la prison.

Ce petit jeu de coups de téléphone entre Scotland Yard et Hanratty dure quelque temps, jusqu'au jour où, le 13 octobre, deux mois après le crime, il est arrêté dans un café.

Les charges qui pèsent sur lui sont importantes : il habitait l'hôtel sous un faux nom, la veille du crime ; dans la chambre qu'il occupait, on a retrouvé des douilles vides ; deux témoins le reconnaissent comme celui qui conduisait à tombeau ouvert une Morris dans la matinée après le crime.

Et beaucoup plus grave. Beaucoup. Hanratty, le voleur, a l'habitude de cacher son butin sous le siège des autobus. Ce fait est connu de la police. Or, on vient de retrouver l'arme du crime, un calibre 38, sous le siège d'un autobus de Londres.

Nouvelle confrontation pour Valérie, toujours à l'hôpital. Cette fois, Hanratty est le suspect parmi treize hommes nouveaux que l'on présente au souvenir de la jeune femme. Valérie, à demi paralysée, se remet lentement. Elle n'a que vingt-deux ans.

Du numéro 1 au numéro 13, son regard refait le même chemin anxieux, longtemps. Puis elle demande à chacun des hommes de prononcer une phrase. Une phrase que l'assassin a dite à plusieurs reprises pendant l'horrible nuit : « Restez tranquille, je réfléchis. » Chaque homme, à son tour, prononce devant Valérie.

Un seul parmi eux prononce la phrase avec un accent cockney. Valérie demande un nouvel essai à chaque homme. Même résultat.

Cette fois, elle réfléchit plus longuement. La première séance d'identification, un mois plus tôt, a été désastreuse, elle le sait. Elle n'a pas le droit de se tromper maintenant.

Au bout de vingt minutes, son bras se lève sur le drap blanc de son lit d'hôpital et désigne, sans trembler, dans un silence absolu, la silhouette d'Hanratty, le nouveau suspect numéro 1.

Elle est sûre d'elle. Cet homme est celui qui a tué son amant, c'est le visage aperçu trois secondes dans les phares d'une automobile. C'est sa voix. Cette voix qui a entretenu sa peur durant toute une nuit. Valérie secoue la tête avec obstination à chaque précision que lui demande la police.

James Hanratty. A peine plus de vingt ans, taille 1 mètre 65, yeux bleus, regard fixe, cheveux blonds peignés en arrière. Il ressemble, assez curieusement il faut le dire, au premier signalement donné par Valérie.

Et c'est le coup de grâce pour lui.

A partir de cet instant, sa culpabilité ne fait aucun doute pour la police. Même si aucune empreinte ne vient définitivement le confondre. Il portait des gants. Les alibis qu'il donne pour la nuit du crime sont fragiles et facilement contestés.

L'un de ses complices redira au procès qu'il parlait souvent des cachettes sous les fauteuils d'autobus. Ceci pour le revolver.

Des témoins le reconnaissent. Un mouton placé dans sa cellule recueillera même ses aveux. Et pourtant, James Hanratty proteste de son innocence. Il niera jusqu'au bout. Jusqu'au refus de sa grâce. Jusqu'au jour d'avril 1962 où il refuse de se confesser au prêtre, avant de rejoindre le bourreau.

On a pendu James Hanratty, et tout commence. Voilà que le premier suspect, le dénommé Alphon, prétend qu'il est coupable. En 1962, un mois après l'exécution d'Hanratty, Alphon remet à une tierce personne des aveux complets.

Cet étrange personnage, dont le moins que l'on

puisse dire est que son attitude est contradictoire, donne à présent tous les détails sur « son crime », y rajoute un scénario qui faisait de lui un tueur à gages, payé par la famille de Michael pour le supprimer, ainsi que Valérie, afin de mettre fin à leur liaison scandaleuse.

Le Parlement en discute, les journaux publient ses déclarations. La télévision organise une émission durant laquelle Alphon réitère ses aveux, avec aplomb.

Il tient une conférence de presse à Paris, en 1967.

Que cherche-t-il? A dire la vérité? La police et la justice anglaise ne le croient pas. On pense que cet homme est un fabulateur, qui ne risque rien, d'ailleurs, puisque le crime est jugé.

– Il veut, dit Scotland Yard, faire parler de lui, et s'attribuer d'horribles exploits. Son équilibre mental est précaire.

Il a pourtant réussi à semer le trouble dans l'esprit de beaucoup. Et cela pour une raison essentielle : les contradictions du seul témoin vivant, Valérie Storie.

A-t-elle vraiment reconnu son agresseur? Pourquoi l'a-t-elle d'abord décrit blond puis brun? Pourquoi a-t-elle désigné une première fois, un inconnu, alors qu'Alphon était présent et suspecté?

Lors d'une confrontation à la B.B.C., qui fit couler beaucoup d'encre, Valérie a pourtant ignoré Alphon et maintenu que James Hanratty était le coupable. Elle l'a reconnu formellement.

Elle seule sait. Du plus profond de sa terreur et de sa vie gâchée, Valérie, seule, peut savoir si elle a désigné pour la potence le bon numéro. Tout dépendait d'elle. Tout dépendait de l'affreuse image gravée, ou non, dans son cerveau. La peur peut déformer le souvenir, l'effacer même. Elle peut aussi le rendre inoubliable.

Mais, quand le bourreau a fait son office, tous les mots, tous les livres, toutes les émissions de télévision, tous les débats du monde, n'y peuvent rien.

Cela est un autre débat.

Le voyage de Dave Joplin

Le 27 janvier 1973, les représentants des États-Unis, du Nord Viêt-nam, de Saigon et du F.N.L. signent un accord de cessez-le-feu. C'est enfin la paix. Une drôle de paix. Mais une paix quand même. Les bombardiers B.52 et les troupes américaines ont soixante jours pour quitter le Viêt-nam.

Le cauchemar est terminé, le Viêt-nam rendu à lui-même. On ne verra plus les horribles photos, comme celle de cette enfant brûlée par le napalm, courant sur une route, en hurlant. Il n'y aura plus de défilés pour la paix dans les rues de New York, de Paris ou d'ailleurs. Dans quelques années, les studios de Hollywood décortiqueront cette guerre impossible, pour en tirer des scénarios. Ainsi va l'histoire du monde et celle des hommes. La vie quotidienne d'un homme jeté dans une guerre, puis jeté hors de cette même guerre, c'est bien autre chose.

Dave Joplin se tait. Il rassemble son paquetage, comme les autres, grimpe dans le ventre d'un B.52 comme les autres, et se demande le temps qu'il fait au Tennessee. Depuis cinq ans, il a oublié la couleur du ciel de là-bas.

A Memphis, où il est démobilisé quelques

semaines plus tard, l'officier des relations publiques, chargé de la réinsertion morale des « petits gars du Viêt-nam », lui tape familièrement sur l'épaule.

– Alors Joplin ? On retourne chez soi ? C'est où, votre bled ?

Dave Joplin, grand, musculeux, regarde l'imbécile. Pour lui, ce petit mec en uniforme impeccable, repassé jusqu'au coin des boutonnières, ne peut être qu'un imbécile.

– Je n'ai pas de bled.

– Allons, Joplin, vous avez bien de la famille quelque part ? Vous veniez de Jackson... un petit gars du Tennessee, hein ?

Le petit gars du Tennessee plie son 1,85 mètres pour ramasser son sac et, sur un salut dérisoire, gagne la sortie. Relations publiques... réinsertion... il a vu ce que cela donne sur les copains, ceux qui ont le regard fou, qui hurlent des cauchemars dans la nuit, se débattent encore dans des rizières imaginaires, larguent des bombes dans leur sommeil... Qu'on lui fiche la paix, c'est tout ce qu'il demande. Sa prime de démobilisation servira à une série de choses stupides. Puisque tout fut stupide et qu'il n'y a pas de limite à la bêtise. Se saouler des nuits entières, par exemple, et se réveiller dans les bras des prostituées de Memphis, noires ou blanches, shootées ou non, belles ou pas.

L'une d'elles le retiendra une semaine, le temps de le dépouiller de ses derniers dollars, avec patience et régularité. Et, lorsque, enfin dessaoulé, Dave Joplin reprend pied avec la réalité, que voit-il dans la glace de ce motel minable ? Il voit une fille nue et vulgaire, occupée à se peindre les ongles des pieds en rouge sang.

Il voit sa tête à lui, Dave Joplin, dans la même

glace de cette armoire bancale. Une tête de dingue aux cheveux frisés, à la barbe hirsute et piquante. Il avait oublié que ses cheveux frisaient, à force de courber la tête sous le rasoir des marines. Il avait oublié son regard noir, son nez droit, ses joues creuses. Il ne se connaissait plus dans l'enfer de là-bas.

– Où tu vas chéri ?

– Je retourne dans mon bled voir si j'y suis.

Ainsi commence le dernier voyage de Dave Joplin. Un long chemin parti de la guerre et de la mort, et qui y retourne.

A la descente du car, Dave Joplin, son sac sur l'épaule, s'immobilise un moment sur la petite place familière. L'hospice est là-bas, à l'est de la ville, à la limite des plantations de tabac. Ironie du sort pour le vieux Dingo-Louis, son père, qui a tant fumé de cigares nauséabonds toute sa vie, et en crève à présent.

Dave Joplin fait la route à pied. Il a tant marché dans la boue, ces dernières années, que les rues, les avenues, bien alignées sont une véritable promenade.

Une grosse fille en blouse blanche, au visage jovial et rose, l'accueille avec un sourire.

– Fait chaud aujourd'hui hein ? Vous êtes venu à pied ?

Dave Joplin fait un signe de tête et marmonne :

– Je viens voir mon père, Louis Joplin. Vous pouvez me dire où il est ?

La grosse fille fronce le nez :

– Joplin, vous dites ? Vous êtes vraiment de la famille ?

– Son fils, Dave.

– Vous n'êtes pas au courant ? On vous a écrit pourtant !

– Écrit quoi ? Où ? Je reviens du Viêt-nam. On m'a démobilisé il y a un mois.

– On a écrit à l'armée : votre père est mort la semaine dernière... je suis désolée.

Mort. Dingo-Louis, son vieux fou de père, est mort la semaine dernière pendant que lui, le fiston, le seul, l'unique, était en train de cuver du whisky dans le lit d'une putain de Memphis.

Dave Joplin serre les dents sur l'étrange sanglot qui lui envahit la gorge sans trouver de sortie. Il a traîné cinq ans dans l'horreur, il a rampé au milieu des tirs de raquette, et Dingo-Louis n'est plus là pour l'entendre.

L'infirmière demeure silencieuse un moment, par respect pour ce grand type brun, barbu, poussiéreux, aux yeux cernés, qui ravale sa salive avec difficulté, en cognant du poing sur le comptoir. Rythmant sa peine, lui tapant dessus, pour l'enfoncer au plus profond. Au bout d'un moment, elle dit doucement :

– Il a laissé un paquet pour vous, c'est dans le coffre du directeur, je vais vous le chercher, vous signerez une décharge.

Une heure plus tard, Dave Joplin est assis à la terrasse d'une cafétéria, devant une bière glacée. Il examine le contenu du paquet, étalé sur ses genoux : 800 dollars, des billets froissés, une épingle de cravate avec une perle, et une montre. Tout ce qui reste du vieux Dingo-Louis, son père.

Dave n'arrive toujours pas à pleurer. Il fourre le tout dans sa poche, avale sa bière et s'en va d'un pas traînant jusqu'au cimetière. Il cherche le petit rectangle de ciment. L'inscription lui fait mal au ventre et à la tête. Il reste là, assis, ses longues jambes croisées dans la poussière, à regarder le vide. C'est tout ce qui lui reste, ce vide.

Enfin, à la nuit tombante, il se redresse, fouille dans sa poche, joue un peu avec la montre avant de la passer à son poignet. Il accroche l'épingle de cravate au revers de son blouson de toile et s'en retourne à pied vers la ville.

La boutique de Dingo-Louis n'existe plus. L'appartement que louait le père, au premier étage, est occupé. Dave Joplin n'a nulle part où aller. Alors ce sera d'abord la gare des bus, où l'on peut dormir sur une banquette. Puis, au petit matin, il se rend chez un marchand de voitures d'occasion.

– Une Land Rover, vous avez ça?

Il y en a une. Curieusement peinte en bleu par le propriétaire précédent, et ornée de fleurs orange. Le style *Peace and Lowe*. La guerre en dentelles hippies. Mais le moteur est bon. Dave Joplin paye cash et demande au marchand:

– Y'a un chenil dans le coin?

– Ça dépend du chien que vous voulez.

– Un chien de garde.

L'homme lui indique un ranch à quelques kilomètres et regarde s'éloigner le grand type barbu et triste, dans la Land Rover bleue, avec, pour seul bagage, un sac à dos.

Le voyage continue pour Dave Joplin. Il a encore deux rencontres à faire avant le bout du chemin. Avec un chien, d'abord, une femme ensuite.

Des cages grillagées, des aboiements, des gémissements: une bonne trentaine de chiens est enfermée là. Dave a un drôle de regard pour le propriétaire du chenil. Une drôle de façon de dire:

– C'est un camp de prisonniers, ici?

Alors l'homme rit d'un air gêné, sournois.

– Je ne peux pas les lâcher. Ils sont en cours de

dressage. Moi, je travaille pour les fermiers d'ici, ou pour les services de sécurité en ville. Ils font dresser leurs chiens, ensuite ils viennent travailler avec eux, s'habituer, et ils les emmènent.

Dave Joplin fait le tour des cages en expliquant ce qu'il veut. Un jeune chien, ni trop bébé, ni trop adulte.

– C'est pour un dressage?

– Ça, je m'en charge.

L'homme lui montre un couple de chiens noirs, à poils longs, de race assez mal définie. Dave choisit le mâle, parce qu'il est venu immédiatement lui lécher la main, comme s'il l'avait reconnu. Il paie 100 dollars pour l'animal, un collier, une laisse de cuir et s'en va. Devant la Land Rover bleue, le propriétaire du chenil l'entend parler à son chien :

– Tu vois cette bagnole, elle est à toi et à moi. Personne ne doit s'en approcher. C'est tout ce qu'on possède, toi et moi. Alors, je veux que tu démolisses le moindre gars qui essaierait de la prendre, vu?

Le chien regarde son nouveau maître et, sur un signe de lui, saute dans la Land Rover, comme s'il l'avait connue toute sa vie de chien. Et, tandis que la voiture s'éloigne, le propriétaire du chenil dit à un des soigneurs :

– Un dingue, ce type...

Dave prend la route. N'importe quelle route, celle qui se présente devant lui. Et, durant plus d'un mois, il va sillonner le Tennessee, sans but précis, dormant dans la voiture presque tout le temps, et il n'a aucun mal à dresser Marcus, son chien.

Marcus a un an. Des longues dents, pointues et blanches comme de l'ivoire, terriblement dissuasives, lorsqu'il soulève des babines roses. Il s'est attaché immédiatement à son nouveau maître. Durant ce mois de vadrouille à deux le long des routes, l'homme et la bête vont partager la même couverture pour dormir, les mêmes sandwiches, l'eau des mêmes fontaines, le bain des mêmes rivières. Il se crée entre eux une sorte d'osmose; ils sont désormais inséparables. Nul ne peut s'approcher de la jeep sans que Marcus montre les dents et qu'il frémisse de tous ses muscles, prêt à la défense.

Un jour, Dave dit à Marcus.

– On va voir une dame. Je veux que tu lui fasses les yeux doux. Elle est belle et elle m'attend.

Marcus comprend-il? Peut-être.

Sur la route de Jackson à Memphis, Dave Joplin retrouve le décor familier de ses randonnées de week-end, du temps où il était étudiant, du temps où il emmenait Margie, la belle, se promener dans les fourrés. Du temps où il lui disait :

– Margie, on se mariera un jour... On fera plein de gosses et tu deviendras énorme à force de nourrir tout ce monde-là. Margie, tu feras plein de petits-fils à Dingo-Louis... Ça lui plaira beaucoup.

C'était le temps d'avant la guerre, il y a bien plus de cinq ans. Comme un siècle. Margie avait dix-huit ans, et lui vingt-deux. Elle tenait avec ses parents un petit motel. Elle avait de longs cheveux bruns et raides, d'étonnants yeux noisette, et un corps rond et doux comme un écureuil.

Le motel est toujours là, avec sa pancarte qui se balance au vent. La jeep s'arrête dans un petit nuage de poussière et Dave Joplin crie :

– Salut! C'est vous le père de Margie? Vous ne me remettez pas? Dave, je suis Dave Joplin... Est-ce que Margie est là?

Il saute de la jeep et s'approche de l'homme qui paraît enfin le reconnaître, mais qui ne semble pas apprécier la silhouette maigre, la barbe hirsute, le jean trop sale, et ce chien qui gronde sur le siège, immobile.

– Qu'est-ce que vous voulez ?

– Voir Margie, tout simplement. Qu'est-ce qu'il y a ? Elle n'est pas là ?

Pour toute réponse, le père se met à hurler sans quitter le visiteur du regard :

– Margie ? Viens, par là ! Quelqu'un te demande !

Le regard plein d'espoir de Dave Joplin se fixe dans la direction de la maison. Il en voit sortir une jeune femme échevelée, vêtue d'une blouse rose, et portant sur la hanche un bébé, d'un ou deux ans. Elle pose le bébé dans un parc à l'ombre de la véranda et avance d'un pas traînant, en criant à son tour :

– Qu'est-ce que c'est ?

Alors le père s'éloigne, l'air mécontent, sans lui répondre. Margie ne reconnaît pas immédiatement le visiteur, et lui, paralysé, regarde la taille épaissie, les cheveux courts ébouriffés, et surtout le bébé qui pleure dans son parc.

– Margie, c'est moi, Dave Joplin.

– Dave ? Mais qu'est-ce que tu fais par ici ?

– Ce que je fais ? Je suis venu te chercher. On devait se marier, t'as oublié ?

– Dave, ne dis pas de bêtises. Si c'est pour me dire des trucs comme ça, ce n'était pas la peine de venir jusqu'ici.

– Il est à qui, ce gosse ?

– Il est à ma sœur... Mais je vais me marier, Dave...

– Comment, tu vas te marier ? Et avec qui ?

– Tu ne connais pas. T'es drôle, toi. Je n'ai pas de nouvelles depuis un an et tu débarques comme ça pour m'épouser... tu es fou, quand même.

– Si tu n'as pas de nouvelles depuis un an, c'est que les bureaux de poste sont rares du côté de Saigon. Et je suis sorti d'un putain de trou dans la jungle, il n'y a pas plus de trois mois. Avant ça, on avait ordre de limiter les nouvelles.

– Et qu'est-ce que j'y peux ?

– Tu vas venir avec moi, c'est tout.

– Non, Dave. Je viens de te dire que j'allais me marier.

– Tu viens avec moi, je te dis. Tu n'as pas à épouser ce type.

Dave Joplin saisit brutalement Margie par un bras et la tire vers la jeep.

– Monte !

– Lâche-moi Dave ! Lâche-moi !

Dave plaque la jeune femme contre la carrosserie de la jeep... Mais le chien grogne aussitôt. Alors, tout en retenant le corps de Margie, Dave dit au chien :

– Tais-toi, Marcus. C'est Margie, tu te souviens ? Je te l'ai dit : c'est Margie.

Marcus grogne de plus belle. L'air véritablement féroce, babines retroussées, il laisse échapper comme des avertissements, par à-coups, de petits aboiements menaçants, l'air de dire : « Recule ou je te mords. »

Désorienté une seconde par l'attitude de son chien, Dave relâche sa pression, et Margie en profite pour lui échapper. Elle recule de quelques pas et observe l'affrontement du maître et de son chien. Marcus est toujours agressif et Dave, furieux, s'empare du cric et menace l'animal :

– Sale clébard ! J'ai dit : « c'est Margie »! Qui c'est, le maître ?

Alors, Marcus recouvre lentement ses dents féroces et se calme, tête baissée. Dave se retourne alors vers Margie :

– Tu ne m'aimes plus, c'est ça ?

– Écoute, Dave. Je me marie dans quinze jours. Sois raisonnable.

– Tu ne veux pas venir avec moi ?

– Non, je ne veux pas. Tu trouveras d'autres filles. Et puis, ton chien ne veut pas de moi...

Dave devint soudain pâle, très pâle, blanc de rage et son regard devient fixe. Il murmure :

– Marcus a raison, tu n'es qu'une garce !

Il bondit comme un fauve, comme on le lui a appris face aux Viets et il frappe sans prévenir, sauvagement, en pleine tête, à deux ou trois reprises. Margie n'a pas le temps de hurler, il a déjà lâché le cric, bondit dans la jeep, tandis que le père, qui a vu la scène de loin, se met à courir et à hurler. Trop tard.

Dave fait gronder le moteur et fonce dans un nuage de poussière. Le père peut entendre le chien, excité, aboyer furieusement.

La jeep a déjà disparu lorsque le père de Margie se penche sur sa fille. Le regard noisette est embué, le sang coule dans les cheveux, sur son visage, sur son cou. Elle va mourir, il le voit bien.

Cinq minutes plus tard, l'alerte est donnée à tous les postes de police. Dave Joplin est un assassin. Sa description court sur les postes des voitures de police.

Dave roule à tombeau ouvert, le chien, agrippé de toutes ses griffes au siège de la jeep, aboie comme un diable. La première voiture de police qui aperçoit le fuyard signale aux autres :

– Je le vois. Il prend la direction de la gare de triage, c'est un cul-de-sac ! Je le prends en chasse, rejoignez-moi...

La jeep et la voiture de police sont à cinq cents mètres l'une de l'autre, sur un chemin défoncé. Soudain dans un crissement de pneus, Dave tente d'éviter un cycliste, sans succès. L'homme est projeté en l'air et contraint la voiture de police à stopper quelques instants pour manœuvrer.

Le policier hurle dans son micro :

– Il a fichu en l'air un cycliste, envoyez une ambulance. Je continue la chasse, dépêchez-vous!

Dave n'a qu'une minute d'avance sur son poursuivant, lorsqu'il parvient à la gare de triage. Il reste un vieux bâtiment désaffecté, des rails envahis par les mauvaises herbes, décor lugubre, où la route s'arrête.

– Descends, Marcus.

Le chien obéit, aboyant toujours. Dave Joplin fait une manœuvre rapide et se place face au mur principal du bâtiment. Depuis la voiture de police, son poursuivant a tout vu et hurle encore dans la radio :

– Il est coincé, il fait demi-tour, je vais le prendre de face... Non! Rectification, il recule, je n'y comprends rien! Mais qu'est-ce qu'il fait?

Dave a reculé. Effectivement et s'est placé face au mur. Le policier croit comprendre.

Dave enclenche la première, puis la seconde, la troisième, le moteur rugit, la jeep bondit en direction du mur. Et, tandis que le policier, muet soudain, observe la scène, la jeep s'écrase dans un bruit infernal, un bruit d'un autre monde. Et le chien hurle, hurle...

Sur les ondes des voitures de police, on entend le premier poursuivant dire :

– Merde. C'est dingue!

Et trente secondes plus tard, il arrive à hauteur du bâtiment. Il ne reste plus qu'un tas de ferrailles tordues à l'avant, écrasées contre le mur de béton, et le corps de Dave Joplin disloqué, poitrine transpercée par le volant, replié comme un pantin immobile.

Le policier descend de voiture, mais y remonte aussitôt. Devant l'épave fumante et le corps de son maître, Marcus, toutes dents dehors, l'œil fou, gronde comme un fauve, le corps prêt à bondir. Il est impossible de s'en approcher.

Le policier referme doucement sa portière, remonte les vitres, et dit dans son micro :

– Shérif, je ne peux pas approcher, le chien est fou. J'ai voulu examiner le corps, il a failli se jeter sur moi. Je ne peux pas avancer à moins d'un mètre.

– Abattez-le !

– Bien, chef !

Le policier ouvre la portière, pose un pied à terre, puis l'autre ; le pistolet armé à la main, il se place brusquement face à l'animal... et n'a pas le temps de tirer. Il voit le chien bondir et vole vers l'intérieur de la voiture. Juste à temps pour claquer la portière. La gueule effrayante de Marcus bave derrière la vitre. Pattes dressées contre la carrosserie, il griffe, aboie, crache des hurlements terrifiants. Puis il recule et retourne prendre sa garde devant l'épave.

– Shérif, impossible de sortir de là. Il faut un tireur avec un fusil.

– On arrive.

Marcus a eu un grand sursaut sous l'impact de la balle. Il est tombé sur le flanc, dans la poussière, son grand corps noir et lustré courbé par le choc, gueule ouverte sur un dernier grognement.

Le rapport du shérif était d'une simplicité grandiose.

Un fou. Ce Dave Joplin était un fou dangereux. Selon les témoins, il avait frappé à mort une jeune femme sous prétexte qu'elle ne l'aurait pas reconnu. Et s'était donné la mort ensuite, par propulsion de son propre véhicule, contre le mur d'un bâtiment, avant les premières sommations de l'officier poursuivant. Son chien enragé avait dû être abattu.

Dave Joplin ne savait pas qu'il figurait dans les statistiques des anciens du Viêt-nam, que l'armée des États-Unis était chargée de réinsérer dans la vie civile. Il aurait dû se présenter dans les services hospitaliers compétents, s'il éprouvait des difficultés majeures, physiques ou mentales. Comme les copains.

Une mort difficile à croire

20 avril 1959, il est 18 heures 30 à Miami, en Floride. Une voiture se gare près d'un parc. Le professeur Jessup est au volant. Morris Jessup est professeur d'astronomie et mathématiques à l'université du Michigan. Ce n'est pas n'importe qui. Il est le constructeur et le directeur du plus grand téléscope à réfraction de l'Afrique du Sud. Cet homme a découvert de nombreuses étoiles. C'est aussi un spécialiste de la flore amazonienne et un passionné des civilisations mayas et incas.

Ce soir-là, à Miami, il a rendez-vous pour dîner avec l'un de ses amis, Manson Valentine, un astronome, spécialiste des champs magnétiques. Les deux hommes doivent discuter d'un mystère scientifique, qui les préoccupe énormément. Une chose dangereuse. Terriblement dangereuse.

Morris Jessup gare sa voiture dans un parking. Il est 18 heures 30.

Son ami Manson Valentine l'attend dans un restaurant, l'un de ces *speak easy* américains, où l'on peut parler tranquillement, sans craindre les indiscrétions.

A 19 heures, Morris Jessup n'est pas là. A 20 heures non plus. En fait, il semble bien qu'il ait posé un lapin à son confrère et ami.

Dans la nuit, un gardien du parking donne l'alerte. Un homme est mort dans une voiture, la tête inclinée sur le volant. Et les circonstances de cette mort ont quelque chose d'atroce. Quelqu'un a relié le pot d'échappement de la voiture à l'intérieur du véhicule. Le bricolage a été fait de telle sorte qu'on ne puisse pas le distinguer au premier abord. L'assassin – s'il y en a un – a bricolé ce raccord mortel et le professeur, ne s'en étant pas aperçu, a inhalé les gaz toxiques en conduisant. Pris d'un malaise dans le parking, où l'air est raréfié, il s'est évanoui et est mort, sans que personne ne lui porte secours.

En apprenant la mort de son ami, Manson Valentine, le spécialiste des champs magnétiques, prétend immédiatement qu'il s'agit d'un meurtre. Qui est l'assassin ? Il n'en sait rien, mais explique volontiers le mobile.

Secret défense. Jessup était en train d'étudier quelque chose qui ne plaisait pas à la Sécurité militaire. Il avait pris contact avec le témoin d'une expérience incroyable et préparait un ouvrage sur le sujet.

Lorsqu'il raconte les travaux du professeur Jessup, Mason Valentine se fait traiter de fabulateur. Les journalistes qui rendent compte de l'enquête sur cette mort bizarre préfèrent parler de suicide. On retrouve des amis du professeur Jessup auxquels il aurait écrit, les années précédentes, des confidences sur son amertume professionnelle. De là à parler de dépression menant au suicide, il n'y a qu'un tout petit pas.

Mais d'autres journalistes écoutent avec intérêt l'extraordinaire histoire qui aurait provoqué la mort de Jessup. Et cette histoire est si monstrueuse qu'elle donne le frisson et explique, sans la justifier, bien sûr, que les travaux du professeur Jessup touchaient à un tel secret d'État qu'il ne pouvait qu'en mourir...

En 1955, trois ans avant sa mort, Morris Jessup publie un livre passionnant sur l'espace, les fusées et la gravitation. Parmi le courrier de ses lecteurs, un jour, arrive une lettre en provenance du Texas, signée d'un inconnu : Carlos Miguel Allende.

Tout d'abord, en la lisant, Jessup se dit que l'auteur est probablement un déséquilibré dont la manie est de souligner arbitrairement certains mots et d'utiliser des lettres capitales sans aucune raison. Un illuminé en quelque sorte. Le début de la lettre fait mention brièvement du livre de Jessup, puis son auteur passe à un tout autre sujet, que Jessup lit avec un certain scepticisme.

Carlos Miguel Allende écrit, en effet :

J'ai suivi en octobre 1943, depuis un navire d'observation, le Andrew Fursten, *une expérience de la marine américaine. Notre navire était un* liberty ship *de Norfolk. Nous étions trois hommes à bord, Richard Splicey Price, Monwsely, le premier maître, et Conally.*

Cette expérience eut pour résultat de rendre totalement invisible, sur mer, un autre navire du type destroyer, ainsi que tout son équipage.

Le champ d'invisibilité fut efficace dans un sphéroïde aplati, s'étendant à une centaine de mètres environ de chaque bord du bateau. A l'intérieur de ce sphéroïde, les hommes prenaient une forme vague et percevaient les autres personnes à bord du bateau sous la même forme vague et marchant sur le vide. Toutes les personnes situées en dehors du sphéroïde, ne voyaient rien, à l'exception de la forme nette du navire sur l'eau, à condition d'être assez proche mais juste en dehors du champ d'action.

La moitié des officiers et des marins de ce bateau expérimental sont actuellement fous. Quelques-uns sont assignés à résidence, en des lieux où ils peuvent recevoir un traitement lorsqu'ils redeviennent « vides » ou bien « vides et pris ».

Devenir « vide » constitue la séquelle d'un séjour trop prolongé dans le champ. Lorsqu'on est « vide et pris », on ne peut plus se mouvoir de sa propre volonté, à moins que deux autres personnes ou plus, se tenant dans le champ, ne vous touchent rapidement, par apposition des mains. Si cet attouchement ne se produit pas, on « gèle ». Lorsqu'un homme est gelé, sa position doit être marquée soigneusement, pour couper le champ. Les autres peuvent se mouvoir mais pas lui; les autres peuvent retrouver une solidité apparente, mais pas lui. Il faut que le membre le moins atteint de l'équipage s'approche de l'endroit où l'on a marqué la figure de l'homme « gelé », qu'il se rapproche de sa peau nue, car il n'est plus vêtu de façon habituelle à ce moment-là. Parfois, pour dégeler cet homme, il suffit d'une heure, parfois vingt-quatre heures au moins. Dans les cas extrêmes, six mois sont nécessaires. Ce gel profond n'est pas psychologique. C'est le résultat d'un hyperchamp qui a pénétré dans le champ du corps, lorsque le champ superficiel a agi trop longtemps. C'est également ce qui arrive lorsque quelqu'un y a été soumis trop souvent. Le matériel électronique nécessaire pour corriger ce gel profond coûte plus de 5 millions de dollars.

Il reste très peu de membres de l'équipage d'origine. La plupart sont devenus fous. L'un d'eux a traversé le mur de sa chambre sous les yeux de sa femme et on ne l'a jamais revu. Deux autres ont pris feu en transportant des compas magnétiques tout à fait ordinaires.

L'expérience en elle-même fut donc une réussite totale. Mais les hommes représentent un échec.

Tête du professeur Jessup devant cette missive pour le moins bizarre! Lui qui jouit d'une certaine renommée dans sa spécialité, s'intéresse aux problèmes de la gravitation ainsi qu'à la théorie des champs unifiés; lui qui épluche la théorie d'Einstein depuis des années, répond à cette lettre sans grande conviction, en demandant toutefois plus de détails sur l'expérience en question. Cela dit, il est persuadé d'avoir affaire à un esprit dérangé et il oublie complètement le sujet, trop occupé qu'il est par ses conférences, ses cours à l'université, ses propres travaux.

Or, le 13 janvier 1956, presque un an après la première, arrive une deuxième lettre de Carlos Miguel Allende, postée au Texas, mais cette fois, avec une adresse en Pennsylvanie. Même motif, même sujet. Puis une troisième lettre. Le professeur Jessup peut lire, cette fois, des détails supplémentaires concernant cette expérience incroyable dont parle son correspondant.

La Navy américaine aurait décidé, durant la Seconde Guerre mondiale, en 1943, d'entreprendre des travaux de recherche sur l'une des applications de la théorie d'Einstein. Étant donné que nous ne sommes Einstein ni les uns ni les autres, vulgarisons et disons que cette application consistait à tenter de faire disparaître un escorteur de la marine *L'Eldwige* et ce au moyen d'un champ magnétique artificiellement créé. Pourquoi le faire disparaître? Réponse simple et évidente : en temps de guerre, un navire invisible pour l'ennemi serait une arme redoutable.

En octobre 1943 donc, le navire escorteur *Eldwige* aurait effectivement disparu des eaux de Philadelphie avec tout son équipage. Une expérience réussie, sauf pour les marins, selon le mystérieux correspondant du professeur Jessup.

Et le professeur Jessup de se poser une première question, simple : pourquoi moi ? Pourquoi cet homme inconnu lui écrit-il ? A lui, et non à ses confrères ? Il obtient assez rapidement la réponse. Jessup avait publié un livre intitulé *La question des O.V.N.I.* Or, on l'informe qu'un exemplaire de son livre est parvenu au Bureau de la recherche navale américaine, expédié par un inconnu, mais recouvert de notes manuscrites et de commentaires avec, en évidence, une allusion à cette fameuse expérience de Philadelphie.

Le professeur Jessup n'aurait jamais fait le lien, s'il n'avait pas été convoqué lui-même à la Navy, au Bureau de la recherche navale, qui semble s'intéresser beaucoup à un détail.

— Quel détail ? demande le professeur Jessup.

— Votre livre et les commentaires manuscrits sur cette expérience. Il y a sûrement un lien...

— Tout ce que je sais, c'est que j'ai reçu trois lettres d'un inconnu, qui dit s'appeler Miguel Allende et que l'écriture que vous me montrez semble être la sienne, en effet. Il doit s'agir du même homme. Mais vous avez reçu cet exemplaire de mon livre juste au moment de sa parution. Les lettres me sont parvenues un an après.

— Où sont ces lettres ?

— Chez moi, pourquoi ?

— Voulez-vous nous les confier, professeur ?

— Mais pour quoi faire ? Cet homme a dû inventer cette histoire. Moi-même, je lui ai répondu par simple gentillesse, un peu par curiosité aussi, je l'avoue. Cela n'a rien à voir avec mon travail.

— Professeur, notre intention est de rééditer votre livre, avec toutes les annotations de l'exemplaire que nous avons reçu. Nous devons aussi publier les lettres, évidemment. Bien entendu, il s'agit d'un tirage limité, uniquement destiné à nos services et vous en recevrez un exemplaire.

Jessup s'étonne quelque peu qu'un officier du Bureau de la recherche navale s'intéresse à son livre et surtout à ces lettres avec autant d'insistance :

– Je vous assure, professeur, il nous faut ces lettres; elles sont importantes. A propos, confiez-nous les originaux, c'est meilleur pour la reproduction.

Jessup rentre chez lui et tourne cette histoire dans sa tête. Pourquoi rééditer son livre avec des annotations qui ne sont pas de lui ? Pourquoi publier ces lettres ? Et pourquoi à tirage limité, réservé à la Navy ? Y aurait-il donc quelque chose de si intéressant là-dedans ?

Bon citoyen, chercheur lui-même, Jessup expédie les originaux des trois lettres de son correspondant et, effectivement, il reçoit quelque temps plus tard une réédition de son livre comprenant les annotations et les lettres. On lui signale également que l'ouvrage a été édité à vingt-cinq exemplaires numérotés, dont un pour lui.

Cette histoire le tracasse tout de même. Vingt-cinq exemplaires... Pour qui ? Pour quoi ? Il contacte son correspondant à l'adresse indiquée sur sa dernière missive et reçoit une réponse qui lui conseille de pousser ses recherches, d'interroger certaines personnes, d'envisager l'expérience à la lumière des travaux d'Einstein afin d'en comprendre l'ampleur. Allende écrit même :

Einstein aurait été horrifié par les conséquences de ses découvertes et les aurait abandonnées pour empêcher l'humanité de s'en servir, s'il en avait eu la possibilité. Personne ne peut croire à cela, mais le bateau disparu en mer à Philadelphie a réapparu une minute

plus tard à Norfolk. Les marins étaient devenus fous.
La Navy a arrêté les expériences. Voici les noms des
responsables à l'état-major, les détails que je donne sur
ces personnes vous prouveront que je sais de qui il
s'agit et de quoi je parle...

Le professeur Jessup est ébranlé. D'une part parce que les détails sur les personnalités en question sont exacts, d'autre part, parce qu'il ne comprend toujours pas pourquoi on a réédité son livre, donnant ainsi prise à une enquête, s'il s'agit de l'élucubration d'un farfelu! Information ou désinformation? Histoire de fou ou réalité?

Et, comme il ne comprend pas bien et que ça l'énerve, Jessup décide d'essayer de comprendre. Cela lui prend du temps de replonger dans les théories d'Einstein et de travailler sur les champs magnétiques. Car ce n'est qu'en 1959 qu'il annonce à son ami Manson Valentine :

– Je suis parvenu à des conclusions définitives à propos de l'expérience de Philadelphie. J'ai retrouvé mon correspondant, Allende, alors que la marine le recherchait sans résultat. Je suis convaincu de la réalité de l'expérience. Je sais maintenant qu'il s'agit d'un nuage artificiel magnétique dangereux. Si la marine a interrompu les recherches, c'est qu'elle a découvert, par hasard, en tentant cette expérience, une chose terrible. Une force capable de modifier la structure moléculaire des individus et des objets.

Et Manson Valentine, aussitôt :

– Rencontrons-nous pour en parler, c'est fascinant.

Depuis trois ans que Jessup s'acharne sur ce travail, une rumeur s'est répandue : il serait devenu étrange. « Psychisme troublé », disent ses confrères... Il a même confié l'exemplaire de sa fameuse réédition à un ami sûr, en lui recommandant de le mettre à l'abri au cas où il lui arriverait quelque chose. La rumeur s'étend : paranoïa, idée fixe, etc. Et Jessup dit à son ami Manson Valentine :

– Je ne suis pas en train de devenir fou mais les autres le pensent déjà.

C'est donc le 20 avril 1959, à 18 heures 30, que Jessup, qui a rendez-vous avec Manson Valentine pour dîner et tout lui expliquer... meurt intoxiqué par les gaz de sa voiture, émanant du tuyau d'échappement, bricolé pour que l'empoisonnement se fasse de l'intérieur...

Suicide, donc. Officiel. Qui, quel ennemi du professeur Jessup aurait imaginé de le suicider ainsi ? Personne. Il n'y a aucune trace, aucune menace...

« Drôle de suicide », estiment certains journalistes qui se jettent sur la mort du professeur Jessup et partent à la recherche du mystérieux Allende, le témoin de l'expérience de Philadelphie dont Manson Valentine n'a pas craint de signaler la présence. Car lui ne croit pas au suicide de Jessup.

Allende, le « témoin », possède au moins cinq identités, dont la plus certaine semble être Carl Allen. Il a effectivement travaillé à bord d'un *liberty ship* entre 1943 et 1944.

L'homme est étrange, plutôt du genre nomade, spécialiste des petits boulots, sans spécialisation véritable. Entre trente-cinq et quarante ans. Maigre, visage long, le regard un peu fixe, mais pas fou apparemment, il répète avec bonne volonté ce qu'il a vu en octobre 1943, alors qu'il était tout jeune marin.

– Un brouillard vert autour du bateau, puis plus de bateau. On voyait juste la forme de sa quille et celle de la coque, comme si elles étaient photographiées sur l'eau... Le *Eldwige* a brutalement disparu. On entendait comme un bourdonnement qui accompagnait la diffusion du champ magnétique. Moi et les autres observateurs, nous avons reçu comme un courant puissant qui nous a fait perdre l'équilibre.

– Comment expliquez-vous que vous n'avez pas disparu vous aussi ? demande un journaliste.

– Mon corps était à la limite du champ magnétique. Je me suis dit après que les bottes de caoutchouc m'avaient protégé...

– D'où tenez-vous les commentaires et annotations dont vous avez augmenté le livre du professeur Jessup ?

– De gens haut placés. Je ne peux pas révéler leurs noms.

– Que pensez-vous de sa mort ?

– On dit que c'est un suicide. Je ne sais pas.

Quant au navire *Eldwige*, il a bien existé, il existe des photographies de lui, il se trouvait effectivement à Philadelphie en octobre 1943, il est possible qu'il ait croisé sur sa route, le *liberty ship* sur lequel se trouvait Allende...

Reste la Marine des États-Unis. Quel rôle a-t-elle joué dans cette histoire ? Après les articles de certains journalistes prenant parti pour un faux suicide du professeur Jessup, elle s'est empressée de démentir « qu'une telle expérience incroyable se soit déroulée, ayant ou non pour base la théorie d'Einstein. Si tel avait été le cas, la chose n'aurait pu rester secrète aussi longtemps ».

Et de prendre soin de faire tirer de nombreuses circulaires de ce démenti officiel.

Certes. Un champ magnétique artificiellement créé, faisant disparaître un navire et son équipage... difficile à croire ! Dématérialiser des hommes, des structures métalliques...

Démenti donc. D'accord. Mais pourquoi a-t-on demandé au professeur Jessup de fournir les trois lettres originales du témoin. Pourquoi ne les lui a-t-on jamais rendues ? Pourquoi vingt-cinq exemplaires numérotés de son ouvrage, un pour lui, et le reste à qui ? Pour l'endormir ? Pour le rendre fou ? Pour l'intoxiquer ? Pour désinformer ?

Jessup est mort à cinquante-neuf ans et, si l'on exclut le suicide, puisqu'il allait dîner avec un ami, qui l'a tué et pourquoi ?

La seule chose certaine dans cette histoire, indubitable est que les travaux d'Einstein sur la théorie des champs unifiés n'ont jamais été achevés. En supposant que ce malheureux professeur Jessup soit parvenu à quelque chose, même peu, dans ce sens, « on » a peut-être préféré l'empêcher d'en faire une publication. Le faire passer pour fou, lui envoyer un faux témoin pour le mettre sur une piste ridicule et qui le ridiculiserait définitivement.

Les scientifiques sont parfois des loups entre eux.

Qui a pris l'âme de Célestin?

Écoutez, braves gens, oyez l'étonnante histoire qui se déroula il n'y a pas si longtemps, dans un pays que nous connaissons bien et mit en scène des personnes dont nous tairons les noms mais qui nous ressemblent.

En ce temps-là, la France avait un général, les jeunes gens dansaient le rock and roll et le twist, le pétrole n'était pas cher, le dollar se tenait poliment à sa place et Brigitte Bardot beaucoup moins. Comme tout n'est pas rose en ce bas-monde, il y avait cependant çà et là quelques guerres malheureuses... Bref, nous étions à peu près normaux dans ce que les nostalgiques ont baptisé les *sixties*, les années soixante.

Si l'on ne parlait pas encore de « France profonde », elle était pourtant bien là. Et depuis longtemps. Mais les médias n'avaient pas encore cette fureur qui les mène aujourd'hui jusque dans les moindres campagnes, à l'affût de la vie privée des individus qui n'ont pas choisi, comme eux, le bruit de la ville.

Ce village est bien loin, il est vrai, du bruit et de la fureur. Il l'est encore un peu de nos jours. L'interlocuteur principal, en ces temps bénis, se trouve être le curé. Il a encore son église qui se remplit encore le dimanche et, du haut de sa chaire, sans micro, il dit encore la messe en latin à des chrétiens qui, eux, ne comprennent que le patois du coin.

Une fois passé le moment d'incompréhension recueillie, le brave homme en soutane s'adresse directement à ses fidèles. Chaque dimanche, il les sermonne sur tel ou tel point de détail dont il a eu connaissance et qui lui semble mériter la réprobation générale. La rosière a-t-elle failli à sa réputation ? Voici que le curé fait un éloge sévère du mariage et de la pureté qui doit l'accompagner. Deux voisins se querellent-ils à propos d'une barrière mitoyenne ? Il prêche la patience et l'amour de son prochain. Une vieille femme est-elle morte, seule, abandonnée des siens ? Il prêche la charité chrétienne et tonne contre ceux qui ne l'ont pas aidée.

Tout le village en prend pour son grade et, s'il ne s'adresse jamais directement à quelqu'un ou à quelqu'une, chacun reconnaît ses péchés. Ainsi, ce dimanche-là, le brave curé a-t-il « regretté » au nom de Dieu, que la vieille Céline ait trépassé sans avoir reçu le secours de Dieu et les derniers sacrements.

— Si l'un d'entre vous vient à mourir en athée parce qu'il est abandonné par ses frères et que ses frères ont voulu le condamner à l'enfer, il en porte la responsabilité. Qu'il en demande pardon à Dieu.

La critique est sévère. Et chacun sait à qui ce discours s'adresse car personne ne veut de cette responsabilité. Tous connaissaient la vieille Céline, tous savaient qu'elle était mourante, tous auraient pu s'en inquiéter, mais... Le doigt divin et vengeur ne doit désigner qu'un seul d'entre eux! Célestin! Célestin, l'époux de la vieille Céline, celui qui l'abandonna jadis, à bout de querelles, pour aller s'installer seul à l'autre bout du village, dans la vieille bicoque de sa mère. Célestin a préféré vivre là comme un sauvage, sans femme ni lessive, sans soupe le soir et sans lit conjugal. Et pendant plus de dix ans, il a laissé sa vieille épouse, seule, le soir à la chandelle, lui préférant la lumière et le vin aigre du café de la place. C'est donc lui le coupable. Il n'a même pas suivi l'enterrement. Il n'a même pas sorti un denier de sa poche pour une couronne de fleurs.

Alors Célestin sort le premier de l'église, en rasant les murs. Il n'y remettra plus les pieds puisqu'on le bannit. Savait-il que la vieille était mourante? Non. Était-ce à lui d'aller chercher le curé et l'extrême onction? Non. Va-t-on à l'enterrement d'une épouse oubliée depuis dix ans, qui ne vous a jamais apporté ni amour, ni soutien, ni affection? Non et non.

C'est le verdict des deux fidèles amis de Célestin, Pierre et Joseph, qui lèvent leur verre avec un bel ensemble pour absoudre leur compagnon. Hélas! Dans cette communauté de la France profonde où le brave curé représente Dieu, vit aussi le diable. Et si Dieu rejette l'âme tourmentée d'un pécheur, le diable, lui, veut bien la récupérer.

Célestin boude. Le remords le tenaille quoi qu'il en dise. Ses deux compagnons ont beau lever leur verre au repos de l'âme de son épouse bannie, il n'est pas tranquille.

– Le curé m'a maudit!
– Mais non...
– Si, il m'a maudit.
– Va voir la sorcière, elle te sortira de là.

C'est si simple! Au village, on parle autant du curé que de la sorcière. Elle lui ressemble étrangement d'ailleurs. Vêtue de noir comme lui, le cheveu blanc et rare comme lui, elle tient sa chapelle dans le pré au sel où elle a hérité d'une bicoque et de quelques chèvres. Chez elle, pas de vitraux mais des herbes qui pendent en bouquets desséchés pour les tisanes et les remèdes.

Rosa est rebouteuse, pharmacienne, raconteuse d'histoires terrifiantes. Le village la craint et la respecte autant que le curé, sans toutefois l'avouer clairement.

Il n'empêche que, quiconque a mal au dos s'en remet à elle, et que toute femme en mal d'enfant lui confie ses angoisses. A-t-elle un pouvoir réel? Ils le pensent. N'a-t-elle pas rendu fertile la vache du voisin, comme la femme du garde-champêtre? N'a-t-elle pas redressé la jambe tordue du gamin du boulanger? N'a-t-elle pas guéri de ses coliques la vieille demoiselle de l'épicerie? Et tant d'autres mystères que la science et la morale réprouvent.

Célestin s'en va donc voir Rosa dans son antre qui sent bon les tisanes, les onguents, et le feu de bois.

Rosa a refusé l'électricité. Elle ne voulait pas de ce poteau de bois sur son chemin et encore moins le payer. Le pétrole de ses lampes et le suif de ses bougies lui suffisent largement pour y voir clair. Et elle voit clair dans l'âme de Célestin :

– Tu ne dors plus? Prends ça. Une poignée dans un bol, au coucher du soleil, dans du vin chaud, et tu dormiras comme un enfant!

Ah! Si elle employait d'autres mots! Si, au lieu de dire «une poignée au coucher du soleil», elle disait «un sachet après le repas du soir», comme sur les notices des médicaments, son pouvoir ne serait peut-être pas le même.

Quoi qu'il en soit, ayant délivré sa magie sans ordonnance, Rosa dit à Célestin :

– Les morts qu'on abandonne reviennent parfois, sous la forme de sorcières comme moi. Ils frappent à la fenêtre trois coups. Puis trois coups à la porte d'entrée pour prendre possession de ton âme.

Célestin en tremble dans ses bottes.

– Pourquoi me dis-tu ça?

C'est vrai, pourquoi dit-elle cela, Rosa la sorcière? Alors que le pauvre homme était venu lui demander le réconfort de sa science, réconfort que l'église lui refusait.

– Parce que le remords ne quitte jamais l'homme, et qu'il doit s'attendre à le payer un jour ou l'autre.

– Je veux que tu m'enlèves mon remords.

– Aucune tisane n'enlève le remords, Célestin. Le remords vit en toi jusqu'à ce que tu donnes ton âme à celui ou à celle qui en a besoin.

– Alors, je dois donner mon âme à Céline?

– Si elle vient la chercher, tu le devras.

– Tu n'es qu'une sorcière du diable!

– Rentre chez toi, alors, et ne crois pas ce que je dis, si ça te chante. Tu me dois un poulet de l'année.

C'est ainsi qu'en échange d'un poulet de l'année, Célestin rentre chez lui, plus furieux encore qu'après la messe. Le soir, au café, devant ses deux acolytes, il raconte en ricanant la « prédiction de la sorcière ».

Pierre et Joseph ricanent avec lui. Mais jaune. Cette Rosa qui guérit les foulures, la gangrène, et la stérilité des vaches a peut-être un savoir inconnu. Certes, elle a le don de se faire payer en nature les conseils qu'elle dispense. Et il est bien connu que, plus on fait peur, plus on obtient de poulets ou de lapins. De même que, plus on guérit, plus on a de nouveaux malades qui, eux aussi, payent en nature. C'est la loi de son commerce, une loi psychologiquement aussi simple que ses visiteurs.

Et Rosa a bien d'autres pouvoirs, apparemment.

Célestin a donc consulté Rosa la sorcière en lui demandant de le délivrer d'un remords devenu pesant à cause du sermon du curé du village. Jusque-là, il vivait en égoïste solitaire, débarrassé d'une épouse qu'il jugeait criarde, menteuse et empêcheuse de boire en rond.

Las! L'épouse est décédée, seule, sans soins et sans l'aide de la religion. Et qu'a dit la sorcière? Pire que le curé. Elle a dit:

– Le remords vivra en toi jusqu'à ce que ton épouse revienne sur terre, sous forme de sorcière. Elle frappera trois coups à la fenêtre et trois coups à la porte. Cela voudra dire qu'elle vient chercher ton âme.

Célestin a ricané. Jaune. Ses amis, Pierre et Joseph ont fait de même. Il n'empêche que, une semaine plus tard, Célestin tombe malade.

Et, bien sûr, avant de se dire qu'il a trop bu tous ces jours-ci pour oublier son remords et la prédiction de Rosa; avant de réaliser qu'à soixante-dix ans, on ne se nourrit pas que de mauvais vin et d'alcool de noyaux sans en payer le prix, bien sûr, Célestin se dit: «C'est la punition.»

Et il essaie d'y couper, mais comment faire? Le curé a dit: «Que celui-là en demande pardon à Dieu.»

Célestin demande pardon à Dieu et, pour se faire, se traîne à l'église où il prend froid sans entendre le moindre pardon venu d'en haut.

Résultat : il est encore plus malade et, la fièvre aidant, il se prend à trembler et à surveiller nuit et jour, fenêtre et porte. Si la sorcière avait raison? Si l'épouse défunte venait lui réclamer son âme?

Il appelle donc à son secours ses deux amis, Pierre et Joseph, et les supplie de s'installer avec lui dans sa maison pour le protéger.

– Je vais mourir et la sorcière viendra prendre mon âme.

Pierre et Joseph s'installent donc à demeure. Ils n'ont ni femme ni famille et ont pris l'habitude de boire leur maigre pension d'ouvriers agricoles en commun. De plus, Pierre dit à Joseph :

– Si Célestin doit passer, nous ne devons pas l'abandonner. Nous devons lui faire apporter les derniers sacrements! rappelle-toi ce qu'a dit le curé.

Voilà donc les trois amis installés chez Célestin, buvant et mangeant le jambon et la saucisse, surveillant fenêtre et porte, avec un intérêt faiblissant au fur et à mesure que passent les jours. D'ailleurs, Célestin se sent mieux. Ragaillardi par la présence de ses amis, il oublie un peu son idée fixe, jusqu'au soir où...

Un soir pas comme les autres. Un soir d'automne glacé, un soir de lune rousse et de vent maudit. Un soir où les chiens hurlent de maison en maison pour se raconter Dieu sait quelle histoire connue d'eux seuls.

La pendule éraillée vient de sonner 10 heures. Le dernier coup résonne encore dans le silence revenu. La lampe éclaire les visages des trois compagnons, une bûche craque sinistrement dans la cheminée.

Trois coups distincts sont frappés au carreau.

Figés de terreur, Célestin, Pierre et Joseph

n'osent regarder au-dehors, n'osent bouger d'un millimètre. Célestin est devenu gris. Est-ce la mort qui frappe à cette heure ? Les deux autres n'en mènent pas large. La sorcière avait-elle raison ? Un moment passe. Et l'on n'entend que le vent au-dehors et la girouette qui grince.

Puis trois coups sont frappés à la porte. Trois coups distincts, impératifs.

Joseph, qui a soixante-quinze ans, et une jambe raide, chuchote à Pierre, qui n'en a que soixante et onze et marche droit :

– Va ouvrir... On ne sait jamais, c'est peut-être quelqu'un...

Célestin, lui, ne dit rien, paralysé de peur. Pierre se lève, en hésitant un peu puis, courageusement, se dirige vers la porte, qu'il ouvre en grand. Dans le sifflement du vent et la faible clarté lunaire apparaît alors une vieille femme, un bâton à la main, l'autre main tendue en direction de Célestin.

Avant même que les autres aient réagi, il se dresse alors comme un diable, en hurlant :

– C'est elle ! C'est la sorcière ! Elle vient prendre mon âme... Ne la laissez pas faire !

Qui a pris le premier bâton ? Qui a trouvé la hache ? Qui a frappé le premier ? Les trois hommes se sont précipités en même temps sur la vieille et, cinq minutes plus tard, ils rejettent son corps inanimé dans la rue et claquent la porte de la maison, persuadés d'avoir eu raison d'un fantôme.

Les voisins accourent, certains vont chercher les gendarmes, d'autres, le médecin. Bientôt, les trois fous furieux se trouvent bouclés à la gendarmerie.

– Qu'est-ce qui vous a pris ?

– Cette femme n'est pas une femme ! C'est la sorcière, c'est le fantôme de Céline, son épouse !

156

– Oui, c'est le fantôme de Céline, elle venait pour me prendre mon âme!

– Pour lui prendre son âme, c'est vrai! Elle a frappé trois coups au carreau, et trois à la porte!

L'explication fut longue. Tandis que l'on identifiait le fantôme, mort. Une mendiante qu'ils avaient tuée, les trois fous furieux. Une mendiante romanichelle qui venait proposer de rempailler les chaises, ou demandait l'aumône.

Un coup de hache à l'épaule, des coups de bâtons sur tout le corps et la tête, la pauvre vieille ne se remit pas de ses blessures. Le nombre des chiffons et des robes qu'elle portait sur elle ne l'avait malheureusement pas protégée d'une mort affreuse.

Car ils voulaient tuer, les trois fous furieux.

Vu les circonstances lamentables, leurs âges et leurs degrés d'alcoolisme, il faut bien le dire, les trois compères ne furent condamnés qu'à sept ans de prison. Le maire s'en fut chez Rosa la sorcière pour la sermonner d'importance :

– C'est votre faute, avec vos histoires à dormir debout de revenants qui viennent prendre l'âme des autres!... Il faut que ça cesse ou je vous fais expulser!

Et qu'a répondu la sorcière?

– Vous me cherchez des ennuis? A moi qui n'ai dit que la vérité?

– Quoi? Quelle vérité?

– Une vieille femme est bien venue chez Célestin? Elle a bien frappé trois coups à la fenêtre et trois coups à la porte?

– Oui! Et alors? Ce n'était pas une sorcière. Elle ne lui a pas pris son âme, que je sache!

– C'est que, justement, vous n'en savez rien.

Et le bruit courut dans le village qu'une vieille

romanichelle pouvait bien, après tout, être une sorcière, qu'elle avait peut-être pris l'âme du pauvre Célestin, puisque le village suivit son enterrement dans l'année et puisque le curé lui-même dit en chaire, de sa voix grave des mauvais jours :

– Que Dieu lui pardonne ses erreurs, qu'il accueille en son paradis l'âme d'un pauvre pécheur.

C'était au temps où le général tapait sur la table devant le petit écran, tandis que les jeunes gens dansaient le twist et le rock and roll. Souvenez-vous, braves gens, que le Moyen Age est toujours à nos portes.

La racine de l'homme

Un soir d'été sur les bords du lac Michigan, à des kilomètres de toute civilisation et de toute lumière, à des kilomètres de la frontière canadienne. Un soir d'été comme on en rencontre peu dans la vie d'un campeur. Ce soleil rouge qui dégringole en éclatant sur l'eau du lac, ce silence tiède, font de Rodney Josplin un homme heureux, un peu grave qui se met à penser tout à coup aux choses essentielles. Il interpelle sa compagne occupée à faire griller du poisson entre deux pierres.

– Mary, je vais t'épouser!

Mary a un petit sourire malin.

– On ne dit pas « je vais t'épouser », Rodney, c'est d'un démodé! Au minimum, tu pourrais dire « nous » allons nous épouser, mais c'est déjà fait, tu ne trouves pas?

– Non, j'ai besoin d'un symbole. Ce soir, je me sens symbolique, emphatique, voire pompeux... Je l'ai écrit dans mon livre, écoute :

Mary secoue ses longs cheveux noirs et raides qui la gênent pour attiser le feu et écoute son intellectuel, son futur écrivain, amoureux, lire un passage de son travail. Rodney écrit à plat ventre dans l'herbe ou sur les rochers, les pieds dans l'eau, le nez au vent. Il écrit sans cesse depuis un mois dans ce décor sauvage, où ils n'ont rencontré personne, vu personne, où ils sont heureux, Mary et lui.

Lui, tout maigre et tout barbu, avec un regard noir et attentif aux choses. Elle, mince et jolie, avec le même regard noir, attentif aux mêmes choses. La tête penchée pour éviter la fumée des poissons qui rôtissent sur une plaque de tôle, Mary écoute Rodney :

– Le cerveau est la racine des choses. Un arbre dont le cerveau est en terre m'a dit ce matin : « Homme, tu as les pieds sur terre! Es-tu sûr que ce soit là ta racine? » Alors, j'ai mis ma tête sur terre et l'arbre a parlé à mes pieds : « Homme, tu as trouvé ta racine, tu ne voyageras plus. Ton corps est un tronc, tes membres sont des branches, tu vas connaître le secret de toute chose en t'enfonçant dans la terre... »

Mary applaudit dans le silence du soir. Rodney fait le pitre en voulant marcher sur les mains, elle a vingt-trois ans, il en a vingt-sept. Elle est étudiante en pharmacie à Detroit, il est diplômé de langues anciennes, professeur de grec et écrivain débutant à Detroit. Ils auraient pu être heureux ensemble.

Mais une forme aplatie dans l'herbe guette ce bonheur à venir, deux yeux gris et pâles observent fixement les campeurs. Des yeux d'assassin.

Pour l'instant, Perry Stoge n'a tué personne. Il y a encore quelques jours, il vivait chez une grand-mère un peu folle. Il travaillait dans un garage et tendait la main pour un demi-dollar de pourboire. Il était comme on dit « en réinsertion ». Six mois de prison pour vol à vingt ans, ce n'est pas, en soi, dramatique. Pour Perry Stoge, ça l'est pourtant.

Petit délinquant, petit révolté, petit voyou, qu'avait-il à son actif jusque-là? Du mensonge, de petits larcins, de la fanfaronnade avec les copains et pas de travail, pas de parents à l'horizon, excepté la grand-mère un peu folle.

Alors, les six mois de prison sont importants. Ce n'est pas le transistor qu'il a volé dans un grand magasin, ni les bijoux qu'il a fourrés dans sa poche dans le même grand magasin, ni le pot de marmelade, dernier enfantillage de ce gangster en herbe, qui ont compté pour lui. Ce qui a compté, c'est le mépris du juge. Cet air de dédain suprême qu'il avait pour lui dire :

– Vous préférez le vol au travail et à l'effort. A votre aise! Les gens comme vous paient toujours leur dette à la société, d'une façon ou d'une autre!

Dans l'esprit confus de Perry Stoge, c'était la première chose importante de sa vie. Enfin, il comptait suffisamment pour quelqu'un, puisqu'on le punissait.

En prison, il fallait maintenant tenir son rang, jouer les durs, mentir même, se faire plus voleur qu'il ne l'était. Pas question de remords ou de honte dans ce milieu, pas question de remise en cause. Parmi les quatre détenus de la cellule, c'était la surenchère permanente, la justification de l'emprisonnement.

Pour un garçon comme Perry, c'était aussi une famille, des garçons qui le reconnaissaient comme un des leurs.

– Qu'est-ce que tu vas faire en sortant, Perry?

– Trouver une fille et lui faire voir qui je suis!

Les plaisanteries avaient fusé, obscènes, stupides, mais Perry plaisait à ses camarades en disant cela, il le savait. Et le moment était venu. En ville, au garage, dans la rue, chez la grand-mère un peu folle, Perry faisait semblant d'oublier sa promesse. Cette promesse qu'il avait faite à ses copains de cellule, et surtout à lui-même : Trouver une fille et lui montrer qui était Perry Stoge.

Mais il y avait quelque part, dans un coin de son crâne, les questions du psychologue de la prison, des questions crues qui avaient mis ses nerfs à vif. Ce type à lunettes voulait tout savoir de sa sexualité, de son comportement avec les filles. Il insistait, devinait le malaise. Perry devenait agressif.

– Qu'est-ce que ça peut vous faire ? Je vous demande moi si vous déshabillez votre femme dans le noir ?

Mais Perry avait beau faire le malin, la gorge le serrait un peu. Que pouvait-il raconter sur les filles ou sur l'amour ? Des misères, des tentatives, des ricanements, des rencontres furtives, sans gloire ni aboutissement.

Trouver une fille et lui montrer qui on est, voilà la solution ! En le disant d'un air bravache à ses copains rigolards, il sentait bien qu'il fallait le faire vraiment. Pour être une bonne fois pour toutes comme les autres, à l'aise dans sa peau, le bras autour d'une fille, l'air malin et tranquille.

La fille est là, à cinquante mètres de lui. Elle a de longs cheveux noirs et lisses comme une indienne mais son visage est doré. La flamme du feu de camp sculpte ses traits et adoucit la bouche. Elle est jolie ainsi la tête penchée, le cou long et fragile comme un oiseau, à écouter les bêtises que lui raconte ce barbu.

Perry a soif, faim, il est fatigué au-delà de tout. En volant le contenu du tiroir-caisse du garage, il s'imaginait mener grand train et dormir dans les palaces. En une semaine, il a dépensé les 600 dollards de son hold-up minable. Il a voyagé en car, puis à pied, dormi sur le bord des routes. Il n'a rien dans le ventre depuis trois jours et il s'est perdu comme un gosse. Depuis la ville de Muskegon, il ne sait plus où il est.

Au début de sa cavale, l'idée d'être un « gangster en fuite », un repris de justice armé et dangereux, lui gonflait la poitrine. Mais l'arme qu'il traîne dans sa poche ne lui a servi à rien et n'a rien prouvé non plus. Devant une banque, il a hésité : il avait peur. Devant une boutique, il a croisé un policier et s'est enfui. Une petite voix torturante ricane dans sa tête : « Perry, t'es un minable ! Juste bon à piquer le fric de ton patron et son flingue par la même occasion ! Mais pour en faire quoi ? 600 dollars de sandwiches et de motels minables et te voilà perdu au bord d'un lac qui n'en finit pas. Une vraie mer. Alors, c'est le moment. »

« Non. Pas encore. Je vais attendre qu'ils se couchent tous les deux. Comme ça, je tue le type par surprise, et après, la fille est à moi. »

Mary et Rodney n'ont pas senti la présence de l'intrus, dangereux comme un serpent. Ils ne se savent pas épiés par les yeux gris pâle. Ils rient, ils mangent en se brûlant les doigts, ils renversent du café en poudre, se disputent, rient à nouveau, parlent, parlent, parlent. Ce sont leurs premières vraies vacances d'amoureux. Des vacances en solitaires, bien organisées, loin de tout. Avec leur petite tente et leurs sacs à dos, la moto garée sous un arbre, ils se sentent comme sur un voilier dans le Pacifique.

Seuls comptent le vent, le soleil, la pluie, la nuit, le matin, et le silence. La lumière de la lampe-tempête éclaire un moment leurs silhouettes sous la tente. Ils se couchent en plaisantant. Mary a coincé la fermeture Éclair de son sac de couchage. Dans l'ombre noire où il est tapi, Perry Stoge l'entend glousser :

— Rodney, arrête! Tu me pinces! Laisse, ça ne fait rien, il ne fait pas froid.

Perry a froid, lui. Et pourtant, la nuit est tiède. Il a froid et il tremble, mais il ne recule pas cette fois.

Nous sommes en 1974, au bord du lac Michigan, tout au nord de l'État, presque à la frontière canadienne. L'endroit est désert, c'est l'été, la nuit. Sous la tente de toile grise, surplus de l'armée américaine, Mary et Rodney se sont endormis, chacun dans son sac de couchage. Perry se redresse, courbattu par la longue attente. Il a observé les jeunes gens plus de trois heures d'affilée. Il avance, le dos courbé, comme pour échapper aux rayons de lune et, à peine arrivé devant la tente, sort son arme.

Un coup de feu, un cri. Perry bondit sous la tente et tire le sac de couchage sur lequel il a fait feu. Rodney a la bouche légèrement entrouverte, les yeux clos, il ne bouge pas.

Mary pousse un nouveau hurlement, mais l'agresseur menace :

— Crie pas comme ça, fiche-moi la paix, je veux voir s'il est mort.

Mary recule le plus possible au fond de la tente. Cet inconnu surgi de la nuit, la terrorise momentanément. Elle est incapable de réagir. Crier, c'est tout ce qui lui vient à l'esprit. Elle voudrait crier à n'en plus finir, pour se réveiller de ce cauchemar.

Perry tire sur la fermeture à glissière et grogne :
— Je n'y vois rien!

Il prend le temps de rallumer la lampe-tempête et examine enfin le corps de sa victime. La balle est entrée en pleine poitrine. Le coup, tiré à moins d'un mètre, a été mortel. Perry en est sûr maintenant. Il y est arrivé, c'est fait. Le voilà seul avec une fille. Il ne se rend pas compte de son ton ridicule et de sa voix blanche lorsqu'il annonce :

– Je vais vous montrer qui je suis!

A la faible lueur de la lampe, il examine l'intérieur de la tente puis décide :

– On va le sortir d'ici, il prend de la place.

Mais Mary n'ose pas bouger. Elle reste là, paralysée, à le regarder empoigner le sac de couchage et le tirer au-dehors. Le visage de Rodney heurte ses genoux repliés et elle se retient de hurler à nouveau. Les yeux de son fiancé se sont ouverts un court instant, il a bougé les lèvres, sa tête ballotte un peu sur le sol et Mary, horrifiée, se dit : « Mon Dieu, il n'est pas mort! Qu'est-ce que je peux faire ? »

Au-dehors, Perry ne s'est rendu compte de rien. Il continue de traîner le sac de couchage et Mary se penche une seconde sur le blessé. Sa main effleure le cou, cherche l'artère et la sent battre faiblement. Si faiblement qu'elle doute. Puis elle tente piteusement de se rassurer : Rodney doit être mort maintenant, ce n'était qu'un sursaut. Comment pourrait-il vivre avec cette balle en pleine poitrine ? Le sang coule, inondant sa chemise de coton à carreaux qu'il était si fier d'avoir lavée dans le lac le matin même.

Mary voit disparaître son front et ses cheveux hirsutes. Le corps entier est à l'extérieur de la tente et l'assassin réapparaît. Ses intentions sont claires : il veut Mary. Elle ne cherche pas à lutter. Le choc a été trop grand. La surprise trop brutale. Il y a, semble-t-il, quelques minutes, elle riait avec Rodney, ils plaisantaient, la vie était simple et douce. Mary ne peut pas réaliser, elle se laisse bousculer, presque sans réagir. C'est à peine si elle est consciente de cet homme qui lui tient un discours étrange, de quoi parle-t-il d'ailleurs ? Et à qui ? Les minutes passent comme des siècles. Soudain une gifle fait vaciller la tête de Mary, jusque-là hébétée.

– Je te déteste!

Et une autre gifle.

Mary comprend soudain. L'inconnu qui voulait la violer, n'y est pas parvenu. Il se traîne à genoux, les yeux creux, une barbe de plusieurs jours hérisse ses joues de gamin. On dirait qu'il pleure. D'un geste maladroit, il s'empare d'une gourde d'eau et boit avidement, puis fouille dans les affaires de Rodney et s'emmitoufle dans une couverture, en marmonnant :

– J'ai froid ? Je suis fatigué.

Alors, il se passe quelque chose d'étrange. Jamais Mary ne pourra expliquer son comportement à ce moment-là. Elle dit :

– Vous voulez manger ?

Et, comme il la regarde en silence, surpris, elle ouvre une boîte métallique, en sort du pain, du fromage et un morceau de jambon. Il la regarde confectionner un sandwich, tend la main et mange devant elle, avec avidité.

Mary observe son visage. Le garçon n'est pas laid mais les traits sont veules, la bouche fait deux plis tristes et lâches de chaque côté du menton. Les cheveux frisés, un peu roux, collent sur le front en sueur. Il a l'air malade, à bout de force. Il tend encore la main et elle ouvre à nouveau la boîte pour lui offrir du chocolat.

Par moments, elle pense à Rodney et se dit : « Il est mort à présent, sûrement, et je n'aurai rien pu faire. » Elle ne se demande même pas si le garçon va la tuer, elle aussi. Le revolver est pourtant visible dans la poche de sa veste. L'atmosphère est étrange, la lampe vacille un peu, cela sent l'alcool à brûler, et Mary a les yeux rouges de larmes séchées.

Combien de temps ? Elle ne sait pas, mais tout à coup, voilà qu'il dort. Subitement, sans transition, il est tombé dans le sommeil comme un gamin épuisé, il n'a même pas fini sa barre de chocolat. Et Mary reste là, sans bouger, pendant un long moment, anesthésiée elle aussi. Enfin, la conscience revient peu à peu. Avec précaution, elle glisse à l'extérieur de la tente.

Rodney est immobile dans son sac de couchage trempé de sang, mais ses yeux sont ouverts sur la nuit, comme s'il comptait les étoiles. Mary demeure hésitante, la peur et l'espoir se mêlent. Elle chuchote :

– Rodney ?

Il semble vivre. Il semble distinguer le visage de Mary, ou plutôt discerner une présence. Ses lèvres bougent imperceptiblement :

– J'ai mal.

C'est à ce moment-là seulement que l'affolement s'empare à nouveau de Mary. Car Rodney est vivant, il faut faire quelque chose ! Tant qu'elle le croyait mort, ou quasiment mort, elle était sans force. Mais la voix de Rodney, la vie qui sort de ses lèvres pour dire : « J'ai mal », ça, c'est insupportable.

La localité la plus proche est à dix kilomètres environ. Mary le sait. C'est là qu'ils se sont ravitaillés deux fois depuis le début de leurs vacances. Mais comment faire ? Sauter sur la moto pour chercher du secours ? Elle a peur de laisser Rodney tout seul avec l'autre. D'ailleurs, il se réveillerait au bruit du moteur et la tuerait, elle aussi.

Mary avance, pieds nu jusqu'à la tente, et observe son assassin. Elle pourrait le tuer. Il suffirait pour cela d'attraper le revolver dans sa poche et de tirer, comme il a fait pour Rodney, presque à bout portant. Mais elle ne peut pas. Quoi qu'il ait fait, elle se sent incapable de tuer de sang-froid ce garçon à qui elle vient de donner à manger.

Mary ne sait plus. Elle se prend la tête à deux

mains, son cœur bat la chamade, ses jambes tremblent. Il lui faut du temps pour se calmer. Enfin, elle respire plus lentement, se lève et va près du feu de camp éteint. Il y a là, quelques rondins de bois, durs et minces. Mary en prend un, retourne à la tente, se glisse à l'intérieur, à genoux, vise et ferme les yeux au moment de frapper.

Quand elle les rouvre, le garçon porte la main à sa tête en gémissant. Il essaye de se relever. Elle frappe encore. Sans attendre, elle commence à le ligoter avec du fil de pêche en nylon. Des kilomètres de fil de pêche, puis les cordes qui servent à arrimer le matériel sur la moto. Elle tire le corps, le retourne comme un paquet, fait des nœuds avec rage, s'écorche les mains, et voudrait se boucher les oreilles pour ne pas entendre ce paquet gémir, fermer les yeux pour ne pas voir ce regard qui vacille à la recherche d'une conscience perdue.

Elle prend le temps d'embrasser Rodney sur le front, de le recouvrir de tous les lainages possibles, et saute enfin sur la moto. Cette course folle dans la nuit, ces kilomètres avalés jusqu'aux faibles lueurs d'un bourg endormi, elle s'en souviendra longtemps.

Une heure plus tard, une ambulance avance prudemment dans le chemin qui borde le lac et les hommes grimpent jusqu'au campement. On s'active autour de Rodney. Perfusion et transfusion sur place. Le médecin répète :

– Un poumon perforé. Le cœur n'est pas atteint, c'est une chance incroyable. La balle doit être à quelques millimètres.

Quant à l'autre, l'assassin aux yeux pâles, il se laisse déficeler par les policiers, sans résistance. Il rencontre le regard de Mary, ses yeux noirs, ses cheveux lisses, sa silhouette fragile dans un T-shirt maculé du sang de Rodney et un short déchiré par lui. Elle est le symbole de son ratage et de son impuissance.

– Je te déteste.

Et il se laisse entraîner, les poignets croisés par les menottes, en trébuchant sur les rochers.

Un jour, peut-être, il mourra sur la chaise électrique. Mais Rodney vivra. Rodney qui écrivait : « Un arbre dont le cerveau est en terre m'a dit ce matin : " Homme tu as les pieds sur terre, es-tu sûr que ce soit là ta racine " ? »

Il y a un os là-dessous

Roy Daugherty fait partie des malades insupportables qui empêchent leur médecin de dormir. Chenu, maigre, le teint jaune, l'œil bileux, il vit et n'existe qu'environné de pilules, de fioles, de tisanes et de bouillottes. Prisonnier volontaire de sa chambre à coucher depuis des années, dans un appartement au premier étage d'un immeuble, il respire la pharmacie. Les rideaux, les meubles, les tapis et lui-même en sont imprégnés. Nul ne se résout plus à l'approcher, de peur d'entendre le même discours mille fois répété : « Je suis malade. Tout le monde s'en fout, les médecins sont des ânes. »

Il a soixante-treize ans, cet hypocondriaque, et voilà bientôt trente années qu'il entretient avec les médecins de tous poils et de toutes catégories confondues des rapports difficiles.

– Hypocondrie... Qu'est-ce ? Pour ceux qui ne seraient jamais tombés dans ce travers infernal, l'hypocondrie est *la préoccupation plus ou moins obsessionnelle de sa propre santé, s'accompagnant de sensations proprioceptives pénibles incontrôlables, et d'un sentiment d'inconfort permanent. Le proprioceptif* réclame peut-être une explication complémentaire que voici : *se dit des sensations issues du corps, et qui renseignent sur l'attitude, les mouvements, l'équilibre...*

Roy Daugherty éprouve en permanence ces sensations d'inconfort : tournis, maux divers et fugaces, changeants, qui vont des cheveux se dressant sur la tête à la crispation d'un doigt de pied, d'une raideur de la nuque à un relâchement suspect de l'abdomen, d'un bouton sur le nez à une démangeaison intérieure. Il s'en découvre une par jour, au moins, de ces sensations diverses. En 1932, à Chicago, son médecin baisse les bras :

– Qu'est-ce qui ne va pas encore, monsieur Daugherty ?

– Tout va mal. Je me demande à quoi vous servez ! J'ai vu un guérisseur la semaine dernière. Il prétend que je suis asthmatique !

– Mais vous l'êtes, monsieur Daugherty ! Je vous ai déjà dit que le climat de Chicago ne vous convenait pas !

– Balivernes ! Je ne vous parle pas de climat ! J'ai de l'oppression en haut de la poitrine.

– C'est normal !

– Normal ? Qu'est-ce qui nous a fichu une médecine pareille qui trouve normal d'être malade ? Je ne paie pas des honoraires pour m'entendre dire : « C'est normal ! »

Roy Daugherty tourne en rond dans sa chambre aux rideaux tirés, à l'atmosphère alourdie d'encens, qui étoufferait n'importe qui, il resserre autour de sa taille maigre les cordons d'une robe de chambre, surmontée d'un châle sur les épaules, emberlificotée d'une écharpe de laine et piquée d'un bonnet de coton.

– Je tourne toute la nuit dans mon lit, je ne dors pas, j'étouffe, je mange à peine et ne digère rien, j'ai mal à l'estomac, des aigreurs et, selon vous, tout ça est normal?

– Monsieur Daugherty, je ne peux rien pour vous. Rien de plus. Je ne peux que vous conseiller le calme, le repos si possible, l'air pur. Vous me devez un dollar.

– Un dollar pour vous avoir téléphoné et vous avoir ouvert la porte? Vous, les médecins, vous n'êtes que des charlatans! On m'a parlé d'un radiesthésiste, un certain Jack Boehringer... Il est connu, paraît-il, qu'en pensez-vous?

– Rien, monsieur Daugherty. Rien.

– Évidemment! Vous vous en lavez les mains! Je l'ai appelé en consultation. Il ne peut pas faire plus de mal que vous...

Le médecin ne se frappe absolument pas des râleries de son patient. Il sait qu'il consulte derrière son dos tous les charlatans et tous les médecins compétents, qu'il dévore les annales de médecine et de pharmacie, pour en revenir toujours à son souffre-douleur favori, lui! Alors, il se contente de vérifier que le cœur marche bien, que la tension est normale, délivre une ordonnance, bien qu'il sache pertinemment qu'elle sera oubliée le lendemain au profit d'une tisane ou d'une pilule magiques et, sa conscience professionnelle pour lui, il annonce d'un ton fataliste :

– Je reviendrai dans un mois, monsieur Daugherty. Portez-vous bien.

Ironie insupportable pour le vieillard qui a décidé, depuis la mort de sa femme, son premier souffre-douleur légal, qu'il ne se porterait plus jamais bien.

Il est veuf, c'est un statut de tristesse convenable : quand on est veuf, on est malheureux, considéré, personne n'a rien à dire. Veuf depuis

172

trente ans... L'oubli aurait pu s'installer. Mais qui peut dire quelle forme étrange peut prendre l'oubli ?

Roy Daugherty adorait-il sa femme à ce point ? Le voisinage ne se souvient plus guère d'elle au fil des années. Un portrait sur une commode, montre une femme encore jeune, ronde et souriante, l'œil presque coquin, ma foi. Un bonheur de vivre apparent qui devait mal convenir à l'aigreur permanente de son époux.

Après les guérisseurs, les médecins, les voisins prêteurs de médicaments miracles, les pharmaciens las de délivrer des ordonnances à la chaîne, Jack Boehringer, radiesthésiste diplômé, on ne sait de quelle université, va donc s'occuper du vieux Daugherty. Mais s'en occuper d'une manière que le vieux grincheux n'imagine pas.

Le jour de la visite de l'homme célèbre – car il l'est à Chicago, du moins dans les milieux spécialisés – Roy Daugherty se prépare en conséquence. C'est-à-dire qu'il se sent plus malade que jamais et a sorti de tous ses tiroirs les multitudes de fioles et de pilules incapables de le soulager, mais qu'il conserve comme une preuve visible de l'incompréhension et de la nullité de la médecine.

Jack Boehringer se présente dans ce capharnaüm. L'homme est vêtu comme un paysan : pantalon large, chemise à carreaux, teint fleuri, il respire la santé, l'équilibre et la bonne humeur. Sa réputation a d'abord été celle d'un sorcier dans sa campagne natale, puis il a étendu ses activités aux soins de petits maux divers, tels rhumatismes, luxations, entorses, maux de tête récalcitrants. Il pratique son art à l'aide d'un curieux petit bâton souple, alourdi à son extrémité d'un manchon métallique. C'est en promenant l'instrument sur le corps du malade qu'il détermine les zones à traiter. Selon les cas, il traite le mal par des manipulations, des massages, ou l'imposition des mains.

Certes, il n'y a que la foi qui compte, dit-on, mais il est vrai que Jack Boehringer a guéri plus d'un bancal, redressé plus d'un tordu, ce qui l'apparente aux rebouteux traditionnels des campagnes, lesquels portent aujourd'hui le nom ronflant d'ostéopathe. Mieux encore, il prétend que le magnétisme de sa baguette est capable de guérir des douleurs internes chroniques, résistantes à la médecine traditionnelle.

Le bonhomme est doué d'un sens aigu de l'observation et de la psychologie humaine. Il connaît le corps humain aussi bien qu'un acupuncteur chinois, et il ne lui faut guère de temps pour établir le diagnostic convenant à Roy Daugherty.

A noter, tout de même, dans le cas du vieux malade obstiné, que ce diagnostic est relativement facile. L'odeur de camphre et d'eucalyptus, les tics du personnages, sont de véritables révélateurs. Le vieux Roy respire en soufflant, tousse dès qu'il s'énerve un peu, se masse l'estomac en permanence et écoute, émerveillé, le rebouteux-sourcier lui annoncer :

— Vous avez de l'asthme et un ulcère à l'estomac.

Dieu! Que cela est merveilleux... Roy Daugherty se sent déjà beaucoup mieux. Il n'a rien dit et voilà que ce grand bonhomme rassurant a tout deviné en promenant sur son maigre corps le bout de sa baguette magique. D'un air gourmand, il demande :

— Qu'est-ce que vous allez me faire ?

— Cher monsieur, pour l'ulcère, je peux vous

guérir. Pour l'asthme, c'est plus difficile mais nous allons essayer. Dites-moi, vous n'avez pas d'autres chambres dans cette maison?

– Si. Mais je ne les occupe pas.

– Pourquoi donc? Celle-ci est très mal orientée. Il faut dormir la tête au nord. De plus, elle est mal aérée et, plus que quinconque, vous avez besoin d'air. Permettez-moi de visiter la maison, je dois vous trouver un endroit qui soit magnétique!

Roy Daugherty veut bien tout ce que veut ce magicien. Surtout un endroit magnétique : c'est beau, c'est tout nouveau, ça lui plaît, ça l'enchante même.

Jack Boehringer fait donc le tour de la maison et trouve à l'extrémité une pièce assez grande, bien aérée, claire, à condition d'en ouvrir les persiennes, fermées depuis longtemps. Il y promène sa baguette consciencieusement, lentement, d'un coin à l'autre, lui laissant accomplir une géométrie assez compliquée dans l'espace et fascinante pour le vieux Daugherty.

– C'est ici! Je le sens.

– C'était la chambre de ma femme, la chambre conjugale, mais depuis... enfin, je m'y sens mal...

– Pas du tout. D'ailleurs, ce lit est parfait.

– Écoutez, je préfère vraiment l'autre!

– Hors de question, monsieur Daugherty. Votre lit actuel est trop petit, bien trop mou, mal orienté, comme la pièce elle-même. Il nous faut cet endroit, c'est indispensable. De plus, je supprime tous vos médicaments! Interdits! C'est extrêmement important. Pendant le traitement, vous n'avalerez rien d'autre que du lait à température ambiante et des légumes cuits : pas d'alcool bien évidemment, pas de viande, aucun aliment excitant! Et je le répète : aucune drogue.

Malin, le sourcier. L'ulcère du vieux bonhomme étant probablement entretenu par l'absorption désordonnée de drogues multiples, en les supprimant, il supprime un facteur d'aggravation. Quant au lait, chacun sait qu'il adoucit les maux d'estomac.

– Allongez-vous... vous allez voir...

Avec une évidente réticence, Roy Daugherty s'approche de ce lit, jadis conjugal, s'y assoit avec prudence, comme s'il avait peur, puis s'allonge, raide, mal à l'aise, un peu pâle.

– Je ne l'ai pas touché depuis trente ans, vous comprenez... Ce sont des souvenirs d'un temps heureux.

– Monsieur Daugherty, le passé doit rester le passé. Maintenant, ne bougez plus, nous allons commencer !

Et le sourcier entame son numéro d'imposition des mains. Fascinant. De belles mains, solides, fermes, souples en même temps, aux doigts longs et affûtés. Des instruments de précision. Après quoi, il reprend sa baguette et la laisse se balancer souplement au-dessus des bronches du malade. Soudain, voilà qu'il fronce les sourcils.

Il déplace la baguette, semble chercher quelque chose, le cerner dans l'espace. Puis, le voilà qui se met à plat ventre à côté du lit, la baguette oscillant toujours, se glisse dessous et disparaît complètement à la vue de son malade.

Muet, impressionné, Roy Daugherty le laisse faire, croyant à une technique originale. Lorsque le sourcier réapparaît, couvert de poussière et l'air pensif, un peu rouge de son exercice, il réfléchit intensément, puis demande tout à coup :

– Qu'y a-t-il en-dessous de cette pièce, monsieur Daugherty ?

176

– La cuisine, au rez-de-chaussée.

– Et sous la cuisine? Y a-t-il une cave? Car s'il y a une cave, un corps humain y est enterré.

– Vous êtes fou? Il n'y a rien dans cette cave, je ne m'en sers jamais.

– Ma baguette ne me trompe jamais. J'ai déjà fait de nombreuses expériences au-dessus de tombes, dans des cimetières ou ailleurs... Le résultat est toujours le même, voyez-vous. Ma baguette se met à trembler. Regardez... Je me place au même endroit que tout à l'heure. Poussez-vous... Tirons le lit...

– C'est ridicule...

Mais le radiesthésiste a déjà repoussé le lit et s'est placé au centre. La baguette oscille puis se met à trembler.

– Vous voyez... J'ai du mal à la retenir. Elle se redresse d'elle-même, avec une force contre laquelle je ne peux rien. Il y a quelqu'un enterré là-dessous, là, à l'aplomb de ma baguette. Ceci est tout à fait certain, monsieur Daugherty!

C'est alors que le vieil hypocondriaque se fâche tout rouge.

– Allez-vous-en! Fichez le camp, vous et votre baguette infernale! Charlatan! Clown de cirque! Il n'y a rien dans cette cave! A part un puits abandonné depuis bien longtemps et complètement à sec! Je connais ma maison tout de même! Je ne vous ai pas fait venir pour que vous me débitiez ces sornettes! Vous êtes un charlatan comme les autres! Déguerpissez d'ici!

Cette virulence est tout à fait étrange. Mais le radiesthésiste-sourcier se retrouve bel et bien à la porte de la maison de Roy Daugherty. Il a même du mal à réclamer ses honoraires. La porte lui claque au nez et il demeure quelques instants pensif devant la maison.

Quant au vieux Daugherty, il tourne en rond de rage dans sa chambre aux volets clos et aux rideaux tirés. Se frottant l'estomac de plus belle, comme si tous les acides s'y déversaient d'un seul coup. Il en tremble. A-t-il changé d'avis, comme cela lui arrive souvent ? Ou bien y a-t-il un secret dans cette cave, qui le rend plus malade que tous les médicaments du monde ?

De son côté, Jack Boehringer n'a pas aimé son expulsion d'un territoire où on l'avait appelé. Comment ? Ce petit vieillard grincheux mettrait en doute ses capacités et le traiterait comme un malpropre ? Un abuseur de confiance ? Un bonhomme de foire ? Furieux et, il faut bien le dire, avide de préserver sa publicité, le sourcier se renseigne adroitement auprès des voisins. Il apprend que Roy Daugherty est effectivement veuf depuis une trentaine d'années et que, depuis, il a vécu là, enfermé comme un rat. Une voisine, d'âge certain, lui raconte même l'histoire :

– A l'époque, on a dit que sa femme l'avait quitté pour suivre un chercheur d'or dans le Klondyke. Et qu'elle serait morte là-bas, on ne sait pas comment. En tout cas, il est veuf, et c'est un vieux grigou ! Vous savez, le pharmacien me le disait encore l'autre jour, il se passerait bien de sa clientèle ! Même s'il lui laisse des fortunes. Le vieux n'est jamais content, il réclame de nouvelles potions sans arrêt et non seulement il oublie volontiers de payer sa note, mais il vient faire des scandales dans l'officine ! Pour moi, il est fou, ce vieux. On devrait l'enfermer !

Le sourcier apprend aussi avec une certaine jubilation que le petit immeuble dont le vieux Roy est propriétaire est mitoyen de l'épicerie voisine et que la cave appartient en copropriété à l'épicier et à Roy Daugherty.

Le sourcier va donc rencontrer l'épicier. Un brave homme, venu d'Italie, pour accomplir en ce pays le fameux rêve américain, au milieu de ses pizzas, macaronis, piments, parmesan et chianti hors de prix.

L'épicier l'écoute et lève les bras avec véhémence, dès qu'il entend prononcer le nom du vieux :

– Pas moyen d'être tranquille avec ce vieux fou! Je l'ai menacé plusieurs fois de faire un procès! J'ai droit à cette cave autant que lui et j'en ai besoin pour ma marchandise... Il change le verrou sans arrêt et oublie, soi-disant, de me donner un double de la clé. A croire qu'il y a une fortune là-dedans! Je lui ai proposé cent fois de faire une séparation, je voulais même prendre les travaux à ma charge. Rien à faire.

– Et qu'y a-t-il dans cette cave?

– Rien. Des vieilles valises, des vieux cartons, des guenilles. Ça ne lui sert à rien. Au début, je lui ai proposé de lui racheter sa propriété, il m'a jeté dehors.

– Et le puits? Il m'a parlé d'un puits...

– Il l'a fait cimenter, il y a longtemps. Avant que je m'installe, en tout cas. A ce moment-là, il pouvait faire ce qu'il voulait, il était tout seul. Si vous saviez le mal que j'ai eu à obtenir mes droits sur cette cave! L'agent immobilier qui m'a vendu la boutique ne m'avait pas prévenu. Si j'avais su, j'aurais cherché commerce ailleurs. Ce qui me met en colère, c'est que cette cave ne sert à rien, vous comprenez? Finalement, personne n'en profite!

Le sourcier a une drôle de grimace.

– Ça, c'est à voir. Voulez-vous m'autoriser à la visiter?

– Vous cherchez quelque chose?

– En effet. Je cherche un cadavre!

L'épicier italien en reste bouche ouverte. Après quoi, il devine que cet homme-là pourrait bien l'aider à résoudre son problème.

– Un cadavre, vous dites? Ce n'est pas possible, Sainte Vierge Marie... Comment ça?

– Ma baguette l'a senti. Si je pouvais essayer directement sur le terrain, de plus près que là-haut, au premier étage, j'aurais une certitude absolue. Mais il m'a jeté dehors.

Il est ravi, ce brave épicier. Ravi d'une histoire qui semble enquiquiner le vieux Daugherty. Au bout du compte, s'il avait quelques ennuis avec sa fichue cave, ce ne serait que justice. Peut-être céderait-il enfin aux propositions d'achat. Et puis, un cadavre... Quelle affaire!

– Je vous préviens, le vieux a fini par construire sans mon accord, une sorte de mur de brique en plein milieu.

Tiens, tiens... un mur de briques... alors qu'il a refusé que l'épicier fasse les travaux... Quelle obstination à préserver ce territoire!

– Ma baguette se moque bien d'un mur de briques. Ce n'est pas un problème.

Les deux hommes sont donc dans la cave, devant ce fameux mur et l'épicier commente:

– Il n'avait pas le droit, vous savez. Il a mis le puits de son côté, alors qu'il m'appartient aussi. J'y ai droit! Si je voulais, je pourrais lui démolir tout ça. Mais, en fait, il n'y a pas d'eau, alors... J'ai abandonné.

Jack Boehringer, pendant ce temps, promène sa baguette sur le mur de briques, au ras du sol, le long du plafond, il inspecte la cloison centimètre par centimètre. Enfin, il hoche la tête avec satisfaction.

– Aucun doute. Il y a quelqu'un... là-dessous. Probablement dans le puits.

– Il reste peut-être de l'eau là-dedans... Vous êtes sûr que ce n'est pas ça qui ferait bouger votre truc... là?

D'un ton docte, le sourcier précise:

– Cher monsieur! Ici nous avons des os. Je suis en mesure de l'affirmer. Et, étant donné l'attitude de votre voisin, il faudrait prévenir la police...

– La police? Elle vous croira?

– J'ai un ami dans la police. Il a déjà fait appel à mes services. Et si vous êtes avec moi, si vous demandez officiellement que l'on fouille ce puits, nous trouverons. Nous ferons venir un journaliste, il prendra les photos, l'affaire sera connue du public... Il suffit que vous demandiez une perquisition de cette cave.

Cette proposition enchante l'épicier. Les grands moyens, voilà qui lui convient. Faire démolir ce mur, sonder le puits, ne serait-ce que pour ennuyer le vieux et l'obliger à céder une fois pour toutes.

– D'accord.

Dans la semaine, l'opération est déclenchée. Les ouvriers font tomber les briques et s'attaquent au ciment du puits. L'épicier réclamant le droit de vérifier s'il y a une source ou non. Source à laquelle il aurait droit d'accès, bien entendu La méthode est imparable. Le vieux Daugherty peut toujours passer du jaune au vert et se tordre l'estomac, étouffer de colère asthmatique, cette fois, la loi est contre lui. C'est d'une voix quasi mourante qu'il s'enferre dans une obstination incompréhensible:

– Vous vous attaquez à un grand malade... Je vis là depuis toujours, je sais bien qu'il n'y a pas d'eau dans ce puits...

L'officier de police, chargé de constater la légalité des travaux, se moque bien du grand malade.

– Il y a plainte, monsieur Daugherty. Chaque citoyen américain a des droits, je suis garant de ces droits.

– C'est une machination!

– Nous verrons bien. Je vous rappelle qu'il y a suspicion de cadavre! La perquisition est officielle, vous ne pouvez pas vous y opposer. D'ailleurs, vous ne craignez rien : s'il s'est trompé, il paiera les frais de justice. Il aura même l'obligation de reconstruire le mur, selon les plans de la copropriété... alors?

– Je vais mourir... C'est inhumain.

Il pourrait effectivement en mourir d'apoplexie, le vieux Daugherty, en regardant les ouvriers défoncer la dalle de ciment à coups de masse. Alors, il veut partir. Mais cela lui est refusé. Il doit assister aux fouilles. Il en a l'obligation. Sans cela, rien ne serait légal. A moins qu'il reconnaisse tout de suite la présence effective d'un cadavre dans ce puits... N'a-t-il pas utilisé cette cave à son seul profit de 1905 à 1927? date de l'installation de l'épicier?

Le vieux Daugherty est coincé. Il s'assied sur une caisse en tremblant, enveloppé de toutes ses robes de chambre, de tous ses cache-col... respirant péniblement. Il attend comme tout le monde le verdict des pioches qui creusent à présent dans un terreau de sable et de cailloux. Peut-être espère-t-il encore... avec le temps, qui sait...

La voix caverneuse d'un ouvrier, venant des profondeurs du puits, annonce :

– Il y a des ossements... Je dégage un crâne..., des morceaux de vêtements... Faut-il remonter tout ça?

182

– Il le faut. Avec photographes et journalistes et Jack Boehringer triomphant, posant devant le puits au cadavre, sa baguette à la main. Une publicité fantastique pour son commerce, et, il faut bien le reconnaître, méritée.

Le vieux Daugherty s'est couché. Sur un lit de douleurs anciennes, il en invente de nouvelles. Le voilà cardiaque, le voilà paralysé, appelant toute la médecine à son chevet, et un avocat d'urgence. Pour lui, ce cadavre est une machination. Ou pire, il ne lui appartient pas. Il n'en sait rien. Il l'ignorait, on ne le lui a jamais présenté. D'ailleurs, s'il avait su qu'il dormait au-dessus d'une tombe maléfique, il aurait fui depuis longtemps. Tous ces maux viennent de là! Il délire, le vieux...

Et il espère encore que personne ne pourra identifier le cadavre en question.

– C'était une femme, déclare le médecin légiste de la police municipale de Chicago. Age : trentaine, brune, pesant environ 60 kilos, n'ayant jamais eu d'enfant et vêtue le jour de sa mort d'une robe de cotonnade bleue.

L'une des voisines, la plus ancienne, est prête à jurer que l'ex-madame Daugherty était brune, pesait 60 kilos, n'avait pas eu d'enfant. Ce à quoi le vieux répond, la larme à l'œil :

– Maud, mon épouse, m'a quitté pour suivre un aventurier, c'était en 1905 et j'ai appris sa mort par une lettre de son amant, quelques mois après. J'ignore où elle est enterrée... Vous torturez un malade. Je ne connais pas cette femme en robe bleue ? J'ai fait boucher le puits parce qu'il était dangereux, à fleur de terre. J'ignorais tout de sa présence. Il s'agit peut-être d'une ancienne locataire, elle y serait tombée par accident... Tout est possible. Mais ce n'est pas ma femme, ce ne peut pas être ma femme...

Le légiste précise encore :

— Il y a eu rupture des cervicales. Cette femme a été étranglée. C'est un meurtre.

Mais que faire avec un cadavre réduit en squelette, qui a toutes ses dents, aucune marque particulière ? D'ailleurs, la disparition de madame Daugherty date de 1905. Nous sommes en 1932... il y a prescription.

Le vieux Roy a vendu sa maison, son bout de cave, il a changé de quartier, emportant avec lui une odeur de camphre et de Goménol, plus inguérissable que jamais. Le remords peut-il rendre hypocondriaque ?

« Certes », répond la faculté.

Et les hommes mûrs
parlent aux fruits verts

Un vieux quartier, une petite impasse charmante, toute bosselée de vieux pavés, une vieille maison, un vieil appartement où habite une très vieille dame.

Où habitait une très vieille dame... Elle est morte, au milieu d'un bric-à-brac incroyable, accumulé en quatre-vingts années d'existence au même endroit.

Trois perruches en liberté volent autour d'elle en piaillant. Un poisson rouge tourne en rond dans un bocal.

Le médecin se penche sur le corps de la vieille dame, perplexe. Il ne la connaît pas, il ne l'a jamais soignée. Il semble bien que la vieille dame soit morte de mort naturelle. Toutefois, l'examen montre une petite plaie derrière la tête et une autre à la mâchoire.

De son côté, le commissaire de quartier note des détails curieux. Peut-être...

On a découvert le corps grâce aux voisins. Depuis la veille, un petit paquet resté devant la porte : son repas du jour que lui livrait une association communale. Or, la vieille dame ne laissait jamais rien se gâter. Elle était réputée au contraire pour son économie, bien compréhensible vu ses faibles ressources.

Ensuite, une nièce, venue reconnaître le corps, affirme que sa tante possédait un carnet d'épargne, une montre et 420 francs d'économies en pièces. Elle cachait le tout sous son oreiller. Il n'y a rien sous l'oreiller, ni ailleurs. Et la maison n'a pas l'air d'avoir été fouillée. La clé était toujours sur la boîte aux lettres.

Donc, s'il y a eu vol, il a été commis par quelqu'un qui savait tout cela. Mais y a-t-il eu assassinat ? Rien n'est moins sûr. Elle a pu tomber, victime d'un malaise, et se cogner à un meuble, ce qui expliquerait les légères blessures.

Le médecin délivre un certificat de décès prudent : *Cause de la mort non éclaircie.*

Cela suffit pour demander une autopsie, dont les conclusions sont formelles : *Grave affection du cœur ayant provoqué la mort.*

La police ne recherche donc plus qu'un voleur pour un tout petit vol : 420 francs, une montre et un carnet d'épargne avec 100 francs de capital. Une misère, puisque cette histoire se situe en 1969, à Düsseldorf.

Une misère noire.

En 1969, Adeline a treize ans. Elle est jolie, pas tout à fait finie, bien sûr, mais elle promet. Elle va à l'école, traverse en courant les rues de son quartier, en bringuebalant son cartable.

Qui est Adeline ? Cinquante centimètres de jupe à carreaux, deux genoux écorchés, une frange en bataille... Mais le reste ?

Le reste. Une bonne paire de gifles qui claquent à toute volée sur ses joues rondes. Une bonne paire de gifles de la main d'un père hors de lui, dépassé... un père qui se cogne la tête de rage et d'incompréhension totale :

– Mais enfin, bon sang de bon sang... Qu'est-ce que tu foutais là-bas ?

– On s'amusait...

– Ah oui! On s'amusait! T'appelles ça un amusement? Une surprise-partie à ton âge! Avec des gamins vicieux!... Mais tu te fous de moi, dis? Et ce n'est pas la première fois, en plus! Tu as manqué la classe trois fois! Trois fois t'as raconté des histoires au professeur... T'as fabriqué des mots d'excuse bidon, pour aller galoper dans des surprises-parties... Avec qui? Hein? Je veux savoir où ça se passait et avec qui?

– On allait chez une vieille.

– Comment ça, une vieille?

– Une vieille. Elle ne disait rien. Les garçons la connaissaient...

– Et vous faisiez des surprises-parties chez elle?

– Ça l'amusait, je te dis... Elle ne disait rien si on fumait... C'est les garçons qui fumaient... Pas moi... et ils buvaient de l'alcool aussi.

– Et elle ne disait rien?

– Elle ne s'en rendait pas compte... elle voyait qu'on s'amusait, c'est tout... Ça lui passait le temps!

– Comment elle s'appelle?

– Je ne sais pas.

– Alors, tu sais au moins où elle habite. C'est où?

– Ce n'est pas la peine, elle est morte.

– Tu te fiches de moi? Ça suffit de raconter des histoires! Elle n'est pas plus morte que toi et moi!

– Je te dis que si... Je sais même quand elle est morte.

– D'accord, mais j'irai vérifier moi-même. T'as tellement raconté d'histoires que c'est fini, t'entends! A partir de maintenant, je ne crois plus rien... Et ta mère non plus! Je vais aller la voir cette bonne femme, moi. Elle va m'entendre! Allez! donne l'adresse. Donne l'adresse, ou je te flanque une raclée dont tu te rappelleras!...

– Mais ce n'est pas la peine, je te dis! elle est morte. Même qu'ils l'ont tuée...

Ce père de famille est pétrifié devant cette Adeline de treize ans, sa fille, qui répète en chialant, l'air en dessous.

– Ils l'ont tuée, je ne sais pas comment. Je ne sais pas... Ils ont dit qu'ils l'avaient eue... Je ne sais rien d'autre...

Et le voilà qui court, ce papa bien ordinaire, traînant sa fille, ce petit monstre, jusqu'au commissariat du coin.

– Qui c'est « ils »? demande le commissaire un peu démonté devant cette arrivée en trombe.

– C'est Herbert, Robert, Jürgen et Nicolas...

Les petits compagnons de surprise-partie, les petits mâles du cours secondaire en jeans et en T-shirts, des gamins. Des freluquets qu'il faut aller tirer par l'oreille, chez papa-maman, et traîner comme des hommes jusqu'au commissariat de police.

Les voilà tous les quatre. Assis en rang d'oignons sur des chaises en bois, dans le bureau du commissaire. L'air mi-figue mi-raisin L'air de ce qu'ils sont.

Dans la pièce à côté, les parents tournent en rond. Effarés. Cherchant à deviner qui d'entre eux possède le rejeton responsable. Celui qui a forcément entraîné les autres. La brebis galeuse!

Regards en dessous, affrontements muets... brèves estimations de la mère et du père des autres. Tout cela est inutile, d'ailleurs. C'est, en réalité, la traduction de leur désarroi, un réflexe de défense, bien compréhensible. Car ils se ressemblent, les pauvres gens. Pareillement ordinaires, identiquement moyens. Convenablement simples.

Herbert, treize ans, un petit garçon mince et nerveux, à l'œil malin. Papa est ébéniste. Maître ébéniste. Papa fabrique des modèles de meubles de style ancien, qu'un industriel reproduit à des milliers d'exemplaires et à grand profit. Il a l'air brave, les mains calleuses, un regard un peu buté.

Sa femme, la maman d'Herbert, est employée dans une compagnie d'assurances. Lui boit de temps en temps et il bat sa femme quand il est ivre. En 1963, ils divorcent. Herbert est élevé par sa grand-mère. Petit, on le confie à une garderie, après les heures de classe. Devenu grand, il réclame la clé de l'appartement de sa mère. Il l'obtient et vit sans grande surveillance. Son dernier bulletin scolaire est très mauvais. Avant le divorce de ses parents, il travaillait plutôt bien.

Maintenant les appréciations sont claires : sournois, peu sincère et paresseux.

Robert. Treize ans, rondelet, et pas très grand pour son âge. Papa est garagiste. On le voit peu à la maison. Tôt levé, tard couché, travailleur obstiné pour peu de rapport. Maman ne travaille pas et reste à la maison car il y a une petite sœur.

Robert est le camarade de classe d'Herbert. Lui aussi, depuis quelque temps, travaille mal. C'est un bagarreur, plus exactement un organisateur de bagarres. Il aime raconter des histoires aux filles et se faire valoir.

Jürgen, quatorze ans, adolescent aux traits fins et intelligents. Papa est mort, quand il avait neuf ans. Il était employé des douanes. Maman travaille à la Société protectrice des animaux. Elle est absente toute la journée. Récemment, elle s'est fiancée à un Italien et a fait le projet de partir avec lui en Italie, avec les enfants, Jürgen et sa sœur de douze ans. A l'âge de six ans, Jürgen a eu la polio. Il a été malade un an, mais il est maintenant parfaitement guéri. Il ne travaille pas en classe. Et sa mère n'a jamais répondu aux convocations du proviseur.

Nicolas, quinze ans, fils unique, trop grand pour son âge. Un père employé de bureau, une mère postière. C'est grand-mère qui l'a élevé. Les parents ont bien du souci avec lui depuis deux ans : école buissonnière, fugue, vol d'une bicyclette. Nicolas ne cesse pas d'accumuler les bêtises. Il est pourtant intelligent et son professeur estime qu'il pourrait être le premier de sa classe s'il le voulait. Mais Nicolas ne veut plus entendre parler d'école. Pour l'instant, il est de toute façon renvoyé des cours. Personne n'a pris de décision à son sujet.

Tous ces gens se ressemblent : moyens, ordinaires, simples.

Bien sûr, il y a un père qui battait sa femme, et ils ont divorcé. Il y en a un autre qui est mort, et sa veuve vit avec un Italien. Un des gamins a eu la polio... L'autre est élevé par sa grand-mère. Tous ces gens-là travaillent toute la journée et n'ont pas le temps de surveiller leurs gosses !

C'est vrai. Donc des gens moyens, ordinaires, simples, avec leurs problèmes et leurs caractères. Guère plus.

Combien sont-ils dans ce cas-là, à tenter d'élever des enfants ? Des milliers. Et certains d'entre eux ne comprennent pas, ils ne comprendront jamais pourquoi leurs gamins sont là, dans le bureau d'un commissaire de la criminelle.

— Alors ? Qui est-ce qui me raconte toute l'histoire ?

Tous. Ils la racontent tous. Sans même essayer de rejeter la faute sur l'un ou sur l'autre. Comme s'il s'agissait d'un exploit.

Robert :

— On a pensé l'assommer pour lui prendre ses sous.

190

Nicolas :

– J'ai dit que je pouvais le faire... Je sais comment on fait au cinéma. Un coup de l'arête de la main contre la gorge, c'est radical.

Ils ont tout de même essayé de cambrioler dans la grande tradition. D'abord éloigner la vieille, trouver un prétexte pour la faire sortir, car elle ne les laissait jamais seuls. Ils inventent une histoire de vieille amie malade qui la demande à l'hôpital, et lui porte un message. Au bout d'une heure, elle n'est pas sortie.

Herbert s'énerve :

– Ça suffit, on va s'en occuper. Un bon coup sur la tête, c'est bien plus simple.

Ils ne se font pas voir, se faufilent dans l'escalier et frappent discrètement. D'habitude, la vieille dame ouvre vite la porte. Ce jour-là, elle met plus de temps. Jürgen pense qu'elle a hésité mais il ne sait pas pourquoi...

Enfin, elle entrebâille la porte. Aussitôt, Herbert et Nicolas la bousculent. Le premier la bâillonne, le second claque la porte. Ce qui empêche les deux autres d'entrer. Ils restent donc sur le palier, à faire le guet.

Pendant ce temps, les deux petits énergumènes traînent la pauvre femme sur le plancher. Herbert s'y reprendra à dix fois avant de réussir son fameux coup de karaté : le tranchant de la main sur la gorge, comme au cinéma.

Par précaution, Nicolas la bâillonne ensuite avec un foulard. Ils prennent l'argent sous l'oreiller, la montre et le livret d'épargne. Et aussi quelques bouteilles d'eau-de-vie. En sortant, Nicolas vérifie que la victime est bien morte. Herbert hésite :

– On devrait la mettre sur son lit, comme ça personne ne se douterait de rien.

Mais le corps est trop lourd. Les deux gamins abandonnent et filent retrouver leurs congénères sur le palier.

Jürgen s'inquiète :

– Elle est vraiment morte? Oh la la!...

Mais son petit camarade, Robert, le console :

– De toute façon, elle était vieille. Alors!...

Voilà ce qu'ils racontent au commissaire, les quatre terreurs de cours secondaire. Comme s'ils racontaient une chasse aux trésors. Sans plus d'émotion. Avec même une sorte de fierté. Celle des gosses qui sont sûrs d'avoir commis le définitif, l'énorme, la chose contre laquelle il n'est pas de punition plus grave que celle qu'ils connaissent déjà.

Ils se sont partagé les économies : 80 francs pour Herbert, l'indicateur, 20 francs pour Jürgen qui s'est contenté de faire le guet avec lui ; 160 francs pour Robert et 160 francs pour Nicolas, les deux tueurs.

Quelques jours plus tard, ils se sont vantés de leur coup, auprès d'Adeline. Et Adeline, si jolie, a ouvert de grands yeux admiratifs.

Cinq semaines ont passé, personne ne dénonçait personne. Petit à petit, toute la classe des garçons était au courant. Puis celle des filles. A demi-mot, de bouche à oreille, par bribes... Mais au courant.

Tous ces gamins y croyaient-ils vraiment? Peu importe, car pas un n'en a parlé avant l'arrestation.

Dans la classe d'Adeline, la maîtresse a demandé :

– Vous auriez pu m'en parler! Au moins à moi... Si vous étiez désemparés, il fallait le faire!

Et une gamine a répondu :

– On ne sait pas à qui se confier de nos jours.

On ne connaît pas le verdict. Les procès d'enfants se font à huis clos, dans le plus grand secret. Afin de préserver leur avenir. Et ça doit être difficile de juger des enfants. Si le mot *juger* peut s'appliquer à eux. Il vaut mieux se remettre en mémoire un tout petit bout d'un poème de Prévert que l'on apprend à l'école :

Et les hommes mûrs parlent aux fruits verts, Qui dans l'arbre du tant bien que mal, se balancent aux agrès du vent.

Le témoin bizarre

Julius Bernstein, directeur de la société d'import-export Bernstein and Co, fait les cent pas sur la moquette de son bureau au septième étage d'un immeuble de Berne. Il dicte à un magnétophone la raison pour laquelle, selon lui, il faut bloquer le prix du soja. Julius Bernstein a l'intelligence aussi aiguë que la vue. Dicter une lettre à son correspondant de New York ne l'empêche pas de regarder par la fenêtre, chaque fois que sa promenade sur la moquette l'amène jusque-là.

– Si l'on tient compte du marché à terme...

Julius Bernstein s'immobilise. La hausse du prix du soja passe une seconde à l'arrière-plan de ses préoccupations.

– Tiens! Que fait ce bonhomme?

Depuis quelques minutes, il avait enregistré inconsciemment une image de l'autre côté de la rue. Derrière des rideaux transparents, il pouvait voir les bureaux de l'immeuble d'en face se vider lentement. L'une après l'autre, des silhouettes disparaissaient, des lumières s'éteignaient. Il ne restait d'illuminée qu'une pièce où allait et venait une femme, probablement une secrétaire attardée. Or, voilà que, derrière les rideaux, une autre silhouette, celle d'un homme vient de se profiler.

Julius Bernstein a l'impression que cette silhouette n'est pas à sa place, qu'elle est insolite. Pourquoi? Parce qu'il y a quelques secondes, elle n'y était pas et que le bureau était vide, à l'exception de la femme. Or, de l'endroit où il se trouve, au même niveau, Julius Bernstein peut voir la porte du bureau. Et il donnerait sa main à couper que personne n'est entré. D'ailleurs, en y regardant de plus près, la silhouette de l'homme se trouve dans un angle, près de la pièce voisine et la femme assise ne le voit pas. Julius Bernstein se traite d'idiot. Quel roman va-t-il inventer là? Que l'homme est entré par une porte de communication, dans le dos de la femme, et qu'il se cache? Ridicule.

Pourtant ils ne bougent ni l'un ni l'autre. Elle est penchée sur un dossier quelconque, le dos courbé, et seule une lampe de table éclaire son travail. Le reste de la pièce est dans la pénombre, comme tout l'étage d'ailleurs. C'est normal, il est 18 heures passées.

Julius Bernstein hausse les épaules et fronce les sourcils pour se concentrer. Que disait-il déjà? Il ne sait plus. D'une main nerveuse, il appuie sur le bouton du magnétophone et fait revenir la bande en arrière pour se réécouter.

– Si l'on tient compte du marché à terme... Tiens! Que fait ce bonhomme?

En entendant sa propre voix poser la question sur la bande enregistrée, Julius Bernstein se retourne instinctivement vers la fenêtre d'en face :

– Il l'agresse! J'en étais sûr!

Là-bas, de l'autre côté de la rue, en effet, les deux silhouettes se confondent, s'agitent, et se poursuivent en un combat rapide. Julius Bernstein voit les bras de la femme se lever, et l'homme tenter de lui arracher quelque chose. Que faire? Descendre, traverser la rue, grimper au septième étage de l'immeuble d'en face? Trop long! Appeler la police? Oui, bien sûr, mais s'agit-il vraiment d'une agression? Le regard perçant de l'homme d'affaires suit la scène qui se déroule à quelque soixante mètres de lui dans l'espace. La femme a couru dans un coin plus obscur de la pièce. Et l'homme est sur elle. Il frappe, dirait-on! Aucun doute, c'est une agression.

La main de Julius Bernstein se tend vers le téléphone. Il compose le numéro de Police secours, explique l'affaire en dix secondes, donne l'adresse, son nom, tout en surveillant ce qui se passe. La bagarre a l'air sérieuse. La femme se défend et Julius Bernstein trépigne d'impatience en raccrochant. Combien de temps faudra-t-il à la police pour intervenir?

C'est alors qu'il remarque le panneau publicitaire qui longe les fenêtres du bureau d'en face: *International Transport Berne. Tel 04.69.53.* Sans même réfléchir à ce qu'il fait, Julius Bernstein compose le numéro. Il entend les déclics après chaque chiffre, 6... 9... 5... son doigt vient de composer le 3 au moment où, là-bas, la silhouette de l'homme apparaît seule, en ombre chinoise derrière le rideau. La femme a disparu. Elle doit être à terre, blessée, morte peut-être... L'homme se dirige vers la porte, bien visible. Il va sortir. Non, il s'arrête! La sonnerie du téléphone a dû le surprendre. Il revient en arrière, s'approche de la table, paraît hésiter, avance un bras, le recule, puis se décide.

Julius Bernstein entend le souffle précipité que l'homme retient avec effort. Mais il reste silencieux au téléphone, guettant comme un fauve à l'affût. Julius Bernstein lance:

– Je vous ai vu. Vous l'avez tuée ? Est-ce que vous l'avez tuée ?

Enfin la voix rauque lui répond :

– Ce n'est pas malin de me surveiller comme ça. J'ai fait ce qu'il fallait, rentrez chez vous et fichez-moi la paix !

L'homme raccroche, la lumière s'éteint, Julius Bernstein ne voit plus que du noir aux fenêtres de l'immeuble d'en face et, tandis que la sirène de Police secours hurle au lointain, il ouvre la fenêtre de son bureau avec précipitation et scrute le trottoir d'en face. Il guette la porte de l'immeuble dans l'espoir de distinguer la silhouette de l'homme qui va sortir. Mais comment le reconnaître. Cet immeuble est occupé par des dizaines de bureaux et de sociétés différentes. Des gens entrent et sortent pour se mêler à la foule.

Cet homme en pardessus ? Non. Ce garçon en blue-jean ? Non plus. L'homme était plus grand, lui semble-t-il, et devait porter un costume sombre. Celui-là peut-être ? Mais il n'a pas l'air affolé et se dirige vers une femme qui l'attendait. Non, impossible. D'ailleurs le car de Police secours vient de se ranger devant l'immeuble et quelques badauds, dont l'homme et la femme, s'arrêtent, en curieux.

Julius Bernstein a beau surveiller la double porte vitrée, il ne voit personne à l'allure bizarre ou reconnaissable. Les policiers ont pris le relais et il se décide à les rejoindre.

– C'est vous qui avez téléphoné ?

Un agent en uniforme examine Julius Bernstein d'un air soupçonneux.

– Qu'est-ce que vous avez vu exactement ?

Pendant que l'homme d'affaires entame son récit d'une voix rapide et à mots brefs et concis, il voit redescendre de l'immeuble un autre agent essouf-flé :

– Prévenez la criminelle, la femme est morte étranglée. Il n'y a plus rien à faire.

Cela fait un choc bizarre à Julius Bernstein. Ainsi, il a vu, de ses yeux vu, un homme étrangler une femme, et il n'a rien pu faire.

– J'aurais dû monter là-haut, plutôt que de vous téléphoner.

– Vous connaissiez cette femme ?

– Pas du tout, je regardais par hasard.

– Avez-vous vu le visage de l'homme ?

– Impossible de l'endroit où j'étais ! J'ai guetté mais je ne l'ai même pas vu sortir de l'immeuble.

– Comment en êtes-vous sûr ?

– Je ne suis sûr de rien. Je dis seulement que je ne l'ai pas vu sortir. Mais il a très bien pu sortir quand même, soit que je ne l'aie pas reconnu, soit qu'il ait fait plus vite que moi, soit qu'il ait trouvé une autre issue. En tout cas, il m'a parlé.

L'agent en uniforme regarde le témoin Julius Bernstein sous le nez. Il est de plus en plus soupçonneux. Puis le récit du coup de téléphone le laisse perplexe !

– Pourquoi avez-vous fait ça ?

– Je ne sais pas, une idée. J'espérais le retenir ou lui flanquer la frousse ! Je ne sais vraiment pas.

– Et il vous a répondu comme s'il vous connaissait ?

– Oui, absolument.

– Peut-être qu'il vous connaissait alors ?

– Comment ça ? Bien sûr que non ! C'est impossible !

– A moins que vous ne passiez votre temps à surveiller les gens d'en face ?

– Mais pas du tout ! Vous ne comprenez pas ! C'est un hasard !

– Vous raconterez tout ça à l'inspecteur !

Quelques instants plus tard, Julius Bernstein est conduit à l'étage du crime, illuminé. On lui intime l'ordre de s'asseoir dans le couloir et d'attendre. Puis, lorsque la brigade criminelle arrive sur les lieux, l'agent en uniforme fait son rapport à l'inspecteur :

– C'est le type là-bas qui a tout vu. J'ai l'impression qu'il a l'habitude de guetter par les fenêtres. Il dit que l'assassin lui a répondu au téléphone comme s'il le connaissait.

Il faudra bien une heure à Julius Bernstein pour faire la preuve de son innocence et décrire exactement la situation à l'inspecteur. Enfin, ayant tout expliqué, tout raconté dix fois, on le pousse dans la pièce où le crime a eu lieu. La femme est étendue sur le ventre, visage contre la moquette. Le médecin la retourne. Deux hommes s'avancent avec une civière et l'inspecteur dit machinalement à son témoin, Julius Bernstein :

– Vous ne la connaissez pas, je suppose ?

Julius Bernstein devient livide et répond d'une voix effrayée :

– Si !

– Qu'est-ce que vous dites ? Vous connaissez cette femme ?

– C'est mon ancienne secrétaire, Marlène Rick.

C'est au tour de l'inspecteur de regarder son témoin d'un air soupçonneux. Plus que soupçonneux.

– Vous vous fichez de moi ? Vous avez dit tout à l'heure que vous ignoriez qui elle était ?

Non, Julius Bernstein ne se fiche de personne. Il a au contraire l'impression de devenir fou. Pourquoi est-il là ? Qu'est-ce qui lui a pris de regarder par la fenêtre ? D'appeler la police, de téléphoner à l'assassin ? Pourquoi cette femme étranglée est-elle Marlène Rick, son ancienne secrétaire, sa maîtresse pendant cinq ans, dont il s'est séparé il y a six mois à peine? Quel est ce piège absurde? Cette histoire de fou? Il est innocent de tout! Pourquoi ce policier le regarde-t-il ainsi?

— Je vous jure que je ne comprends pas! Enfin tout de même, c'est moi qui ai appelé la police!

— Monsieur, cela n'a jamais été un critère d'innocence!

Julius Bernstein a soudain envie de se cogner la tête contre le mur pour se réveiller de ce cauchemar idiot.

Il y a maintenant deux heures à peu près que Marlène Rick, trente-cinq ans, a été étranglée par un inconnu au septième étage d'un immeuble de bureaux, à Berne, en novembre 1962. L'inspecteur de la brigade criminelle, un certain Worms, petit, râblé, s'est installé dans l'un des bureaux vides du septième étage. A son arrivée, Police secours a bloqué tous les occupants de l'immeuble, une vingtaine de personnes, et les a rassemblés dans le couloir, attendant d'être interrogés par l'inspecteur. Certains regardent leurs montres avec impatience : il est plus de 20 heures, et ce qu'ils ont à dire n'a rien d'intéressant, selon eux. D'autres discutent, excités par l'événement, d'autres se taisent.

Julius Bernstein lui, le témoin principal, est encore enfermé avec l'inspecteur, en tête à tête. Quarante-sept ans, grand et mince, le cheveu déjà gris, le regard bleu perçant et clair, l'homme d'affaires a repris le contrôle de lui-même.

— Ce qui m'arrive est assez gênant, inspecteur. Je suis marié, depuis quelques mois seulement. C'est d'ailleurs pour cela que j'ai rompu avec cette femme. J'espérais la garder comme secrétaire car c'était une bonne collaboratrice, mais elle a préféré partir. Je la comprends d'ailleurs. La situation était difficile. Mais je vous assure que j'ignorais ce qu'elle était devenue.

— Vous ne l'avez jamais croisée dans la rue, depuis votre rupture ?

— Jamais. Mais je travaille beaucoup à l'extérieur dans la journée. C'est pourquoi il m'arrive de rentrer tard au bureau et de dicter mon courrier tout seul. J'ai une nouvelle secrétaire qui ne travaille que le matin.

Julius Bernstein se frappe soudain la tête du creux de la main :

— Le magnétophone ! Je ne l'ai pas arrêté ! Il a dû tout enregistrer !

— Tout quoi ?

— Mon coup de téléphone à la police, et ensuite à ce type, à l'assassin...

— Et alors ?

— Eh bien ! c'est une preuve que j'étais dans mon bureau, non ?

— Non. Vous le savez bien ! Vous auriez pu très bien enregistrer ça n'importe quand. D'autre part, à dix minutes près, et sans autre témoin, on ne peut pas préciser l'heure de la mort. Dans l'absolu, je dis bien dans l'absolu, vous avez donc pu étrangler cette femme, regagner votre bureau et téléphoner à la police.

— Mais pourquoi moi ?

— Je ne dis pas que ce soit vous, mais vous connaissiez la victime.

— Je vous l'ai dit tout de même !

— Il y a aussi cette réponse que vous aurait faite l'assassin ! redites-la-moi pour voir.

— Ce n'est pas très malin, ou pas malin de me surveiller comme ça. J'ai fait ce qu'il faut... Non ! Ce qu'il fallait... Rentrez chez vous et fichez-moi la paix !

– A votre avis, ça veut dire quoi? Un type étrangle une femme, le téléphone sonne et il décroche tranquillement pour répondre ça?

– Justement! Moi aussi, ça m'a surpris! On n'invente pas des choses pareilles. Peut-être que cet homme, l'assassin, est payé par quelqu'un d'autre? Et que ce quelqu'un d'autre voulait être sûr qu'il avait accompli son crime!

– Logique en effet.

L'inspecteur appelle un agent de garde dans le couloir.

– Je veux voir tout le monde. Vous allez les faire entrer. Quant à vous, Bernstein, pas un mot! Je veux voir si quelqu'un vous connaît dans le lot! On ne sait jamais. Mettez-vous debout dans ce coin-là.

Julius Bernstein se sent vraiment comme un coupable. Il lui vient tout à coup une peur bleue que quelqu'un le reconnaisse, par hasard, pour l'avoir vu au tabac du coin, ou à la brasserie, ou bien avec Marlène Rick, il y a plusieurs mois. Il ne manquerait plus que ça!

Debout dans un coin, comme on le lui a dit, il regarde entrer les personnes interceptées par la police aux environs de 18 h 20. Quelques femmes, des hommes, des jeunes, vieux, tous étaient dans l'immeuble pour des raisons diverses.

Julius Bernstein tire nerveusement sur une cigarette et dévisage les gens avec avidité. Soudain il sursaute intérieurement. Il entend la voix rauque, celle qui lui a parlé au téléphone, une voix enrouée par le tabac, un peu vulgaire, parfaitement reconnaissable.

– Moi, je vide les poubelles, inspecteur. Je n'ai rien à voir là-dedans, j'étais dans les sous-sols.

Julius Bernstein examine encore l'homme qui parle. Plutôt l'air d'une brute, il est vêtu d'une combinaison jaunâtre et porte des gants. Le visage est carré, le front obtus et les yeux d'un gris sale évitent de regarder l'interlocuteur en face. L'inspecteur a lui aussi remarqué le personnage. Mais il a surtout remarqué la tension qui vient de naître chez Julius Bernstein. Il insiste volontairement :

— Vous êtes employé ici depuis quand ?

— Je ne suis pas employé ici, monsieur, c'est l'entreprise de nettoyage qui m'envoie.

— Je peux voir vos papiers ?

L'homme tend avec réticence un porte-cartes chiffonné et observe le policier qui lit :

— Stephen Wildrick, né le 17 novembre 1927 à Lucerne. Profession : chauffeur. Vous êtes chauffeur ?

— Pas en ce moment.

— Il y a combien de temps que la société d'entretien vous emploie ici ?

— C'est mon premier jour ici, monsieur, mais on travaille par roulement.

Soudain Julius Bernstein n'y tient plus. S'adressant à la fois au policier et à l'homme, il s'écrie :

— Laissez-moi lui parler au téléphone !

L'autre recule comme si un serpent l'avait piqué.

— Laissez-moi lui parler au téléphone, je suis sûr que c'est lui.

L'homme a une grimace bizarre et marmonne :

— Il est fou ce type, qu'est-ce qu'il me veut ?

L'inspecteur lui, n'hésite pas. Il s'adresse à un gardien :

— Conduisez cet homme dans la pièce voisine, nous allons faire un essai. Qu'il réponde au téléphone et faites-lui répéter la phrase suivante. Allez-y, monsieur Bernstein, dites-nous cette phrase...

— Ce n'est pas malin de me surveiller comme ça.

J'ai fait ce qu'il fallait. Rentrez chez vous et fichez-moi la paix.

Le nommé Stephen Wildrick, stupéfait, regarde Julius Bernstein comme s'il voyait le diable et ses yeux s'agrandissent. Manifestement, il ne comprend plus rien. En un quart de seconde, Julius Bernstein a compris, lui, et il s'écrie :

– Vous voyez! Il croyait avoir quelqu'un d'autre au téléphone tout à l'heure! Vous voyez! C'est lui, je vous dis...

Que se serait-il passé si Wildrick, l'assassin, avait gardé son calme? Rien, peut-être, car les preuves étaient maigres et il n'avait aucun lien apparent avec la victime. Donc, aucun mobile. Mais il n'a pas gardé son calme. Il a pris la fuite en bousculant les gardes, s'est engouffré dans un couloir, a disparu par une porte de service, a grimpé sur les toits, Dieu sait comment, et Dieu sait comment a glissé, six ou sept étages plus bas, pour s'écraser sur le dos.

Stephen Wildrick est mort pendant son transfert à l'hôpital et il fut impossible de l'interroger. Mais la police retrouva dans les sous-sols le costume qu'il portait au moment du crime, dont la doublure était largement déchirée par les ongles de la victime.

Tueur à gages? Certes. Une somme équivalente à 50 000 francs suisses dormait dans une valise de la chambre d'hôtel qu'il occupait à Berne. Mais il fut impossible de retrouver le commanditaire. Celui à qui il avait cru dire au téléphone : « Rentrez chez vous et fichez-moi la paix. » Il y avait bien un homme dans la vie de Marlène Rick. Un homme qui aurait pu penser que sa maîtresse avait choisi un travail bien près de ses anciennes amours, qui aurait pu en prendre ombrage et, peut-être... Mais rien ne permet de prononcer ici son nom. D'ailleurs, il n'apparut pas à l'enquête, et il ne fut cité que dans certains journaux à scandale.

Quant à Julius Bernstein, tout ce que l'on peut dire, c'est que sa nouvelle épouse n'apprécia pas de le voir mêlé à une histoire semblable, même innocent, et même en sachant que Marlène Rick avait trouvé cet emploi, en face de son bureau, tout à fait par hasard, ainsi qu'il le fut prouvé. Une petite annonce, tout bêtement. La vie et la mort ont de ces bizarreries.

Terreur sans mobile

Dans l'appartement silencieux, le téléphone résonne longuement. La sonnerie se promène à travers un salon couleur feuille-morte, aux meubles bas et aux divans profonds. Elle effleure les plantes rares, les bouquets précieux, franchit un couloir ocre, carrelé de noir, une chambre de moine qui pratiquerait la religion du luxe sévère, tapis ras et lit de cuivre. La quatrième sonnerie se heurte à la porte d'une salle de bains, qu'une main hâtive et mouillée ouvre précipitamment.

Carole Francey, professeur de biologie animale, quarante ans, célibataire et genevoise, se précipite en direction de l'appareil, laissant derrière elle un sillage de gouttelettes sur le parquet ciré. Elle est nue, entortillée dans une serviette, et grogne toute seule après « L'imbécile qui choisit ce moment pour téléphoner ». C'est donc d'une voix un peu essouflée et rébarbative qu'elle dit :

– Allô ?

Pas de réponse.

– Allô ? Qui est à l'appareil ?

– Mademoiselle Carole Francey ?

– C'est moi, oui. Qui est à l'appareil ?

– C'est de la part de l'homme du bateau.

– Vous devez faire une erreur de numéro...

– Non, mademoiselle Carole Francey, et vous le savez bien.

– Mais qu'est-ce que vous voulez? Qu'est-ce que c'est que cette histoire de bateau?

– Vous avez oublié votre croisière aux Antilles?

– Qui êtes-vous?

– Je suis l'homme à qui vous avez donné rendez-vous.

– Ça suffit maintenant, je n'ai donné de rendez-vous à personne. La plaisanterie a assez duré!

Carole Francey raccroche brusquement. La voix de cet homme, nasillarde, vulgaire et désagréable, l'a mise mal à l'aise. Une voix qui ne peut appartenir à aucun de ses amis ou collègues. D'ailleurs, aucun d'eux ne se prêterait à une plaisanterie aussi douteuse. L'univers de Carole Francey est celui d'une femme cultivée, aisée, de bonne famille. Un univers policé, harmonieux, comme son appartement, comme elle-même.

Si Carole Francey vit seule, c'est qu'elle l'a délibérément choisi. L'image que renvoie la glace immense de la salle de bains est celle d'un corps musclé, ferme, doré par le soleil des courts de tennis et de sa croisière aux Antilles. Carole fait la grimace en brossant ses courts cheveux châtains. Quel rapport y a-t-il entre cette croisière, effectuée il y a une quinzaine de jours, et ce coup de téléphone stupide?

Lorsque la sonnerie retentit à nouveau, elle sursaute nerveusement. Que faire? Répondre ou laisser sonner. Et si c'était quelqu'un d'autre? Oui, mais si c'est lui... Qui, lui?

Le premier coup de téléphone de l'inconnu a eu lieu le 8 septembre 1962. Une semaine plus tard, Carole Francey est assise devant un commissaire de police. Ce dernier l'écoute avec patience.

– Et vous êtes sûre de ne pas reconnaître la voix de cet homme ?

– Certaine, commissaire. D'ailleurs, je crois savoir comment il a eu mon nom et mon numéro de téléphone. J'ai fait une croisière il y a quelque temps et, sur le bateau, j'ai rencontré un confrère médecin. Nous avons sympathisé et, au retour, je lui ai donné mon adresse et mon téléphone. Nous étions sur le pont, juste avant de débarquer, il a noté cela sur un morceau de papier qu'il a mis dans sa poche.

– Vous pensez donc qu'il l'a perdu et que quelqu'un d'autre s'en sert pour vous importuner ?

– Importuner est un mot faible, commissaire. Voilà trois jours que cet homme me menace de mort si je ne viens pas à son rendez-vous.

– Faire surveiller votre téléphone, c'est à peu près tout ce que nous pouvons faire actuellement. Et encore, la surveillance sera limitée à quelques jours. Je vous conseillerais plutôt de faire changer votre numéro.

– A quoi bon, il a mon adresse. J'ai déjà reçu deux lettres.

Carole Francey montre au policier deux cartes couvertes d'une écriture démesurée, et comportant le même texte : « *Rendez-vous au bar du* Lion d'or *à 15 heures.* »

– Il n'a jamais précisé le jour du rendez-vous ?

– C'est toujours pour le lendemain. Mais hier, il était plus nerveux. Il a dit que ma mort approchait si je ne venais pas demain. Que c'était ma dernière chance.

– Je n'ai guère le temps de vous faire installer une écoute d'ici demain, malheureusement.

– Écoutez, commissaire, le plus simple serait d'envoyer un de vos hommes au rendez-vous.

— Et puis ? Qui va-t-il interpeller ? Tous ceux qui boivent au bar ? Nous n'avons pas le droit de faire cela, mademoiselle. Il faut un délit.

— Mais cet homme me tyrannise ! Je ne dors plus, je sursaute à toutes les sonneries, je n'ose plus répondre, ni laisser sonner. C'est à devenir folle ! Qui vous dit que ce fou ne va pas mettre sa menace à exécution ?

— En général, ce genre d'individu ne va jamais jusqu'au bout.

— Et s'il y allait ? Je suis menacée de mort tout de même ! J'ai droit à la protection de la police !

— Si l'on devait protection à toutes les victimes de maniaques du téléphone, la totalité des policiers de Genève n'y suffirait pas. Croyez-moi, vous ne risquez rien pour l'instant. Vous allez me signer une demande d'écoute téléphonique. Si vous le désirez, le surveillant prendra tous les appels et répondra lui-même à votre maniaque. Cela suffit en général à faire cesser les menaces.

Carole Francey signe la demande mais elle est en colère. De toute évidence, le policier fonctionnaire ne prend pas sa peur en considération. Une femme seule, menacée par un fou, ça le concerne à peine. Et pourtant, Carole a le sentiment que quelque chose de grave risque d'arriver. Elle le dit au commissaire en partant :

— Vous appellerez ça comme vous voulez, intuition féminine si ça vous amuse, mais je sens que cet homme est dangereux. Il y a des intonations de voix, des silences, je ne sais pas... C'est la première fois que cela m'arrive mais j'ai la certitude que...

— Que quoi, mademoiselle Francey ?

— ... Je ne sais pas, cela ne s'explique pas ! Mais je vous le dis, vous êtes coupable aujourd'hui de non-assistance à personne en danger !

La jeune femme n'a jamais été aussi nerveuse de sa vie. Durant toute la journée, ses collègues et les étudiants qu'elle va côtoyer pourront en témoigner. Pourtant, elle ne parlera de ses ennuis à personne d'autre. Peut-être a-t-elle le sentiment d'être ridicule. En fin d'après-midi, elle tente de joindre, à Rome, Giancardo Comecci, le médecin rencontré lors de cette croisière. Mais elle n'y arrive pas. Il avait dit : « Je suis dans l'annuaire de Rome. » Son nom y figure bien, mais la femme qui lui répond ne comprend rien aux explications de Carole. Une domestique sans doute, qui ne sait que répondre : « Le dottore est absent »...

En rentrant chez elle, Carole ignore donc toujours si son compagnon de croisière a égaré le papier portant son adresse. Car elle ne peut pas imaginer une seconde qu'il soit responsable de cette mauvaise plaisanterie. Elle imagine ensuite que le personnage était un passager du navire mais, en faisant le tour des visages masculins dont elle se souvient, impossible d'attribuer à l'un ou à l'autre le rôle d'un maniaque. Des hommes mariés, pères de famille, tous, il faut bien le dire, d'un milieu social assez élevé, qu'il est impossible de confondre avec un fou.

Reste l'équipage. Carole en est arrivée à la conclusion, en effet, que le papier portant son nom et son adresse est tombé sur le pont et que quelqu'un l'a ramassé. Ce quelqu'un avait forcément vu la scène entre elle et le docteur Comecci. Il a assisté à leurs adieux amicaux. Il a entendu leurs propos, c'est certain, sinon pourquoi aurait-il dit : « Je suis l'homme à qui vous avez donné rendez-vous. ›

Carole se souvient fort bien d'avoir dit, elle-même, en serrant la main du docteur :

– N'oubliez pas le rendez-vous.

Il s'agissait d'un congrès de médecine à Berne, au mois de décembre prochain, auxquels ils devaient assister tous les deux.

Le dernier coup de téléphone de Carole Francey, ce soir-là, sera pour la direction de la compagnie de navigation londonienne qui a organisé la croisière. Effort inutile : il est presque impossible de retrouver rapidement le capitaine et d'obtenir la liste de l'équipage formé il y a plusieurs mois.

Le lendemain matin, après une nuit agitée et sans sommeil, Carole Francey quitte son appartement. Mais elle n'arrive pas à ses cours. Elle disparaît.

La concierge la voit passer vers 8 heures du matin, vêtue d'un pantalon noir et d'un blouson de cuir. C'est le seul témoin que la police pourra interroger. La disparition de la jeune femme est en effet vite connue. Le spécialiste des écoutes téléphoniques ayant trouvé porte close, le surlendemain, c'est donc avec quarante-huit heures de retard que commence l'enquête. Et la police ne peut imaginer qu'une chose : Carole s'est rendue au rendez-vous du maniaque, puisqu'elle a quitté son appartement seule et libre, le matin fatidique.

Rendez-vous au bar du Lion d'or *à 15 heures.* C'était la menace.

Le commissaire Muller n'a guère de mal à repérer le bar du *Lion d'or.* Un lieu classique, ouvert de midi à minuit, ne servant que des cocktails et des alcools et abritant des rendez-vous discrets. Le barman se souvient d'une jeune femme aux cheveux châtains, courts, en pantalon et blouson.

– Elle est entrée seule et s'est installée au bar. Elle a demandé un café. Je n'ai même pas eu le temps de lui expliquer qu'on ne servait pas de café, un type l'a rejointe et ils sont allés s'asseoir à une table. Mais elle n'a pas pris de consommation. Ils avaient l'air de se disputer.

– Comment était l'homme ?

– Pas très grand, un imperméable foncé.

– Le visage ?

– Rien de spécial, mais ce n'est pas la première fois que je le voyais. Il est venu plusieurs jours de suite, tout seul. Il avait l'air d'attendre.

– Essayez de le décrire un peu mieux. C'est un dingue, il menaçait la jeune femme de mort. Ils sont partis ensemble ?

– Ensemble, oui. Ils n'avaient plus l'air de se disputer, mais c'était le grand froid.

– Alors le type ? Les yeux ? Les cheveux, le nez ? Faites un effort !

– Lunettes, c'est tout ce que je peux dire, cheveux rares. Pour le reste, je n'ai vraiment pas fait attention. L'air d'un type moyen, pas beaucoup d'argent, ni d'allure. Il buvait du vin blanc.

– Voiture ? Profession ?

– Aucune idée.

– A quelle heure sont-ils partis ?

– Environ un quart d'heure après qu'elle est arrivée. Le seul détail dont je me souvienne, c'est que, pendant qu'il payait sa consommation, elle lui a dit : « Je ne vous crois pas. »

– Comment ça ? A propos de quoi ?

– Ah ! J'en sais rien. Il ne parlait pas, il fouillait dans sa poche et elle a dit ça abruptement, comme si elle venait de réfléchir à quelque chose.

Les témoignages du concierge et du barman, ainsi que la vérification des deux coups de téléphone donnés par Carole, à Rome et à Londres, n'apprennent rien de plus. Sinon que le médecin romain confirme avoir perdu le papier contenant l'adresse de Carole. Mais c'était sans importance, il l'avait noté presque aussitôt dans son carnet.

La police est donc devant un mystère total. Où

chercher ? Par où commencer ? Est-on sûr, d'abord, que la jeune femme ait disparu de manière anormale ? Il semble qu'elle ait suivi l'homme de son plein gré. Toutes les hypothèses sont envisageables, y compris celle d'un amoureux jaloux, ou farceur. Il faudra donc encore une semaine avant que la police prenne véritablement l'affaire en main, une plainte contre X ayant été déposée par le frère de Carole. Son compte en banque n'a pas été touché. Le téléphone ne sonne plus chez elle que pour des communications normales et l'écoute ne donne rien. L'enquête piétine. Deux mois passent.

Et puis, le 10 décembre 1962, vers 8 heures du matin, la concierge de l'immeuble fouille précipitamment dans un tiroir, à la recherche du numéro de téléphone laissé par la police.

– Allô ? Commissaire Muller ? C'est la concierge de mademoiselle Francey, celle qui a disparu. Dépêchez-vous, il y a quelqu'un dans l'appartement.

– Comment savez-vous qu'il y a quelqu'un ?

– On a ouvert les volets de la chambre.

– Ne bougez pas de la loge, je vous envoie deux hommes. Vous leur donnerez votre clé. Surtout, ne tentez rien !

Devant la porte de l'appartement de Carole Francey, quelque vingt minutes plus tard, deux policiers tendent l'oreille. La concierge se dévisse le cou à l'étage inférieur, curieuse mais prudente. L'un des policiers frappe à la porte et, n'obtenant pas de réponse, utilise la clé fournie par la concierge.

Les deux hommes pénètrent dans l'appartement silencieux, qui sent la poussière et le renfermé. Personne dans le salon, personne dans la cuisine ni le couloir. C'est dans la chambre qu'il y a quelqu'un.

Carole Francey est étendue sur son lit, les yeux mi-clos. Sur le sol sont jetés des vêtements sales et déchirés, dont elle s'est dépouillée pour revêtir une robe de chambre fleurie qui contraste avec son visage émacié aux yeux cernés. A l'entrée des policiers, elle sursaute :

— Qui êtes-vous ? Qu'est-ce que vous voulez ? La police ? Déjà ? Laissez-moi tranquille. Je vous en prie, le cauchemar n'est pas fini.

— Que vous est-il arrivé, mademoiselle ? On vous recherche depuis deux mois ?

Carole Francey se redresse péniblement. Son teint est jaune, elle semble avoir vieilli de dix ans. Elle est sale, dépeignée, couverte de bleus et de traces de coups. Son regard est dangereusement vide.

— Ce qui est arrivé ? ? Vous voulez savoir, maintenant qu'il est trop tard ?

La voix aussi a changé. Cassé, brisée, avec des pointes suraiguës et des silences essoufflés. C'est une malade que voient les policiers, une femme qui a subi une épreuve terrible et qui avoue une chose terrible :

— Je l'ai tué hier soir, je l'ai massacré. Vous comprenez ce que ça veut dire, massacrer quelqu'un ? J'ai tué ; j'ai fait pire que tuer, j'ai écrasé.

— Il faut nous suivre, mademoiselle !

— Non ! Je n'irai nulle part, je ne sortirai plus d'ici, plus jamais.

Carole Francey a été transportée à l'hôpital. Et c'est seulement quelques jours plus tard, après avoir subi un traitement, calmée, presque anesthésiée, qu'elle a raconté.

Deux mois de séquestration. Deux mois d'enfer. L'homme, dont elle ignore encore le nom et les mobiles, et qui ne sera identifié que plus tard, cet homme s'est acharné sur elle pendant deux mois.

— Il voulait m'expliquer que j'étais responsable de tous ses malheurs. Il m'a raconté une histoire extravagante dans ce bar. Il prétendait être le fils de mon père qui l'aurait abandonné. Il avait les preuves chez lui, il disait qu'il était devenu fou et clochard par sa faute, alors que moi je vivais dans le luxe. J'ai eu pitié de lui. Il a voulu m'entraîner chez lui, mais j'ai refusé; alors nous sommes sortis du bar et nous avons marché. Je l'écoutais débiter son histoire et, plus je l'écoutais, plus je me rendais compte qu'il disait n'importe quoi.

Il avait tout simplement récupéré sur le quai le papier avec mon adresse que le docteur avait laissé tomber. C'était un pauvre type sans travail, qui vivait d'escroqueries minables. Il a dû faire de la prison plusieurs fois. Je crois qu'il était anglais, mais j'ignore d'où il venait.

Nous sommes arrivés près d'un parking, au bord du lac. Là, il m'a assommée. Il a dû me transporter en voiture jusque chez lui, une espèce de maison délabrée, près d'une voie de chemin de fer. Je me suis réveillée deux fois dans la voiture, et deux fois il m'a assommée avec une matraque. Je croyais mourir mais ça a été pire ensuite. Il m'a attachée sur un lit, complètement ficelée des pieds à la tête, et il venait régulièrement me faire de grands discours. Dès que je me plaignais ou que je voulais le calmer, il se jetait sur moi pour me battre, avec tout ce qui lui tombait sous la main. Parfois, il disparaissait deux ou trois jours, me laissant presque mourir de soif et de faim.

Un jour, il est revenu avec des chaînes et des cadenas. De temps en temps, il me nourrissait lui-même. C'était écœurant, épouvantable. J'ai été malade, il ne m'a même pas détachée. J'étais paralysée, mes jambes, mes bras, plus rien ne voulait fonctionner. Et puis, un jour, je ne sais plus quand, j'ai dû m'évanouir, un coma qui a duré longtemps sûrement. Et il a dû me croire morte. J'ai repris coscience, enveloppée dans des chiffons, des sacs, un drap par-dessus la tête. Mais il m'avait détachée et il avait joint mes mains comme pour une morte, en les attachant avec un mouchoir. Pendant toute une journée, je n'ai pas osé bouger. Il n'était pas là ; je ne l'entendais pas, j'étais si faible. Enfin, j'ai pu me traîner hors du lit et j'ai trouvé à boire. Je ne pouvais plus manger, mais je buvais sans arrêt.

Il n'y avait qu'une pièce dans cette maison. A un moment, j'ai entendu la voiture arriver. Je me suis alors cachée derrière la porte, j'ai pris un morceau de bois par terre, le plus gros que je pouvais soulever – un morceau d'une poutre je crois – et, quand il est entré, j'ai frappé. Je ne sais pas comment j'ai fait. J'ai eu de la chance, il est tombé aussitôt. Son crâne saignait. J'ai frappé encore. J'étais folle. Je frappais assise par terre, je n'avais plus de force mais j'aurais voulu qu'il rentre dans le sol, qu'il disparaisse dans la terre comme une bête nauséabonde.

J'ai dû rester deux ou trois jours, malade, à grelotter de fièvre, incapable de me tenir sur mes jambes, incapable de faire démarrer la voiture. Et puis, j'ai mangé des provisions qui traînaient. Je suis sortie. Je n'ai pas pris la voiture, je n'aurais pas pu conduire. J'ai marché un moment, j'ai retrouvé la route du lac. Il faisait nuit. Je suis rentrée chez moi comme une automate. J'avais encore mes clés dans la poche de mon pantalon. Non, je n'ai pas pensé à prévenir la police ou à arrêter quelqu'un. Je ne pensais plus. Je n'étais plus rien. Je ne serai plus jamais la même.

L'homme, identifié sous le nom de Mitchel Arpad, était un apatride, âgé de trente-sept ans, expulsé de plusieurs pays, sans profession ni domicile fixe Il avait dû suivre Carole jusqu'en Suisse, depuis le quai d'Anglettere, où il l'avait aperçue la première fois, à sa descente de bateau.

Pourquoi ? Folie, c'est tout. Sous des apparences et un comportement normaux, cet homme était un aliéné, justifiable de l'internement. Mais les petits délits qu'il avait commis jusque-là n'avaient incité personne à s'occuper plus profondément de son état mental. Ballotté d'un pays à l'autre, parlant plusieurs langues, sans famille, sans racine... né à Budapest en 1925. De qui ? On l'ignore. Parti comment ? Élevé par qui ? Mystère.

Une fosse commune d'un cimetière de Genève a recueilli son corps. Et Carole Francey a essayé d'oublier. Mais ce fut sans doute difficile.

Une vieille dame très indigne

La différence qui peut exister entre un représentant en machines à laver et un inspecteur de police se lit d'abord sur les boîtes aux lettres.

Monsieur DURAND: Représentant – 3ᵉ étage.
Monsieur DUPONT: – 4ᵉ étage.

Car il ne viendrait pas à l'idée de monsieur Dupont d'inscrire sur sa boîte aux lettres : *Inspecteur, troisième échelon, police judiciaire.*

Et pourtant, il habite au quatrième, un deux pièces-cuisine, salle de bains, parfaitement identique à celui du représentant. Il a deux jambes, deux bras, une femme, et un costume sur mesure, comme lui.

Seulement, sa vie professionnelle reste un petit mystère. On a tout de même appris dans l'immeuble – Dieu sait comment – que le locataire du quatrième est dans la police. Mais, pour le commun des mortels, un homme qui ne porte pas d'uniforme et qui est « dans la police », c'est un petit mystère. Un petit mystère en imperméable, qui ne raconte jamais les péripéties de son boulot au petit bar du coin.

Ainsi vivent, dans une petite ville d'Allemagne, dans un petit quartier, dans un petit immeuble : au troisième étage, Herr Schmitt, représentant en machines à laver; au quatrième étage, Herr Bauer, inspecteur de police.

Que se passe-t-il lorsqu'un représentant en machines à laver rencontre un inspecteur de police ? Que se disent-ils ? « Belle soirée de juin. Beau temps. Journée finie. » Herr Schmitt, le représentant, lit son journal, voluptueusement enfoui dans un fauteuil, en attendant le dîner. Frau Schmitt interrompt brutalement ce moment précieux.

– Karl ! J'ai oublié le pain. Fais un saut jusqu'à la boulangerie...

Herr Bauer, l'inspecteur de police, regarde la télévision, voluptueusement enfoui dans un fauteuil, en attendant le dîner.

– Frantz ! J'ai oublié le pain... Fais un saut jusqu'à la boulangerie...

A première vue, rien ne paraît excessivement important dans ces petites scènes de la vie conjugale. Il faut pourtant rendre grâces aux Frauen Schmitt et Bauer. Il faut leur rendre grâces, au nom de la justice. Depuis des années que Frau Schmitt et Frau Bauer oublient régulièrement d'acheter du pain pour le dîner; depuis le temps qu'elles troublent le repos bien gagné de leurs deux époux, en les expédiant le chercher. Hasard extraordinaire, c'est la première fois qu'ils vont se croiser dans la boulangerie. Deux maris, en pantoufles, le même pain sous le bras.

Comme ils se connaissent vaguement, ils se saluent vaguement. Et, comme ils habitent au même endroit, ils reprennent de concert le même chemin.

Échange de banalité.

– Beau temps, n'est-ce pas ?

– Vous êtes au quatrième, je crois ? Vous n'avez pas trop de bruit ? etc.

– Tiens! dit l'un, je vais en profiter pour acheter du tabac.

– Bonne idée, dit l'autre, je n'ai plus de cigarettes.

– Au fait, on est voisins et on ne se connaît pas.

– C'est vrai. On mène des vies de fou.

– Et si on arrosait ça?

– D'accord...

Et voilà nos deux hommes sirotant l'apéritif à la terrasse d'un bistrot et faisant connaissance. Sur les machines à laver, peu de choses à dire qui intéressent notre histoire. Par contre, sur la police, il y a toujours à dire.

– Alors comme ça, vous êtes dans le crime. Ça fait longtemps?

– Plus de vingt ans...

Une fois épuisées les petites curiosités classiques, le représentant prend soudain l'air gêné.

– Vous allez me trouver idiot, mais je vous raconterais bien quelque chose si j'osais, une chose bizarre...

– Quoi donc?

– Un crime.

– Que vous avez vu?

– Non! Que je soupçonne.

Le représentant ajoute immédiatement :

– Ne croyez pas que je vous dise ça pour dénoncer quelqu'un, ou pour jouer au flic mais, depuis hier, ça me travaille et, puisque vous êtes là, vous me donnerez votre avis.

– Je vous écoute...

– Vous voyez le petit immeuble d'en face? Hier, une femme y est morte. Une vieille dame qui vivait seule. Je la connais, elle habite le quartier depuis longtemps.

– De quoi est-elle morte?

– Les voisins ont dit que le cœur avait lâché. Ils l'ont trouvée dans son lit, en fin de matinée.

– Elle était malade du cœur ?

– Oui. Depuis plusieurs années déjà.

– Alors, où est le bizarre ?

– La veille de sa mort, je l'ai rencontrée dans la rue, je l'ai saluée et je lui ai parlé un moment. Elle avait l'air en pleine forme.

– Cela ne veut rien dire.

– Je sais bien, mais ça me tracasse quand même. Elle n'avait pas la tête de quelqu'un de très malade. Je l'ai souvent croisée, comme ça, par hasard. Je l'ai vue malade, je l'ai vue convalescente, je l'ai vue normale, eh bien ! je vous assure qu'elle était normale la veille de sa mort.

– Je suppose qu'on a appelé son médecin ?

– Bien sûr.

– Il a donné le permis d'inhumer ?

– Bien sûr, elle est déjà enterrée, depuis ce matin. J'ai vu partir le cortège avec la famille.

– Alors ?

– Il y a autre chose. Hier matin, avant que l'on apprenne sa mort, j'ai vu un jeune homme inconnu sortir de l'immeuble.

– En quoi vous a-t-il intrigué ? Il était bizarre ?

– Non, mais depuis que j'ai appris la mort de cette vieille dame, je ne peux pas m'empêcher de revoir ce type. J'associe les deux choses, c'est plus fort que moi. D'abord, elle n'était pas malade, la veille ; ensuite, le lendemain, un inconnu sort de l'immeuble. Et enfin on la trouve morte !

– C'est maigre, si on remet les choses au point : dame âgée, cardiaque, morte dans son lit, vue par son médecin traitant et enterrée par la famille... ça ne veut plus dire la même chose.

– Oui, mais aujourd'hui, je vous rencontre par hasard, et vous êtes inspecteur de police. Moi, les coïncidences me troublent : plus j'y pense, et plus je suis persuadé qu'il y a quelque chose là-dessous.

– Qu'est-ce que vous voulez que je fasse?

– Une enquête! Ça doit être facile pour vous de vous renseigner.

– Je verrai ça mais, croyez-moi, vous faites du roman.

Sur ce, les deux hommes rentrent chez eux. Et il y a une autre différence entre un représentant en machines à laver et un inspecteur de police, car en ramenant son pain, avec un peu de retard, le représentant raconte tout à sa femme. Mais l'inspecteur de police, lui, est évasif :

– J'ai rencontré un voisin, on a parlé de choses et d'autres.

L'inspecteur Bauer, en 1965, au moment où il rencontre son voisin pour la première fois, n'en est pas à sa première enquête. On peut même dire qu'il a à peu près tout vu dans le genre. Il reconnaît cependant dans son rapport :

C'est la première fois que j'ai démarré une enquête sur rien, à partir d'un soupçon qui n'était même pas le mien. Mon état d'esprit après cette conversation était curieux. Mon voisin m'avait communiqué sa certitude. J'étais sûr qu'il y avait eu crime, sans avoir pour cela une seule raison valable.

Bauer va donc rendre visite au médecin traitant de la vieille dame. Rien de suspect. Il a bien délivré un permis en ayant constaté la mort par arrêt du cœur.

– Que vouliez-vous qu'il y ait de suspect. Je la soignais depuis douze ans! Je ne m'attendais pas à autre chose!

Premier point à mettre de côté. Si le médecin ne s'attendait pas à autre chose, il n'a donc pas cherché autre chose. Mais un simple raisonnement ne suffit pas pour demander une exhumation.

Bauer enquête sur place dans l'immeuble. Voici sa récolte :

1. Le locataire qui a découvert la vieille dame a trouvé la porte de son appartement ouverte. Or, elle était toujours fermée à clé d'habitude ;

2. Aucun des locataires n'a reçu la visite d'un jeune homme la veille de la mort ;

3. Trois locataires sur quatre ont déjà vu un jeune homme rendre visite à la vieille dame, mais :

– Ils ne l'ont pas vu ce jour-là ;

– Ils ne peuvent affirmer qu'ils ont vu le même ;

– Ils ne le reconnaîtraient pas, ne l'ayant vu qu'en silhouette pour la plupart ;

– La vieille dame n'en a jamais parlé à personne.

L'inspecteur Bauer demande à visiter l'appartement. Surprise : il est pratiquement vide. Explication : telle une volée de rapaces, le jour même du décès, la famille a tout passé en revue. Plus un papier, plus une trace de quoi que ce soit, plus un bibelot. On a tout jeté, ou tout emporté. Il ne reste qu'un sommier, un buffet de cuisine vide, et un portemanteau.

Bizarre ? Non. La « famille » n'avait pas de temps à perdre avec la mort d'une vieille cousine. Elle a fait le voyage, à condition de le rentabiliser. On enterre le lendemain matin, on « nettoie » l'appartement l'après-midi, et on reprend le train.

– C'était une location. Vous comprenez, inspecteur ? Il valait mieux arrêter les frais le plus vite possible, et on était à la fin juin.

A-t-elle constaté quelque chose d'anormal, cette « bonne et brave » famille ?

– Oh oui, inspecteur ! Il n'y avait pas un sou dans la maison, et elle venait de toucher sa pension. Elle la touchait tous les 20 du mois ! On a vérifié.

Et voilà. Remarque sordide, mais utile. En présentant son rapport au procureur, l'inspecteur Bauer résume ainsi la situation :

La vieille dame recevait la visite régulière d'au moins un jeune homme.

Ce jeune homme a été vu par un témoin, le matin de sa mort. Il sortait de l'immeuble, donc de chez elle. Or, à cette heure-là, d'après le médecin traitant, elle était déjà morte. Pourquoi n'a-t-il prévenu personne ? Pourquoi l'argent liquide a-t-il disparu ?

Et le procureur ordonne l'autopsie.

Coup de théâtre ! Bien roulé, bien enfoncé dans la gorge de la vieille dame, on découvre un bas de nylon. Et, en regardant de plus près à l'extérieur, on aperçoit des marques de strangulation.

Si le cœur a cédé, c'est qu'il y avait de quoi. Mais comment retrouver le jeune homme ? Plus une lettre, plus un papier, plus rien qui permette de retrouver l'embryon d'une poste. Seule chose à faire, examiner toutes les relations connues de la vieille dame.

Une vieille dame, pas si vieille que ça d'ailleurs. A soixante-cinq ans, on est encore alerte.

C'est une autre vieille dame de soixante-dix ans qui en fait l'amère constatation devant l'inspecteur.

– Elle venait me voir de temps en temps. Nous nous connaissions depuis l'enfance. Maintenant qu'elle est morte, je peux bien le dire, elle ne décrochait pas, vous savez ! A son âge, si ce n'est pas honteux ! Je lui disais souvent : « Erna, c'est ridicule ! » Elle me racontait des prétendues aventures... pour me rendre jalouse ! Vous pensez, à son âge ! prétendre que les hommes lui couraient après ! Et des jeunes encore ! Je ne l'ai jamais crue ! Ces derniers temps, elle faisait des mystères à propos d'un gamin de vingt-deux ans ! D'après elle, il ne la quittait plus !

Peu à peu, l'inspecteur Bauer arrive à savoir que le jeune homme était mineur de fond et que ses parents connaissaient bien la victime.

Conclusion de la vieille amie d'enfance :

– Un gosse qu'elle avait vu naître ! Vous pensez bien que je ne l'ai pas cru ! Depuis son veuvage, Erna racontait n'importe quoi à propos des hommes ! Si on l'écoutait, tous les fils de ses amies étaient amoureux d'elle !

Quelques semaines pour retrouver les parents du jeune mineur en question, et le voilà devant l'inspecteur Bauer. Le voilà. Un beau petit jeune homme, costaud, timide, renfermé, qui tombe dans le piège grand ouvert devant lui.

– Où étiez-vous le 28 juin 1965, dans la matinée ?

– Je travaillais à la mine. Vous pouvez vérifier.

– C'est déjà fait, jeune homme. Vous n'étiez pas à la mine le 28 juin 1965 dans la matinée. Vous avez repris votre travail l'après-midi, en racontant que vous étiez malade...

Le reste est un jeu d'enfant pour l'inspecteur Bauer. Car le joli jeune homme est encore un enfant, facilement terrorisé par son père qui a toujours cogné fort sur la table. Terrorisé par sa mère qui se moquait de sa timidité envers les filles. Terrorisé par les copains qui le forçaient à participer à leurs équipées nocturnes. Terrorisé par l'inspecteur Bauer qui gronde en face de lui :

– Allez raconte ! J'ai un témoin qui t'a vu sortir de chez elle ce jour-là !

Ce que raconte le jeune Franz, c'est l'histoire d'un crime, bien sûr, mais avant tout, l'histoire d'une vieille dame très, très indigne.

– Elle connaissait mes parents depuis très longtemps. Moi, elle m'a connu tout gosse. Il y a deux ans, elle est venue nous voir, son mari était mort. Elle disait qu'elle s'ennuyait, qu'elle était bien seule, et qu'elle regrettait de ne pas avoir un fils comme moi. Un jour, j'ai eu un accident de voiture et on m'a mis dans une clinique pendant deux semaines. Elle est venue me voir souvent, elle m'apportait des livres, des tas de trucs. Quand je suis sorti, elle m'a invité chez elle. Elle a dit à ma mère qu'elle voulait m'offrir des vêtements tout neufs, des affaires que son mari n'avait jamais portées. Alors, j'y suis allé, un soir, vers 7 heures.

En fait, elle m'a montré des photos curieuses et des livres sur la pornographie. Elle m'a offert à boire et elle m'a dit que je lui plaisais bien... Et puis voilà...

Ça a duré deux ans. Chaque fois que je voulais la quitter, elle menaçait d'aller tout raconter à mes parents. Je sais qu'elle l'aurait fait! Elle me dégoûtait, mais elle m'a appris des tas de choses. Un jour, j'ai rencontré une fille et j'ai eu le courage de lui faire la cour. Elle voulait qu'on se marie, mais la vieille ne voulait pas que je la quitte. Elle m'a dit : « Si tu t'en vas, je vais trouver ta donzelle et je lui raconte tout ce que tu fais avec moi. » Je ne savais plus comment m'en débarrasser, j'avais peur mais je ne pensais pas à la tuer. Je n'ai pas eu de chance.

Ce jour-là, je suis allé à l'entraînement sportif, après mon travail, et les copains m'ont entraîné au café. On est restés tard. Il était plus de 1 heure du matin, j'étais un peu saoul et je n'osais pas rentrer chez mes parents. Je n'ai pas la clé et mon père m'aurait sûrement mis une volée! Alors, je suis allé chez la vieille, juste pour y passer la nuit. Comme ça, je pensais raconter à mon père que j'avais fait l'équipe de nuit à la mine...

En arrivant chez la vieille dame, Franz demande à manger.

– Ah non! Je ne vais pas t'entretenir, en plus!

Et il n'obtient qu'une tartine. Ensuite il veut dormir.

– Ah non! Tu te crois à l'hôtel?

Pour la suite, le jeune Franz, terrorisé, alcoolisé, affamé et ensommeillé, se trouve dans l'incapacité totale de remplir son devoir – tel que l'entend la vieille dame. Alors, suprême raffinement de l'indignité, elle décide :

– Parfait! A partir de maintenant, chaque fois que tu refuseras, il faudra payer! Donne-moi ce que tu as dans ton portefeuille.

Et elle prend tout l'argent du jeune imbécile. Il voit bien dans ses yeux qu'elle recommencera. Il voit bien l'affreux labyrinthe. Tous les chemins mènent à cette vieille exigeante, à cette vieille folle. Elle menace pour la famille, elle menace pour la fiancée, elle exige le corps de Franz, l'argent de Franz, son honneur, sa liberté, tout! Elle voudra tout, jusqu'à sa mort.

– Le matin, quand je me suis réveillé, elle dormait à côté de moi. Elle était plus vieille, plus laide et plus horrible que d'habitude. C'est là que j'ai eu envie de l'étrangler. Mais je ne pouvais même pas le faire avec mes mains nues. Le dégoût me rendait malade. Je l'ai étouffée avec le drap, mais ce n'était pas suffisant, alors j'ai pris un bas qui traînait, je l'ai roulé en boule, et voilà. J'ai enlevé toute trace de mon passage, une photo de moi, et je suis parti. J'avais peur qu'on m'arrête mais je voulais tenter ma chance.

La chance. Elle était presque là. Un médecin sans méfiance, des voisins indifférents, une famille de rapaces, un enterrement à la va-vite et tout était dit. Il n'avait même pas pris l'argent. La famille l'avait subtilisé, en même temps qu'ils avaient brûlé l'attirail de livres et de photos curieuses.

Une vieille cousine sans héritage, ça s'enterre vite et sans scandale. La chance...

Tout ça parce qu'un représentant en machines à laver et un inspecteur de police se sont rencontrés dans une boulangerie, en pantoufles, un soir de juin, à cinq minutes de la fermeture.

La chance, à cinq minutes près, et le jeune homme se débrouillait avec sa liberté. Et la vieille dame très, très très indigne, reposait en paix. Mais on ne sait jamais quel vent fait tourner la chance.

Une enfant de New York

Erica habite au 435 de la 80ᵉ rue, dans un quartier appelé Yorkville, où les maisons sont encore flanquées d'un escalier de fer à l'extérieur. C'est le quartier des employés de modeste condition, aux confins de Harlem, qui commence à la 96ᵉ rue. Le quartier de *West Side Story*. C'est la frange invisible où se mêlent des vagues de populations noires, portoricaines et blanches. Une frontière imperceptible mais réelle, que les enfants eux-mêmes franchissent avec circonspection.

Erica est une enfant de New York, comme beaucoup d'autres, c'est-à-dire qu'en rentrant de l'école à 3 heures de l'après-midi, elle trouve un appartement vide. Sa mère travaille et son beau-père aussi. Elle sera seule jusqu'à 10 heures du soir. Seule pour goûter, seule pour dîner, seule pour regarder la télévision, seule pour jouer sur le trottoir.

A onze ans, on joue à la poupée d'habitude. Erica joue à la poupée à sa manière. Un petit garçon de cinq ans fait le bébé. Elle le berce sur ses genoux en lui racontant des histoires, tandis que le frère du bébé, un gamin de dix ans, joue le rôle du père. Marco, le petit garçon, est italien. Il a la chance, lui, que sa mère ne travaille pas. Ou plutôt, qu'elle fasse des heures de ménage dans le quartier, ce qui lui permet de se trouver toujours à proximité des enfants.

Erica berce le petit en chantonnant. Marco, qui s'ennuie un peu à faire le papa, abandonne son rôle pour redevenir un gamin curieux.

– Qu'est-ce qu'il fait ton père?

– Mon vrai père, tu veux dire? Il est producteur à la télé. Mais je ne le connais pas, ma mère l'a quitté quand j'avais un an.

– Pourquoi?

– Oh! J'en sais rien – Elle était mannequin dans ce temps-là. J'ai vu sa photo sur la couverture de *Life*. Elle était jolie, c'est pour ça qu'elle a quitté mon père, sûrement. Et puis, dans sa famille, c'est tous des artistes. Et les artistes, ils ne restent jamais au même endroit. Mon grand-père, le père de ma mère, il était peintre à Paris.

– Et où il est maintenant?

– Il est mort chez les Arabes. Il s'est converti à leur religion et il est mort là-bas, je ne sais pas où – Chez les Arabes, quoi...

– Tu vivais où, quand tu es née?

– A La Nouvelle-Orléans. J'avais un beau-père là-bas, il s'appelait David, je l'aimais bien.

– T'as combien de beaux-pères, alors?

– Deux. David et puis celui-là.

– Il est bien, celui-là?

– Philipp? Il est très bien. Le dimanche, on va se promener ensemble avec ma mère.

– Qu'est-ce qu'il fait comme métier?

– Linotypiste.

– C'est quoi?

– C'est lui qui tape sur une machine ce qu'on lit dans le journal. Il travaille tard le soir, et des fois toute la nuit.

– Ma mère dit que ça ne va pas chez vous. Ce matin, on les a entendus se disputer. C'était à cause de toi ?

– Non. Je ne sais pas bien à cause de quoi. Mais je suis triste. Tu vois, Mario, chaque fois que j'aime bien mon beau-père, ma mère trouve le moyen de se disputer et de changer encore. Ce matin, elle m'a laissé les clés : elle a dit qu'elle ne rentrerait pas ce soir. Je n'ai pas le moral. Je voulais lui lire mon discours pour la fête de fin d'année à l'école.

– Tu peux me le lire à moi, ton discours, si tu veux.

Erica sort un papier de la poche de son pantalon et se lève. Elle lit son discours avec gravité. Elle en est fière. C'est elle qui l'a écrit, c'est elle qu'on a choisie sur le tableau d'honneur pour saluer les professeurs, en cette fin d'année scolaire. Elle n'a pas vu, en tirant le papier de sa poche, que la clé de l'appartement était tombée par terre.

Ainsi commence une histoire cruelle, celle d'une enfant de New York, une histoire qui a ému la ville monstrueuse qui, soudain, s'est mise à avoir honte des enfants qu'elle élève dans la solitude la plus totale.

– Nous avons tous beaucoup travaillé et nous avons hâte de nous reposer pour être prêts à suivre l'année prochaine avec courage. Mais, en retournant à l'école, nous devons changer de classe, de professeurs et de compagnes. Aussi, au nom de mes camarades et de moi-même, c'est le cœur ému que nous nous séparons. Pour moitié, nous sommes contents d'avoir accompli notre devoir mais, d'un autre côté, nous sommes très tristes de devoir quitter ceux que nous aimons.

Mario applaudit avec conviction, ce qui a pour effet de réveiller le petit frère endormi sur le trottoir, et dont la tête reposait sur ses genoux.

Erica le prend dans ses bras d'un air compétent et déclare :

– Viens Mario, on va aller le coucher chez toi. Comme ça, je montrerai mon discours à ta mère et, s'il y a des fautes, elle me les corrigera.

Les deux enfants quittent le trottoir, portant le plus petit. La clé de l'appartement d'Erica reste dans le caniveau, devant le numéro 435 de la 80ᵉ rue. Un petit ours de plastique y est accroché.

Les gens passent sur le trottoir. Une bonne heure s'écoule avant qu'une main aux ongles rognés, brune de peau, ne ramasse la clé et le petit ours.

Vers 18 heures ce soir-là, Erica quitte l'appartement de madame Divito, la mère de Mario, et s'apprête à rentrer chez elle. En s'apercevant qu'elle a perdu la clé, la petite fille s'effondre en larmes sur les marches de l'escalier. Mario propose aussitôt une solution :

– Tu n'as qu'à venir à la maison. Tu dormiras sur le divan.

– Oh non! Il faut que je rentre. Ce n'est pas la première fois que je la perds. Si ma mère revient, elle va m'engueuler ; et puis je préfère l'attendre à la maison.

– Alors, tu n'as qu'à passer par l'escalier de secours. La fenêtre de la cuisine n'est pas fermée, regarde, c'est facile.

Erica renifle un moment puis hoche la tête. Elle va passer le reste de la soirée à traîner dans la rue, interrogeant les enfants à propos de sa clé perdue et fouillant les caniveaux, sans résultat. Puis, à la nuit tombée, comme une voleuse, elle escalade la fenêtre de la cuisine au cinquième étage et se retrouve seule dans l'appartement. L'angoisse monte. Cette dispute entre sa mère et son beau-père, le matin même, a été violente. Pourquoi sa mère ne rentre-t-elle pas ? Et son beau-père qui va travailler toute la nuit, il n'est même pas venu se changer ou prendre une douche. Erica est seule... seule. Elle va pleurer toute la nuit. Au matin, c'est un petit visage chiffonné qui se présente chez la voisine, madame Divito, seul recours d'Erica dans sa détresse.

— Maman n'est pas rentrée.

— Elle te l'avait dit, mon petit. Ne te fais pas de souci, elle va sûrement revenir...

— Je ne sais pas. Peut-être qu'elle va me laisser seule avec mon beau-père. Sans maman, il ne voudra plus s'occuper de moi. Il n'a pas le temps, il travaille et, comme je ne suis pas sa fille, il va m'envoyer dans un collège d'orphelins.

— Allons Erica, ne dis pas de bêtises. Tout va s'arranger, tu vas voir. Ta mère va revenir. Tu veux rester avec nous pour déjeuner ?

— Je ne voudrais pas vous déranger, madame Divito. Et puis, il faut que j'essaye de retrouver ma clé. Ça fait trois fois que je la perds. Je ne sais pas comment ça se fait, maman dit que je n'ai pas de tête.

Madame Divito regarde ce petit bout de femme de onze ans, qui s'est couchée toute seule et a dû pleurer beaucoup. Une jolie petite fille blonde, avec de longs cheveux, mal démêlés et, au coin de la bouche triste, un restant de flocons d'avoine. Intérieurement, elle se dit :

— Je t'en ficherais, moi, des mères qui disparaissent des journées et des nuits entières, sans s'occuper de ce que peut faire leur fille. Pauvre gosse. Se faire à manger toute seule à son âge !

— Tu n'es pas allée à l'école, Erica ? Mario est parti depuis longtemps, lui.

— Je n'ai pas le courage, madame Divito. J'ai peur.

– Tu as peur de quoi, grosse bête ?

– Je ne sais pas. Je suis angoissée.

– Angoissée. A onze ans. Quel grand mot d'adulte pour exprimer une si petite détresse d'enfant !

Petite détresse, c'est en effet ce que pense la brave madame Divito, qui n'imagine pas l'incroyable enchaînement de circonstances qui va mener la petite Erica sur la grande page des journaux new-yorkais, et ébranler, l'espace d'un matin, la conscience d'une ville.

Erica est donc seule depuis la veille. Depuis que sa mère et son beau-père actuel se sont disputés. Il est évident que l'existence de l'enfant passe loin après leurs soucis personnels. Erica a perdu la clé de l'appartement, ce qui semble être un détail sans grande importance puisqu'elle a pu entrer chez elle, en passant par l'escalier de secours qui grimpe le long de l'immeuble et passe à proximité de la fenêtre de la cuisine. C'est pourtant ce détail, insignifiant, qui va devenir le détonateur de l'histoire.

L'après-midi, le deuxième qu'elle passe sans ses parents, Erica n'a pas eu le courage d'aller à l'école et traîne autour de madame Divito, la voisine italienne qui l'a gardée à déjeuner. Puis le téléphone sonne chez la voisine.

– Madame Divito ? C'est madame Halphern, la mère d'Erica. Est-ce qu'elle est chez vous ? J'ai appelé à la maison, ça ne répond pas.

– Oui, elle est là, je vous la passe.

Erica bondit sur le téléphone :

– Maman ? Où est-ce que tu es ? Est-ce que tu vas rentrer ?

– Oui, je vais rentrer ce soir. Ça ne va pas ?

– Si. Je m'ennuyais, c'est tout. Et Philipp n'est pas rentré non plus.

– Je m'en doute. Écoute, Erica, tu es une grande

fille n'est-ce pas? Tu peux comprendre certaines choses? On s'est disputés avec Philipp, et...

— Je sais maman, je comprends. Tu vas rentrer tard?

— Je ne sais pas. Si je ne suis pas là pour dîner, tu te débrouilles.

Erica sait se débrouiller. Elle fait mieux la cuisine que sa mère à force de se débrouiller. Ce n'est pas cela qui la préoccupe:

— Je peux téléphoner à Philipp et lui dire que tu rentres?

— Si tu veux. A ce soir.

— A ce soir, maman.

Erica est folle de joie: tout s'arrange. Elle n'a pas prêté attention au ton légèrement ennuyé de sa mère, lorsqu'elle lui a demandé si elle pouvait appeler Philipp, son beau-père. Tout ce qu'elle voit, tout ce qu'elle croit, tout ce qu'elle veut, avec la force et le besoin de son âge, c'est que la vie s'arrange. Alors elle téléphone à son beau-père.

— Philipp? Maman retourne à la maison. Elle sera là ce soir. Tu rentres tard?

— Vers 10 ou 11 heures. Tu es sûre qu'elle a dit qu'elle rentrerait?

— Sûre, Philipp. C'est pour ça que je t'appelle. A ce soir. Je ferai à dîner!

— A ce soir, bébé.

Qui se conduit en enfant, et qui en adulte? La mère et son troisième mari ou Erica?

A 21 heures 30, la mère n'est pas rentrée. Erica déçue, fatiguée, se résigne à se mettre au lit. A ce moment-là, on sonne à la porte. L'enfant bondit, persuadée qu'il s'agit de sa mère ou de son beau-père.

C'est la mort qui entre.

A 22 heures 30, la mère sonne à la porte. Elle

entend la télévision hurler, mais personne ne lui répond. Comme elle a laissé sa clé à Erica, elle ne peut pas entrer et décide d'aller tout bonnement attendre dans un bar que son mari revienne de son travail.

A 1 heure 30 du matin, c'est le beau-père qui rentre. Il trouve l'appartement en désordre, la télévision allumée qui hurle toujours et, dans la salle de bains, Erica à genoux, le cou serré par une ceinture de cuir, attachée à la porte. Plusieurs blessures sur le corps, du sang autour d'elle. Elle est morte, les mains jointes.

Lorsque la mère rentre enfin, deux heures plus tard, elle trouve la police chez elle et son enfant morte. Les policiers ont découvert un couteau de cuisine qui a servi à blesser grièvement Erica. Elle est morte, étranglée par la ceinture, aussi bien que de ses blessures. Il est évident qu'elle a ouvert la porte à quelqu'un qu'elle connaissait, évident qu'il y a eu bagarre. Mais qui est l'assassin ?

La marque de ses chaussures sur le carrelage de la salle de bains guide les enquêteurs.

Et, dès le lendemain, le meurtrier est arrêté. Tout a été vite car les enfants parlent, les enfants observent, les enfants savent. Ils ont mené directement les policiers chez le meurtrier.

Il s'appelle John. Il est portoricain, il a treize ans. Les enfants l'appellent « l'affreux ». Parce qu'il est méchant, qu'il ne craint pas de battre des gosses de quatre ou cinq ans, et qu'il passe sa vie à chercher à faire le mal. Ses parents travaillent et, lui aussi, comme Erica et comme tant d'autres enfants, de New York à Paris, passe le plus clair de son temps à traîner dans la rue après l'école, en attendant leur retour.

Il a trouvé la clé de l'appartement d'Erica, avec le

petit ours en plastique. Il savait que cette clé lui appartenait, pour l'avoir vue souvent dans les mains de la petite fille. Mais John était un compagnon de jeu, un peu plus méchant qu'un autre. Voici sa confession :

Je suis entré et j'ai dit à Erica que je venais lui rendre sa clé. Elle a voulu la prendre, mais je me suis mis à courir dans la pièce, autour de la table, en lui criant que je ne la lui donnerai pas. Elle s'est mise à m'engueuler parce que je ne la lui avais pas rendue tout de suite. On a tourné un moment autour de la table. Puis Erica a couru dans la cuisine et elle est revenue avec un couteau. J'ai vu qu'elle était très en colère. Ça m'a rendu furieux, moi aussi. Je lui ai arraché le couteau et je l'ai frappée deux ou trois fois.

Alors elle s'est sauvée dans la salle de bains. Elle s'est assise par terre et s'est mise à pleurer en me disant d'aller chercher quelqu'un parce qu'elle avait très mal. Elle criait et elle pleurait. J'ai vu une ceinture qui pendait après la porte. Je l'ai entourée autour de son cou pour qu'elle arrête de crier et j'ai attaché l'autre bout à la poignée de la porte. Après j'ai sauté par la fenêtre et je me suis sauvé par l'escalier de secours. Mais avant, je me suis lavé les mains et j'ai allumé la télévision. Dehors, j'ai marché jusqu'à East River près de la maison. J'ai mis des grosses pierres dans ma chemise qui était tachée et je l'ai jetée dans le fleuve. Arrivé à la maison, j'ai pris mon chien avec moi et je suis retourné chez Erica. A part la télé, on n'entendait personne. Je suis retourné chez moi et je me suis couché.

Voulait-il, ce garçon de treize ans, voulait-il tuer sa camarade de jeux ? Il ne sait pas. Ça l'a mis en colère qu'elle le menace avec un couteau, c'est tout.

237

Ni son nom, ni sa photo ne paraîtront dans la presse, car il est mineur.

Mais l'histoire d'Erica, l'histoire surtout de ces dernières quarante-huit heures vécues dans la solitude jusqu'à son assassinat par un gamin de treize ans, a bouleversé la ville. Plus de cent mille personnes assistaient à son enterrement, par une chaleur torride de ce début d'été new-yorkais. Son discours fut lu à la fête de fin d'année de l'école par une de ses camarades de classe.

La presse et la télévision se déchaînèrent. On interviewa les enfants, les voisins, les professeurs, la mère et le beau-père. On parla d'horreur, et c'était horrible. On parla de la montée de la violence parmi la jeunesse portoricaine. On parla sécurité, éducation des jeunes, répression, racisme. On écouta en grondant le témoignage de madame Divito, la voisine italienne, qui déclara en gros plan, sur toutes les chaînes new-yorkaises :

– On ne laisse pas seule une enfant de onze ans ! C'est la mère qui est coupable !

Et on écouta, en hochant la tête, une autre voisine déclarer :

– S'il y avait plus de police dans Yorkville, ça n'arriverait pas. Avec tous ces Portoricains, ces Noirs, ces Italiens, nos enfants ne peuvent pas vivre normalement.

C'est donc sur la manière de vivre normalement, pour un enfant de New York, de Paris ou d'ailleurs, qu'il faut réfléchir. Erica Halphern le mérite. Elle avait onze ans en 1960.

Pour le plaisir de l'enquête

A Topeka, dans l'État du Kansas, la police fait des rondes la nuit tombée. Le sergent Hetsig conduit l'une des voitures de patrouille.

Hetsig est un gros garçon mou, au visage de bébé, mais les délinquants du coin se méfient de lui. Il a l'œil cruel derrière ses lunettes noires, et mieux vaut ne pas se fier à sa mollesse qui n'est qu'apparente. Hetsig pèse environ quatre-vingt-dix kilos et ses mains sont des battoirs ronds et boudinés. Dans le quartier où il fait sa ronde habituelle, on ne l'aime pas. Il gêne et il fait peur.

Une première fois, la voiture de Hetsig passe devant une maison basse aux fenêtres illuminées, celle des Shooner. Comme il est plus de minuit et que les lumières sont rares dans les maisons, Hetsig jette un regard attentif à chaque fenêtre. Silencieusement sa voiture vient se garer devant le portail de bois, tous feux éteints. Au bout d'une minute environ, il aperçoit une silhouette, puis une autre, et entend des bruits de discussion. Il en déduit que le père Shooner et son fils ne sont pas d'accord, une fois de plus.

Gaspard Shooner, cinquante-six ans, réfugié allemand, naturalisé américain, est un ancien alcoolique. Il travaille comme comptable et ne fait guère parler de lui. Le fils, Elton, est chômeur la moitié de l'année et plus d'une fois le sergent Hetsig l'a ramassé avec une bande de voyous de son âge. Elton joue de la guitare, boit de la bière, court les filles ; sa philosophie de l'existence ne va guère plus loin.

Le sergent Hetsig ne quitte pas des yeux la fenêtre illuminée derrière laquelle s'agitent leurs deux ombres. Puis une troisième ombre se mêle au tableau, celle de la mère. Hetsig l'entend crier :

– Gaspard, va te coucher ! Elton, ne réponds pas à ton père !

Le calme semble revenir, les lumières s'éteignent. Il n'en reste bientôt qu'une ; les rideaux sont tirés de l'intérieur, le sergent Hetsig reprend sa ronde. Il va faire le tour du quartier, s'arrêter pour boire une bière, surveiller les joueurs de billard et passer un message pour dire au central que tout va bien. En effet, il n'y a rien d'anormal à signaler, à l'exception d'une prostituée qu'il a expulsée d'un bar où elle faisait trop de bruit.

Là s'arrête la vérité officielle. L'autre vérité va jouer à cache-cache entre deux hommes avec, pour toile de fond, le cadavre d'un troisième.

Le sergent Hetsig a des yeux de chat, et il aime bien rouler lentement le long des trottoirs, sans lumière, pour mieux surprendre ses victimes. Ce sont la plupart du temps de pauvres victimes : un clochard ivre, des gosses qui se partagent de la marie-jeanne, une prostituée et, quelquefois, un voleur à la tire.

Il est à nouveau devant la maison des Shooner. Plus aucune lumière n'y brille. Mais les yeux du sergent Hetsig ont immédiatement repéré une forme grise étendue devant le portail de bois. Il saute de sa voiture, l'arme au poing, examine rapidement les environs et se penche sur le corps avec précaution. Un jean, un pull-over, des baskets, une tignasse de cheveux bouclés, c'est Elton Shooner. Il est mort. Le crâne porte une blessure béante qui laisse échapper encore un filet de sang noir. Il a la face contre terre, les pieds contre le portail, le haut du corps vers le caniveau. Comme s'il avait été attaqué en sortant de chez lui.

Hetsig examine rapidement le sol autour de lui, à la recherche de l'arme. Il n'y a rien sur le trottoir mais, à l'intérieur de la petite cour, derrière le portail, il découvre une massue de plomb à la poignée tressée de cuir qui porte des traces de sang et de cheveux. Au lieu de retourner à sa voiture et de prévenir immédiatement le central, le sergent Hetsig se précipite à la porte des Shooner, tambourine avec force en hurlant :

– Ouvrez Shooner! Police! Descendez immédiatement!

A l'intérieur de la maison, on met du temps à réagir. Enfin la tête de Gaspard Shooner apparaît dans l'entrebâillement de la porte. Hetsig fonce sur lui, l'écarte et, l'arme pointée dans sa direction, demande :

– Où est votre femme? Faites-la descendre. Et que personne ne bouge.

Gaspard Shooner est en pyjama et son visage exprime la stupeur la plus grande.

– Mais qu'est-ce qu'il y a sergent? Qu'est-ce qui se passe? On ne réveille pas les gens comme ça!

– On se tait, Shooner, et on fait attention au moindre geste. Ton fils est là, dehors, le crâne éclaté, ça ne te dit rien? Tu n'es pas au courant?

Gaspard Shooner rend bien dix livres au sergent Hetsig, mais c'est un colosse tout de même et, physiquement, tout le contraire du policier. Rien de mou chez lui : des traits taillés nets et durs comme dans une pierre, des épaules carrées, un torse droit et puissant. A cinquante-six ans, il a encore l'air de l'athlète qu'il fut jadis. Avant la guerre, en Allemagne, Gaspard était un excellent lanceur de javelot.

La phrase du policier l'atteint comme un coup de poing.

– Mon fils ? Qu'est-ce que vous dites ? Où est mon fils ?

Et il écarte à son tour le policier pour se précipiter dehors. Hetsig le suit, l'arme toujours pointée.

– J'ai dit de ne pas bouger, Shooner ! Retourne-toi, face au mur !

Mais Gaspard Shooner ne bouge pas d'un millimètre. Il est fasciné par le corps de son fils, étendu à ses pieds, les mains tendues comme pour le relever.

– Recule, Shooner ! Le dos au mur !

Le père obéit enfin, comme un automate, le regard fixe. Tandis que Hetsig le bouscule et l'oblige à tourner le dos au cadavre, il se tord le cou pour l'apercevoir. Aucun son ne sort de ses lèvres. Il est comme définitivement muet.

D'une fenêtre qui vient de s'éclairer, la voix de sa femme ne semble pas lui parvenir.

– Gaspard ? Qu'est-ce qui se passe ?

C'est le policier qui répond :

– Il y a eu un meurtre, madame Shooner. Descendez calmement, s'il vous plaît.

L'arme toujours pointée, le sergent recule jusqu'à sa voiture et lance rapidement son appel à la radio :

– Je tiens le père en respect, dépêchez-vous !

Pourquoi fait-il cela ? Pourquoi a-t-il décidé immédiatement que le père était le suspect, voire le criminel ? De quel droit ? Sur quel indice ? Il l'écrira dans son rapport et le répétera au coroner :

Lors de mon premier passage, le père et le fils se disputaient violemment. Je suis donc revenu pour voir si tout était arrangé et j'ai trouvé le gosse mort devant la porte. Comme je sais que le père ne voulait pas que son fils traîne avec des voyous, je pense qu'il a voulu l'empêcher de sortir et l'a tabassé. D'ailleurs, il est resté sans réaction quand je l'ai cueilli.

Voyons cela : le sergent Hetsig est-il un fin policier ? Est-il capable de déterminer si vite qui est l'assassin ? Pourquoi n'envisage-t-il pas une attaque extérieure ? Un rôdeur, un voleur, ou plus simplement un règlement de compte entre voyous ?

Parce que le corps était devant la maison et l'arme du crime dans le jardin ? Mais ce n'est pas suffisant. Parce que le corps porte aussi des traces de coups, ailleurs qu'à la tête, et que le père et le fils ont pu se battre ? Mais ce n'est toujours pas suffisant. Parce que la matraque de plomb appartenait au fils et devait se trouver dans la maison ? Mais elle ne porte pas d'empreintes. Ce n'est donc pas suffisant, d'autant plus qu'il pouvait la porter sur lui, cette matraque.

Et il y a plus curieux. Si le père a tué son fils, volontairement ou au cours d'une bagarre, pourquoi diable aurait-il laissé le corps devant chez lui, aussi visible ? Le sergent Hetsig trouve la réponse :

– Il a voulu faire croire à une bagarre de rue.

Le sergent Hetsig connaît-il bien la famille Shooner ? Il sait que le père est un alcoolique repenti et que l'usine qui l'emploie comme comptable l'a menacé plusieurs fois de licenciement. Il sait que la mère était une entraîneuse de bar qui ne refusait pas, jadis, ses faveurs aux clients. Il sait que le fils est un bon à rien et qu'il a menacé son père à plusieurs reprises. Lequel père ne s'est pas privé, non plus, de lui cogner dessus pour lui apprendre le droit chemin. Un droit chemin qu'il avait tant de mal à suivre lui-même.

C'est pourquoi, malgré ses dénégations et l'absence de preuves matérielles ou de témoins, malgré sa femme qui jure son innocence, Gaspard Shooner est accusé de meurtre, mis en prison, et va comparaître devant le coroner qui décidera de sa culpabilité. En prison, il attend l'avocat nommé d'office que lui accorde la justice américaine, eu égard à sa relative pauvreté et à son manque de relations.

L'avocat de Gaspard Shooner est un petit bonhomme maigre au regard malin. Il a l'habitude de défendre les fauchés, innombrables de ce côté-ci de la ville.

Gaspard Shooner le considère avec méfiance.

– On vous a dit que je ne pouvais pas payer ?

L'avocat a un geste de désinvolture.

– Mais oui, je suis là pour ça. Alors, racontez-moi tout. Vous l'avez tué ?

– Non, je n'ai pas tué mon fils et je n'ai rien à vous dire si vous croyez ça.

– Écoutez, vous n'avez pas l'habitude, moi si. Si vous êtes coupable, il faut me le dire, j'ai besoin de déterminer votre système de défense, vous comprenez ? C'est à moi d'en décider.

Gaspard Shooner a les yeux rouges de fatigue et les mains tremblantes. Il donnerait cher pour un verre d'alcool, c'est évident, mais il tient bon.

– Monsieur, je n'ai pas tué mon fils Elton. Je lui ai souvent tapé dessus, c'est vrai. Je ne voulais pas qu'il reste un paumé comme moi, ou comme sa mère. Tous les deux, on a fait ce qu'on a pu pour s'en sortir mais ce n'est pas brillant. Elton, lui, aurait pu devenir quelqu'un. Je voulais qu'il travaille dans une banque. Au lieu de ça, il s'est mis à fréquenter des voyous et à traîner le soir dans les boîtes. A vingt-deux ans, ce n'est pas une vie...

— Bien. Vous ne l'avez pas tué. Qui alors?

— Je ne sais pas Monsieur. C'est le sergent qui m'accuse.

— Pourquoi à votre avis?

— Il a vu qu'on se bagarrait cette nuit-là.

— A quel propos?

— Elton avait bu. Je ne voulais pas qu'il boive. Pas comme moi. On est fichu quand on boit, monsieur, et les cures ne vous aident pas tellement, on replonge tout de suite... Je sais ce que c'est!

— Vous vous êtes servi de cette matraque pour le frapper?

— Non, monsieur, je ne connais pas cette matraque. Le sergent dit qu'elle était à mon fils, mais moi, je ne l'ai jamais vue.

— Jamais? Vous êtes sûr?

— Jamais! Mon fils n'était pas un bagarreur, il n'avait aucune raison d'avoir ça. Lui, c'était plutôt la musique...

— Pourquoi s'est-il battu avec vous?

— Pas battu, bagarré, Monsieur. Je lui ai flanqué mon pied dans le derrière et je l'ai secoué un peu, c'est tout.

— Et les ecchymoses? Les marques de coups de pied qu'il avait sur le corps?

— Ce n'est pas moi, je n'aurais jamais tapé comme ça. Moi, je lui bottais le derrière ou alors je lui secouais la tignasse, c'est tout. Je n'aurais jamais fait de mal à mon fils, je l'aimais, je l'aime encore, monsieur. C'était mon seul espoir, mon fils...

Le petit avocat réfléchit un moment, puis demande:

— Vous connaissez bien le sergent Hetsig?

– On le connaît comme ça. C'est lui qui a arrêté Elton trois fois parce qu'il était avec une bande. Mais ce n'était pas grave, il n'avait rien fait, Elton. Juste joué de la musique, un peu de bruit, quoi...

– Revenons à cette nuit. Quand vous vous êtes bagarré avec votre fils, quelle heure était-il ?

– Minuit, à peu près.

– Et ensuite ?

– On est allé se coucher avec ma femme, et Elton aussi.

– Vous ne l'avez pas entendu sortir ?

– Non. Il a gratté sur sa guitare pendant quelques minutes, puis il s'est endormi. Enfin, j'ai supposé qu'il dormait, mais il a dû sortir.

– Quand le sergent vous a prévenu, vous dormiez ?

– Oui, ma femme aussi. Il ne m'a pas prévenu, il m'a accusé tout de suite, il n'a même pas pris de précautions pour me dire que mon fils était mort comme un chien devant ma porte. Il a sorti son flingue et c'est tout.

L'avocat a tendance à croire que son client est innocent. En effet, cette manière de tuer son fils ne serait pas logique. Seulement, il y a le témoignage du sergent sur la bagarre. Le seul et unique témoignage d'ailleurs, celui qui empêche pour l'instant la police de chercher une autre explication. Et puis, cette matraque de plomb que le sergent – toujours lui – prétend avoir déjà vue dans les mains d'une bande de voyous amis du garçon. De là à prétendre qu'elle appartenait à Elton et que son père l'a tué avec...

Mais pourquoi diable l'accusation repose-t-elle uniquement sur l'idée d'un policier, et pourquoi a-t-il fait un rapport aussi accablant ? L'avocat n'aime pas cela du tout et rend visite au sergent Hetsig qu'il a le droit d'interroger comme témoin.

La conversation est très rapide : c'est une fin de non-recevoir. Les yeux méchants du gros policier deviennent durs et méprisants.

– Je n'ai pas l'intention de vous aider à défendre ce fils de garce. C'est un alcoolique qui a tué son fils. Débrouillez-vous avec ça!

Quel curieux acharnement. Si le père est innocent, il n'a guère de chance de le prouver avec un témoignage aussi affirmatif. Et comme le sergent est assermenté, cela pèse lourd dans la balance.

L'enquête du coroner s'achève effectivement par l'inculpation du père qui risque la peine de mort. En revanche, le servent Hetsig, lui, est assuré d'avoir du galon un jour ou l'autre et, en faisant ses rondes la nuit, il a de plus en plus souvent tendance à jouer les durs. Il ne permet pas à la racaille d'oublier qu'il a arrêté un criminel! C'est la première affaire importante, son premier crime, et il aime bien en rajouter sur sa perspicacité, son flair, sa rapidité. Bref, il est le James Bond du quartier et les pauvres traîne-savates ont intérêt à se le rappeler.

Gaspard Shooner se morfond en prison, dans l'attente d'un procès qui s'annonce mal pour lui. Sa femme, tombée malade depuis son arrestation et la mort de son fils, est enfermée chez elle, au bord de la folie, elle-même commence à douter. Et si Gaspard avait tué son fils? S'il s'était relevé la nuit, pendant qu'elle dormait? Sinon, qui d'autre? Et pourquoi devant la porte?

Près de six mois ont passé, sans que l'enquête ait apporté de nouveaux éléments. Aucun des jeunes voyous amis d'Elton n'a pu être sérieusement soupçonné. Ils ont simplement juré que cette matraque ne leur appartenait pas, ce qui, dans un certain sens, confirme l'idée du sergent Hetsig...

Mais le 20 décembre 1967, madame Elsa Shooner,

bourré de tranquillisants, ouvre péniblement sa porte à une femme.

– Tu ne me reconnais pas, Elsa ?

Elsa Shooner fait signe que non. D'ailleurs, elle est à peine lucide.

– C'est Margareth. Tu te souviens ? Le *Blue-Club*... On travaillait ensemble.

Margareth est une prostituée qui a nettement dépassé l'âge de faire des affaires. Il y a plus de vingt ans de cela, elle était belle et ambitieuse. Elsa ne l'aurait jamais reconnue dans cette femme usée aux traits défraîchis et aux cheveux rougeâtres. Elle la laisse entrer avec lassitude et l'autre prend des mines de femme traquée pour dire :

– Ferme les volets, éteins les lumières, je ne veux pas qu'on me voie ici.

– Qui, on ? Qu'est-ce que tu veux, Margareth ? Je suis malade, tu ne sais pas ce qui m'est arrivé...

– Si, je sais. On a tué ton fils et Gaspard est en prison. C'est pour ça que je suis là. J'aurais dû venir avant, mais j'avais peur. C'est un flic, l'autre, et un sale flic. Et puis, je me suis décidée.

– Qu'est-ce que tu racontes ?

– Écoute-moi, ma fille. Tu as décroché depuis longtemps, toi. Tu t'es mariée, t'as eu un gosse. Moi, j'ai plongé de plus en plus et, à mon âge, le client se fait rare. Alors, il m'arrive de me saouler un peu, tu vois, juste pour oublier... Et cette vache de flic me cherche des ennuis à chaque fois. En ce moment, il ne cherche qu'une chose : à me mettre en taule. Je n'ose plus sortir. Il dit qu'il veut nettoyer le quartier. C'est un dingue. Alors je me suis décidée.

Elsa Shooner ne comprend pas très bien ce que lui raconte sa vieille amie de bar, du temps où elle était entraîneuse, du temps où Gaspard lui faisait la cour, du temps où cette vieille femme-là arpentait le trottoir devant la boîte et gagnait plus d'argent que toutes les autres filles. Margareth la secoue, lui fait boire du café, puis lui arrache le nom et le téléphone de son avocat, à qui elle demande de venir les rejoindre le plus vite possible.

Enfin, elle déclare au petit homme :

– C'est Hetsig, le flic, qui a tué le gosse. Il a prétendu qu'il était arrivé devant la maison pour la première fois à minuit, et qu'il était revenu une heure plus tard. Je sais ce qu'il a fait entre-temps. Il m'a jetée hors d'un bar et m'a tabassée parce que je râlais. Et vous savez avec quoi ? Avec une matraque de plomb, celle qui a tué le gosse...

L'avocat fait un bond d'excitation :

– Vous êtes prête à témoigner ?

– Je veux, oui. Il m'a crue plus saoule que j'étais, mais j'ai bien vu l'heure. Il était minuit et quart... et pour retourner chez Shooner, il lui fallait à peine cinq minutes. Elle est à lui, cette matraque. Ce n'est pas la première fois qu'il la sort pour taper sur une fille, c'est un sadique. Seulement elles n'oseront pas parler. Moi si, parce qu'il aura ma peau un jour ou l'autre, si ce n'est pas moi qui ai la sienne avant. Il se méfie de moi, il sait très bien que je l'ai vu trois quarts d'heure avant le meurtre, avec l'arme du crime, et à cinq minutes des lieux.

L'avocat a du pain sur la planche, à présent. Margareth va rester avec Elsa Shooner et ne plus se montrer, le temps de faire reprendre l'enquête sur la base de son témoignage. Le petit avocat fait exploser sa bombe chez le coroner, dès le lendemain matin.

Accuser un policier n'est pas une mince affaire. Et le témoignage d'une prostituée alcoolique est facilement tourné en ridicule. Sauf, si une autre comme elle, et puis encore une autre, et une autre, viennent confirmer l'existence de la fameuse matraque, la reconnaître, et accuser le sergent.

Mais il n'avoue pas pour autant. Même lorsque son alibi et les horaires qu'il avance se révèlent faux. Le médecin et le psychiatre qui l'examinent le déclarent psycopathe. Un fou dangereux dont on s'étonne qu'il ait pu passer inaperçu dans les services de police. C'est qu'il n'avait pas grand-chose à faire, le sergent Hetsig, à part s'acharner sur deux ou trois hippies trop bruyants et quelques filles trop voyantes. Or, il rêvait de gloire et d'honneur et se prenait vraiment pour le meilleur policier du monde.

Il n'avoua que bien plus tard, après avoir connu la prison, les interrogations des médecins et ceux des policiers. Un jour, à bout de force, il admit :

– Je l'ai tué pour faire l'enquête moi-même!

Ainsi, alors qu'il surveillait les fenêtres illuminées des Shooner, ce soir-là, était née l'idée folle et diabolique. Elle l'avait taraudé, il l'avait repoussée en se vengeant sur une vieille prostituée, Margareth. Et puis, il était retourné là-bas, attiré par un aimant irrésistible.

Quand il avait vu le garçon sortir, les mains dans les poches, sur la pointe des pieds, il l'avait cueilli sur le trottoir, à coups de matraque et s'était acharné sur lui encore longtemps, alors qu'il était mort sous le premier coup de cette arme terrible. Le sergent Hetsig ajouta dédaigneusement à ses aveux :

– C'était de la racaille, tout ça! Fallait s'en charger.

Mais ses petits yeux cruels étaient devenus vagues. Et l'on ne jugea qu'un dément.

Table des matières

Faites de nouvelles découvertes sur
www.pocket.fr

- Des 1ers chapitres à télécharger
- Les dernières parutions
- Toute l'actualité des auteurs
- Des jeux-concours

POCKET

Il y a toujours
un **Pocket** à découvrir

Impression réalisée par

C P I
Brodard & Taupin

52849 – La Flèche (Sarthe), le 22-05-2009
Dépôt légal : octobre 1992
Suite du premier tirage : mai 2009

POCKET – 12, avenue d'Italie - 75627 Paris cedex 13

Imprimé en France